À la croisée des chemins

TOME 4 · *Chacun sa route*

DU MÊME AUTEUR CHEZ LE MÊME ÉDITEUR :

À la croisée des chemins, tome 1 : La dérive, 2023
À la croisée des chemins, tome 2 : Les vents contraires, 2023
À la croisée des chemins, tome 3 : Les éclaircies, 2023
Place des Érables, tome 1 : La Quincaillerie J.A. Picard & fils, 2021
Place des Érables, tome 2 : Le Casse-croûte Chez Rita, 2021
Place des Érables, tome 3 : La Pharmacie V. Lamoureux, 2021
Place des Érables, tome 4 : Coiffure des Érables, 2022
Place des Érables, tome 5 : Variétés E. Méthot & fils, 2022
Place des Érables, tome 6 : Le nouveau rendez-vous du quartier, 2022
Les héritiers du fleuve 1 (1887-1914) : tome 1, 1887-1893 (2013) et tome 2, 1898-1914 (2013), réédition 2022
Les héritiers du fleuve 2 (1918-1939) : tome 3, 1918-1929 (2014) et tome 4, 1931-1939 (2014), réédition 2022
Les souvenirs d'Évangéline, 2020
Du côté des Laurentides, tome 1 : L'école de rang, 2019
Du côté des Laurentides, tome 2 : L'école du village, 2020
Du côté des Laurentides, tome 3 : La maison du docteur, 2020
Mémoires d'un quartier 1 : Laura (2008), Antoine (2008) et Évangéline (2009), réédition 2020
Mémoires d'un quartier 2 : Bernadette (2009), Adrien (2010) et Francine (2010), réédition 2020
Mémoires d'un quartier 3 : Marcel (2010), Laura, la suite (2011) et Antoine, la suite (2011), réédition 2020
Mémoires d'un quartier 4 : Évangéline, la suite (2011), Bernadette, la suite (2012) et Adrien, la suite (2012), réédition 2020
Entre l'eau douce et la mer, 1994 (réédition de luxe), 2019
Histoires de femmes, tome 1 : Éléonore, une femme de cœur, 2018
Histoires de femmes, tome 2 : Félicité, une femme d'honneur, 2018
Histoires de femmes, tome 3 : Marion, une femme en devenir, 2018
Histoires de femmes, tome 4 : Agnès, une femme d'action, 2019
Une simple histoire d'amour, tome 1 : L'incendie, 2017
Une simple histoire d'amour, tome 2 : La déroute, 2017
Une simple histoire d'amour, tome 3 : Les rafales, 2017
Une simple histoire d'amour, tome 4 : Les embellies, 2018
L'amour au temps d'une guerre, tome 1 : 1939-1942, 2015
L'amour au temps d'une guerre, tome 2 : 1942-1945, 2016
L'amour au temps d'une guerre, tome 3 : 1945-1948, 2016
L'infiltrateur, roman basé sur des faits vécus, 1996, réédition 2015
Boomerang, roman en collaboration avec Loui Sansfaçon, 1998, réédition 2015
Les demoiselles du quartier, nouvelles, 2003, réédition 2015
Les années du silence 1 : La tourmente (1995) et La délivrance (1995), réédition 2014
Les années du silence 2 : La sérénité (1998) et La destinée (2000), réédition 2014
Les années du silence 3 : Les bourrasques (2001) et L'oasis (2002), réédition 2014
La dernière saison 1 : Jeanne (2006), réédition 2023
La dernière saison 2 : Thomas (2007) et Les enfants de Jeanne (2012), réédition 2023
Les sœurs Deblois, tome 1 : Charlotte, 2003, réédition 2020
Les sœurs Deblois, tome 2 : Émilie, 2004, réédition 2020
Les sœurs Deblois, tome 3 : Anne, 2005, réédition 2020
Les sœurs Deblois, tome 4 : Le demi-frère, 2005, réédition 2020
De l'autre côté du mur, récit-témoignage, 2001
Au-delà des mots, roman autobiographique, 1999
«Queen Size», 1997
La fille de Joseph, roman, 1994, 2006, 2014 (réédition du Tournesol, 1984), (édition de luxe) 2020

Visitez le site Web de l'auteur : www.louisetremblaydessiambre.com

LOUISE TREMBLAY D'ESSIAMBRE

À la croisée des chemins

TOME 4 · *Chacun sa route*

SAINTJEAN

Guy Saint-Jean Éditeur
4490, rue Garand
Laval (Québec) H7L 5Z6
450 663-1777
info@saint-jeanediteur.com
saint-jeanediteur.com

....

Données de catalogage avant publication disponibles à Bibliothèque et Archives nationales du Québec et à Bibliothèque et Archives Canada

....

Nous reconnaissons l'aide financière du gouvernement du Canada par l'entremise du Fonds du livre du Canada (FLC) ainsi que celle de la SODEC pour nos activités d'édition. Nous remercions le Conseil des Arts de l'aide accordée à notre programme de publication.

Gouvernement du Québec – Programme de crédit d'impôt pour l'édition de livres – Gestion SODEC

© Guy Saint-Jean Éditeur inc., 2024

Révision : Isabelle Pauzé
Conception graphique et mise en pages : Christiane Séguin
Page couverture : Toile peinte par Louise Tremblay d'Essiambre, « En route pour la messe de minuit », inspirée des œuvres de Josée Miller.

Dépôt légal – Bibliothèque et Archives nationales du Québec, Bibliothèque et Archives Canada, 2024
ISBN : 978-2-89827-709-2
ISBN EPUB : 978-2-89827-710-8
ISBN PDF : 978-2-89827-711-5

Tous droits de traduction et d'adaptation réservés. Toute reproduction d'un extrait de ce livre, par quelque procédé que ce soit, est strictement interdite sans l'autorisation écrite de l'éditeur. Toute reproduction ou exploitation d'un extrait du fichier EPUB ou PDF de ce livre autre qu'un téléchargement légal constitue une infraction au droit d'auteur et est passible de poursuites légales ou civiles pouvant entraîner des pénalités ou le paiement de dommages et intérêts.

Imprimé et relié au Canada
1ʳᵉ impression, avril 2024

 Guy Saint-Jean Éditeur est membre de l'Association nationale des éditeurs de livres (ANEL).

À tous ceux que j'affectionne particulièrement, enfants, parents et amis, joyeusement entremêlés dans mon cœur, vous tous à qui je ne dis pas assez souvent «Je t'aime». Merci d'être dans ma vie.

À toi, Suzanne G., pour ce petit «je-ne-sais-quoi» que tu apportes en mieux à mes écrits.
Merci d'être là, contre vents et marées, s'il le faut.
Ton amitié m'est très précieuse.

« Il n'y a pas de honte à préférer le bonheur. »

Albert Camus

« Je vous souhaite des rêves à n'en plus finir et l'envie furieuse d'en réaliser quelques-uns. »

Jacques Brel

Note de l'auteur

Je sais, je sais ! J'avais dit trois tomes et je vous jure que j'étais sincère.

Or, il n'en sera rien.

Si vous tenez ce livre entre vos mains, vous le savez déjà, et j'ose croire que cela vous plaît.

Cela m'apprendra, aussi, à vouloir jouer les grands manitous. Je n'ai jamais eu le dernier mot dans les romans que j'écris, ce n'est pas aujourd'hui que cela va commencer, à tout près de soixante livres publiés. Puis, trois est un chiffre pour lequel j'ai toujours eu un certain faible. Trois, cinq, neuf... Allez donc savoir pourquoi, je préfère que les choses soient en nombre impair. En décoration comme dans ma vie. J'ai eu neuf enfants, c'est tout vous dire ! Alors pourquoi ne pas respecter cette règle pour la quantité de bouquins dans une série, n'est-ce pas ?

Voilà pourquoi j'avais vraiment cru que la fin de l'histoire approchait, tout au long de l'écriture du tome trois, et ce, jusqu'à ses toutes dernières pages.

Toutefois, lorsque j'ai inscrit le mot « Fin », satisfaite et inquiète comme je le suis toujours à la conclusion d'une saga, Marjolaine m'a regardée avec un drôle d'air. Avec, en fait, l'air de dire qu'elle n'était pas du tout d'accord avec moi.

J'ai sourcillé, certes, un peu mal à l'aise, mais je n'ai rien ajouté.

En revanche, quand l'une de mes correctrices m'a avoué qu'elle penchait du même côté que Marjolaine, qu'elle non plus n'avait pas envie de quitter tout de suite les personnages de cette série, j'ai compris alors que toutes les deux, elles avaient semé un sérieux doute en moi.

Et si elles avaient raison ?

J'ai donc tout relu, essayant de poser sur les mots le regard d'une lectrice et non celui d'une écrivaine, et j'ai vu assez facilement ce que Marjolaine et Suzanne voulaient exprimer. Pour employer le jargon que j'utilise, il restait trop de ficelles dénouées dans l'intrigue pour que ce soit complet. Indéniablement, il subsistait en moi une sensation d'inachevé dès que j'ai eu tourné la dernière page du manuscrit.

La lectrice que je suis a aisément rejoint l'auteure, et je me suis remise au travail.

Comme le disait mon papa : vingt fois sur le métier, remettez votre ouvrage, n'est-ce pas ?

C'est ainsi que l'épilogue du tome trois est devenu le chapitre onze, que les derniers paragraphes ont été soustraits pour se transformer en ébauche des premières lignes du tome quatre, et que ce matin, devant un magnifique soleil tout rouge qui monte lentement à l'horizon, je suis assise dans mon bureau en train de vous expliquer pourquoi, en fin de compte, on va poursuivre notre voyage en compagnie des Fitzgerald.

Reprendre l'écriture, après un mois de repos et de déménagement – eh oui, encore une fois j'ai transporté mes pénates! Mais je vous garantis que ce sera la dernière parce que je suis épuisée de remplir puis de vider toujours les mêmes sapristi de boîtes. Donc, reprendre l'écriture, ce matin, c'est un peu comme enfiler une bonne vieille paire de pantoufles confortables. Je connais tout le monde, j'ai déjà visité leur univers, et par-dessus, je les aime sincèrement, tous ces personnages.

Que voulez-vous que je vous dise de plus?

Je suis heureuse de retrouver tous ces gens qui sont nés de mon imagination, et qui se sont imposés à mes doigts qui frappent le clavier de l'ordinateur tous les jours à l'aube. Oui, oui, je les aime tous! Même ce détestable Connor. Au lever du jour, chaque matin, je prends un indicible plaisir à les rejoindre dans le boudoir qui me sert de bureau. Savoir que je vais partager quelques heures de mon quotidien avec eux me soûle d'une joie difficilement descriptible. Elle me réveille parfois, cette sensation d'abondance. Elle m'habite, me gave, et donne une erre d'aller à toute ma journée.

Et cette fois-ci, je ne m'avancerai surtout pas à vous prédire quoi que ce soit. On verra bien jusqu'où les Fitzgerald ont décidé de me conduire. Je leur fais confiance: le jour où ils n'auront plus rien à ajouter, ils me le feront savoir, soyez sans crainte, et à mon tour, je vous le dirai. C'est toujours ainsi que cela s'est produit jusqu'à maintenant. Alors, qu'on en soit au quatrième ou au cinquième tome n'aura aucune espèce d'importance pour moi, puisque ce ne sera pas moi qui en jugerai.

En attendant, je vais les suivre pas à pas, je vais rester vigilante à leurs désirs comme à leurs réalisations. Je veux les accompagner dans leurs joies comme dans leurs déceptions, les consoler s'ils pleurent, et tenter, au meilleur de mes connaissances, de partager tout ça avec vous.

Et comble de bonheur, j'ai enfin trouvé la perle rare, ce condo qui m'offre une vue inspirante sur le fleuve, et un coin d'atelier où je pourrai m'adonner à cette autre passion qu'est la peinture que je pratique en dilettante. Alors, sachez qu'il y aura une belle et bonne part de mes journées consacrée à des travaux manuels et artistiques, une fois les mille mots que je m'impose chaque jour couchés sur le papier... ou plutôt inscrits sur l'écran de mon ordinateur.

À soixante-dix ans, je suis déjà arrivée à ce que moi j'appellerais «ma retraite». Tant et aussi longtemps que j'aurai la santé et suffisamment de ciboulot pour accomplir tout ce qui me tient à cœur, j'écrirai tous les matins en rendant grâce à la vie de pouvoir continuer à le faire. Par la suite, je m'amuserai avec les couleurs pour la détente, faisant ainsi de chacune de mes journées des parcelles de pur bonheur.

Et maintenant, trêve de placotage, à l'écriture!
Et surtout, bonne lecture à vous!

Liste des personnages

FAMILLE FITZGERALD EN 1943

Connor Fitzgerald : le père de famille, marié à Ophélie Vaillancourt. Ensemble, ils auront 13 enfants.

Ophélie Fitzgerald (née Vaillancourt) : la mère de famille, l'épouse de Connor.

Les enfants :

Marjolaine : sœur jumelle d'Henry. Elle a 19 ans.

Henry : frère jumeau de Marjolaine. Il a 19 ans.

Claudette : 18 ans

Thomas : 16 ans

Darcy : 13 ans

Edmund : 12 ans

Delphine : 11 ans

Owen : 10 ans

Simone : 6 ans

Patricia : 5 ans

Adèle : 3 ans

Adam : frère jumeau de Lisette. Il est né en novembre 1943.

Lisette : sœur jumelle d'Adam. Elle est née en novembre 1943.

FAMILLE O'BRIEN EN 1943

Neil O'Brien : le cousin de Connor, marié à Kelly. Ensemble, ils auront quatre enfants.
Kelly O'Brien : l'épouse de Neil.
Les enfants :
  Shanna : 16 ans
  Robert/Bobby : 15 ans
  Martin : 12 ans
  Paul : 10 ans

FAMILLE VAILLANCOURT

Léopoldine Vaillancourt : la mère d'Ophélie. Elle est veuve. Elle a quatre filles :
Clémence : célibataire. Elle a 50 ans.
Jeanne d'Arc (sœur Saint-Eustache) : sœur cloîtrée chez les Ursulines.
Justine : vit aux États-Unis. Mariée à Jack Campbell. Ils ont trois enfants.
Ophélie : épouse de Connor Fitzgerald.

AUTRES

Ruth Fillion : copine de Marjolaine.
Marthe Fillion : mère de Ruth.
Clotilde Marceau : copine de Marjolaine.
Suzanne Bergeron : copine de Marjolaine.

Michael Kennedy : patron de Marjolaine.
Sophie Martin : amie de Patricia.
Ferdinand Goulet : voisin amoureux de Marjolaine.
Béatrice Goulet : mère de Ferdinand Goulet.
Oscar Caldwell : vendeur de commerce et ami d'Ophélie (ses parents se prénomment Josephine et Anthony).
Jean-Louis Breton : « amoureux » de Claudette.
Madame Irène : tenancière d'une maison close.
Estelle : une des filles qui travaillent pour madame Irène.

Prologue

Automne 1945

Tiré d'un journal quotidien québécois :
«*Le samedi 13 octobre dernier, en l'église Sainte-Anne, sise sur la rue de la Montagne à Montréal, a été célébré le mariage de Mademoiselle Marjolaine Fitzgerald, native de Sherbrooke, à Monsieur Ferdinand Goulet, pompier lieutenant à la Ville de Montréal. L'église était décorée de fleurs blanches et les bancs réservés aux invités étaient ornés d'une boucle de tulle. La mariée est entrée au bras de son frère jumeau, Henry. Elle portait une robe de satin blanc dont l'ampleur de la jupe formait une traîne. Un long voile de tulle illusion couvrait son visage, et il était maintenu sous un bonnet "Juliette" cousu de perles. Un programme de chant a été rendu avec brio par l'organiste de la paroisse, monsieur Ovide Clément, et par mademoiselle Ruth Fillion, amie des mariés. Une réception offerte par madame Béatrice Goulet, mère du marié, s'est tenue à la résidence de monsieur et madame Neil O'Brien, proches parents de la mariée. Monsieur et madame*

Goulet se sont dirigés par la suite vers la ville de Québec, pour leur voyage de noces. À leur retour, ils résideront à Montréal. »

Cela faisait au moins dix fois que Marjolaine lisait et relisait l'avis que son mari Ferdinand avait tenu à faire paraître dans le journal *La Patrie*.

— Comme mes amis pompiers de la caserne 3 ont tous fait.

— Mais pourquoi ?

— Je sais pas trop ce qui a pu engendrer cette habitude-là, mais c'est comme ça que ça se passe à chaque mariage qui concerne un pompier de la caserne où je travaille.

— Eh ben...

— Quant à moi, j'ai pour mon dire que normalement, on se marie rien qu'une fois dans une vie, non ?

— Euh... Oui, c'est à souhaiter.

— Alors, aussi bien faire les choses en grand, parce que l'occasion se présentera vraisemblablement plus jamais. C'est pour la même raison que j'ai porté mon uniforme d'apparat au grand complet... Un peu comme les soldats lors des événements importants.

— C'est vrai que tu es une sorte de soldat du feu... Dans ce cas-là, si tu y tiens tant que ça, moi, je n'ai pas d'objection à faire paraître un compte-rendu de notre mariage.

Ferdinand ne se l'était pas fait dire deux fois, et dès le jeudi suivant, selon les instructions qu'il avait transmises à sa mère Béatrice avant même la cérémonie, l'annonce était publiée dans la chronique mondaine du quotidien.

Le soir même, Marjolaine et Ferdinand revenaient de Québec, épuisés par le voyage, mais ravis d'être enfin mariés, et ils s'installaient dans le logement du haut, dans le duplex appartenant à la mère de Ferdinand.

Partie 1

Six mois plus tard, printemps 1946

Chapitre 1

*« Un jour tu verras
On se rencontrera
Quelque part, n'importe où
Guidés par le hasard
Nous nous regarderons
Et nous nous sourirons
Et la main dans la main
Par les rues nous irons »*

~

Un jour tu verras,
Marcel Mouloudji / Georges van Parys

Interprété par Marcel Mouloudji en 1954,
et par de nombreux artistes par la suite

*Le mercredi 10 avril 1946, dans la salle
de bain chez Marjolaine et Ferdinand,
par une journée pluvieuse et froide*

Incommodée par une crampe, Marjolaine s'était dépêchée de rentrer à l'appartement après le travail, marchant à petits pas pressés, inquiète que cela «se voie». Sur un rapide salut à l'intention de Delphine, qui avait remplacé Kelly auprès des plus jeunes dès les heures de classe terminées, la jeune femme avait traversé la cuisine en coup de vent.

— Je reviens t'aider pour le souper dans deux minutes !

Puis, elle s'était aussitôt enfermée dans la salle de bain.

Toutefois, le repas à venir, mis en branle un peu plus tôt par Kelly, et qui fleurait déjà bon dans tout le logement, était présentement le cadet de ses soucis.

Quand elle retira son sous-vêtement, Marjolaine ne put retenir les quelques larmes qui commencèrent à rouler sur ses joues avant de s'écraser sur la laine de son chandail. Il fut bref, ce chagrin, mais intense, car il traduisait avec éloquence la tristesse qu'elle ressentait en ce moment, et qui se répétait depuis des mois, maintenant, toujours pour la même raison et en des circonstances identiques : après avoir prié avec ferveur durant les dernières semaines, elle était bien obligée d'admettre que ce ne serait pas ce mois-ci non plus qu'elle annoncerait à son mari qu'un petit bébé était en route.

Pourtant, ce n'était pas faute d'essayer, ce qui en soi ne lui déplaisait pas du tout.

En effet, à l'instar de sa sœur Claudette, mais dans un contexte totalement différent, Marjolaine avait découvert dans les bras de Ferdinand une facette de la vie amoureuse qui la laissait chaque fois pantelante, étourdie d'un bien-être qu'elle n'aurait jamais pu imaginer sans l'avoir vécu elle-même. Il lui arrivait parfois d'en avoir les larmes aux yeux, tellement elle était submergée de bonheur et d'amour pour son beau pompier. Voilà pourquoi, bien naïvement, elle avait cru que le fils dont ils parlaient avec fougue depuis les Fêtes de fin d'année serait la conclusion logique, évidente et rapide d'une telle communion.

Or, il n'en était rien.

Au point où cela commençait à inquiéter la jeune femme.

Que se passait-il?

Elle en était d'autant plus préoccupée que sa mère Ophélie, elle, n'avait jamais connu pareil problème. Dans la famille de Connor Fitzgerald, les enfants s'étaient suivis avec la régularité d'un métronome, ou presque, et parfois même à deux du coup!

Treize bébés en dix-neuf ans, c'était bien au-delà de la normale, même si les Québécois étaient reconnus pour leurs familles nombreuses.

Mais dans le cas de la maman de Marjolaine, trop ne valait guère mieux que pas assez, et l'ambition de battre des records provinciaux en nombre de rejetons n'avait jamais frôlé son esprit. La dernière fois qu'Ophélie avait annoncé aux siens l'arrivée prochaine d'un autre bébé, elle avait l'air plutôt découragée. Selon ce qu'elle avait ajouté sur un ton las, elle trouvait que les maternités se succédaient à un rythme un peu trop rapide pour qu'elle ait le temps de désirer chacun de ses enfants.

Marjolaine se souvenait clairement de ces quelques mots échappés par Ophélie et de la pensée qui avait traversé son esprit, à ce moment-là : elle s'était dit qu'il était facile de comprendre le point de vue de sa mère. Un bébé par année, ou presque, c'était franchement beaucoup.

— C'est dommage, mais c'est comme ça, avait conclu cette dernière. J'ai l'impression de ne jamais pouvoir reprendre mon souffle. C'est pour ça, quand j'apprends que j'attends un autre enfant, que je ne sais plus vraiment si je dois me réjouir ou pleurer.

En repensant à cet instant précis de leur vie à Sherbrooke, en revoyant le regard épuisé qu'Ophélie avait alors posé sur la grande tablée familiale, Marjolaine échappa un long soupir tremblant.

Quels qu'aient été les états d'âme de sa mère, et le message alors lancé, la jeune femme ne pouvait s'empêcher d'être amèrement déçue.

Que se passait-il donc avec elle pour que de mois en mois elle doive reporter ses attentes ?

Ferait-elle partie de ces femmes stériles qui n'auront jamais d'enfants ?

À cette perspective, Marjolaine fut secouée d'un tressaillement d'inquiétude, et dans un geste spontané, elle referma les bras sur sa poitrine pour se calmer, pour s'apaiser. Elle ne tenait pas à suivre les traces de sa mère, loin de là, mais un ou deux enfants de Ferdinand seraient les bienvenus.

Dès lors, la question devenait inévitable : devrait-elle consulter un médecin ? Était-il trop tôt ?

Marjolaine n'y connaissait pas grand-chose. Le peu d'informations qu'elle possédait sur le sujet avait été glané dans des livres à la bibliothèque, parce que chez ses parents, la conception des bébés n'avait jamais été un objet de discussion possible. En fait, il n'aurait jamais été toléré.

Ce qui se passait dans la chambre à coucher des parents ne concernait en rien les enfants de la famille.

Toujours est-il que le soir où Ophélie avait parlé de la venue prochaine d'un autre bébé, parce qu'à ce moment-là, elle ignorait encore qu'elle portait des jumeaux, seul leur père Connor avait semblé s'en féliciter, ce qui n'avait pas eu l'heur de plaire à son épouse.

— On va finir par manquer de place, avait-elle alors constaté sur un ton aigre, avant de soupirer bruyamment. Et d'argent ! Je ne peux pas concevoir que tu sois à ce point heureux par cette nouvelle.

— Ne t'inquiète pas, je m'occupe de tout, avait répliqué le grand Irlandais avec son autorité coutumière.

Un large sourire de fierté avait alors traversé son visage tandis qu'il poursuivait sur le même ton, coupant ainsi la parole à son épouse, qui s'était immédiatement retirée en elle-même dans un silence boudeur.

— Tu sais très bien que je trouve toujours une solution à tous nos problèmes. Fais-moi confiance.

Ce fut par conséquent à cette époque que Claudette et Marjolaine avaient été obligées de quitter Sherbrooke pour aller gagner leur vie à l'extérieur de la ville, libérant de ce fait un peu de place dans la chambre des filles pour les bébés à naître, parce que selon le médecin consulté, on venait d'apprendre qu'en fin de compte, il y aurait deux poupons.

Claudette était donc partie pour Québec.

Et Marjolaine pour Montréal.

Mais ce faisant, Ophélie était devenue l'unique ressource pour voir à sa grande famille, et la charge avait dû lui paraître de plus en plus écrasante.

Exténuée par tant de maternités, désespérée devant une existence sans charme ni loisir, et emmurée dans un quotidien où elle se sentait terriblement seule, voire abandonnée de tous, Ophélie avait fui la maison, peu de temps après la naissance des petits jumeaux, Lisette et Adam.

À partir de ce jour-là, la vie familiale des Fitzgerald était partie en vrille. Plus les semaines s'étaient additionnées, se transformant irrémédiablement en mois, plus l'évidence s'était faite criante : Ophélie ne reviendrait pas. Il n'y avait donc plus aucune possibilité de retour vers le passé, avec comme résultat que l'ensemble des enfants s'étaient retrouvés à Montréal, à l'exception de Claudette, bien entendu, puisqu'elle vivait toujours chez leur grand-mère Léopoldine à Québec.

Et de Thomas, bien sûr, le deuxième des garçons, parce qu'il avait été incarcéré à la prison Winter, à la suite d'un cambriolage.

Après une sérieuse réflexion de la part de Marjolaine, les gamines Fitzgerald l'avaient toutes suivie à Montréal pour qu'elle puisse s'en occuper sans avoir à quitter son emploi, et les garçons, eux, avaient été placés sous la garde d'Henry, le jumeau de Marjolaine, qui était venu rejoindre sa sœur dans la métropole depuis plus d'un an maintenant, après une violente querelle qui l'avait opposé à leur père Connor.

Aux dernières nouvelles, Ophélie vivait toujours dans le Connecticut, avec son ami de cœur Oscar Caldwell, et elle fréquentait régulièrement sa sœur Justine et son mari Jack Campbell.

Quant à Connor, il habitait encore le logement sis sur la rue Frontenac à Sherbrooke, comme si de rien n'était. Sans qu'elle puisse en être certaine, Marjolaine se doutait bien qu'il devait vivre seul et partager son temps entre la gare du CP où il travaillait depuis de nombreuses années déjà et la taverne où il retrouvait ses amis chaque soir.

Heureusement, la période la plus sombre de l'univers des Fitzgerald était désormais derrière la jeune épousée, et si ce n'était de cette apparente incapacité à concevoir un bébé, elle serait la plus comblée des femmes auprès de son mari et de ses petites sœurs.

L'heure du souper approchant, elle se hâta donc de se changer. Elle rinça abondamment ses sous-vêtements à l'eau froide, et elle les lança dans la polonaise d'un geste brusque comme pour oublier ce moment de tristesse.

Puis, elle se faufila vers sa chambre pour enfiler une tenue d'intérieur.

Quand elle se dirigea enfin vers la cuisine, la jeune femme affichait son habituel sourire, calme et serein. Elle ne voulait surtout pas alerter Delphine, qui savait fort bien que sa grande sœur et son mari espéraient avoir un bébé dans un avenir rapproché. Toutefois, même si Marjolaine sentait que celle-ci compatirait à sa tristesse, elle n'avait nulle envie de discuter de ses déboires avec qui que ce soit, pour l'instant.

Ses inquiétudes et ses chagrins, qu'ils soient justifiés ou non, elle les partagerait d'abord et avant tout avec Ferdinand, plus tard en soirée, quand ils se retrouveraient dans l'intimité de leur chambre à coucher. À lui, elle pouvait tout dire, tout confier, comme elle l'avait si souvent fait par le passé avec son jumeau Henry. Avec ceux qu'elle appelait en riant ses deux hommes, la jeune femme ne risquait jamais la moindre moquerie. Et si la remarque était déplaisante à entendre, le ton pour la dire était gentil, respectueux. Marjolaine n'avait jamais prétendu avoir toujours raison et elle acceptait de bon gré les critiques pertinentes, pourvu qu'elles ne soient pas formulées sur un ton brutal ou incisif.

Puis, à bien y penser, trois mois d'attente déçue n'étaient pas ce que l'on pouvait qualifier de véritable catastrophe. Après tout, elle n'avait que vingt-deux ans et toute la vie devant elle. L'important, présentement, était le bonheur de tous les enfants de la famille Fitzgerald.

Et que chacun puisse y parvenir à sa manière et selon ses désirs les plus légitimes. Pas question de pis-aller quand on parle d'avenir. Les jeunes adultes de la famille s'entendaient fort bien sur ce point.

Pour ce faire, cependant, Henry et elle avaient encore pas mal de pain sur la planche, puisque les petits jumeaux n'avaient que deux ans et demi. Bien que la situation soit de moins en moins préoccupante, ce n'était pas une sinécure, ni pour l'un ni pour l'autre, de remplacer des parents au pied levé, même si lesdits parents n'avaient jamais été à la hauteur des attentes justifiées de la fratrie. En revanche, pour pallier leur manque d'expérience, Marjolaine et Henry, et Ferdinand aussi, par la bande, pouvaient compter sur l'aide précieuse de tous ceux qui les entouraient, et les jours se suivaient maintenant, ponctués de nombreux petits plaisirs et de quelques beaux éclats de rire. Quant aux inévitables problèmes, ils se réglaient facilement à force de discussions constructives et de bonne volonté.

* * *

Toutefois, Marjolaine n'était pas la seule à s'impatienter à l'idée d'avoir un enfant. Béatrice Goulet, la mère de Ferdinand, espérait de tout son cœur, elle aussi, la venue prochaine d'un poupon.

— Avant que je ne sois plus capable de m'en occuper ou de le garder de temps en temps, soupirait-elle devant les semaines qui s'additionnaient.

À quatre-vingt-six ans, Béatrice était consciente que dans son cas, tout était devenu possible, le meilleur comme le pire !

Voilà pourquoi, pour tromper l'attente et ne pas angoisser devant les années qui déboulaient désormais beaucoup trop vite à son goût, la vieille dame s'était donné comme mission de convaincre son garçon d'effectuer des travaux de rénovation majeurs dans leur résidence. Travaux qui lui permettraient à elle de circuler d'un étage à l'autre en toute liberté. Ainsi, le jour où il y aurait un bébé, elle pourrait y voir sans devoir demander l'autorisation de monter à l'étage.

Toutefois, selon Béatrice, pour mener à terme un projet d'une telle envergure, il faudrait de l'argent, beaucoup d'argent, ce qu'elle n'avait pas.

Voilà pourquoi, avant toute chose, elle avait prétexté une envie irrésistible de promenade sous un beau soleil de mars pour se rendre à la Banque Royale du Canada. Le directeur qui la connaissait bien l'avait aussitôt rassurée : son crédit était impeccable ; sa maison, ainsi améliorée, aurait une bonne valeur sur le marché ; et avec Ferdinand aux commandes de la famille depuis son récent mariage, il n'avait aucune inquiétude pour les années à venir. En un mot, il serait heureux de leur consentir un prêt pour effectuer les travaux.

Béatrice était retournée chez elle soulagée et un brin excitée, comme si elle venait de rajeunir d'au moins dix ans.

Dans quelques semaines, à défaut de dorloter un nouveau-né, elle pourrait voir aux petits jumeaux en toute liberté, n'en déplaise à son garçon, qui craignait toujours que sa mère en fasse trop et s'épuise.

Ce soir-là, la vieille dame s'était endormie le cœur content.

Pourtant, malgré cette certitude dorénavant établie qu'elle avait les moyens de ses ambitions, Béatrice savait fort bien que rien n'était gagné d'avance avec Ferdinand. Son fils, qui frôlait les trente ans, était le plus gentil des hommes, certes, mais au fil des années, il avait perdu un peu de cette spontanéité désarmante propre à la jeunesse, et il était devenu un tantinet frileux devant les changements. De nature plutôt frugale, ce qui en soi n'était pas un défaut, il se plaisait à dire depuis quelques années qu'il se contentait de peu pour être heureux. Maintenant qu'il avait épousé l'élue de son cœur, Ferdinand Goulet ne demandait rien de plus à la vie, sinon le bonheur d'avoir une certaine descendance. À ses yeux, les travaux envisagés par Béatrice risquaient donc de prendre la forme d'une corvée fastidieuse.

Dès lors, la vieille dame devrait commencer par convaincre son garçon du bien-fondé de l'entreprise, et pour ce faire, elle avait décidé d'agir avec prudence. Plutôt que de précipiter les événements, comme elle l'avait régulièrement fait au cours de sa vie, Béatrice attendrait le moment opportun pour parler de ses aspirations avec Ferdinand. Et pour cette discussion d'importance, elle préférait être seule avec lui, ce qui arrivait de moins en moins souvent depuis son mariage.

Et afin de garder le plus d'atouts possible dans son jeu, le jour où l'occasion tant espérée se présenterait, la vieille dame exposerait calmement le projet. Elle le décrirait comme étant une nécessité pour elle, compte tenu de son grand âge, ce qui, avouons-le, n'était qu'un demi-mensonge. De plus, cette approche devrait toucher une corde sensible chez Ferdinand, car le bonheur de sa mère était depuis toujours un incontournable pour lui.

D'ailleurs, comme Béatrice, sans aucune malice, était passée maître dans l'art d'utiliser le gros bon sens et les émotions des gens pour arriver à ses fins, elle estimait qu'elle devrait réussir à persuader son garçon que chambarder leur duplex, encore une fois, ne serait pas si terrible, et ce, sans avoir besoin d'une foule d'arguments.

Cela prit une bonne semaine avant que Ferdinand retrouve l'horaire de travail de jour, et qu'il puisse ainsi profiter d'un moment de liberté en début de soirée pour partager un thé en tête à tête avec sa vieille maman, comme il appelait affectueusement sa mère depuis quelque temps.

Pour la taquiner, disait-il.

Béatrice, quant à elle, considérait que c'était là la façon trouvée par son garçon pour se faire à l'idée, petit à petit, qu'elle ne serait pas éternelle.

Après des jours et des jours d'une pluie endémique, la température était enfin clémente. La soirée s'annonçait agréable, et Ferdinand semblait d'excellente humeur. Par la fenêtre grande ouverte sur les senteurs du printemps, on entendait les cris des enfants qui avaient envahi les ruelles pour s'amuser un peu avant l'heure du coucher.

Sans entrer dans les détails, la vieille dame avait donc tâté le terrain quant à la faisabilité de quelques travaux de réaménagement touchant les deux logements.

Sourcils froncés, Ferdinand avait écouté sa mère sans l'interrompre, mais dès qu'elle avait eu fini d'exposer le projet dans son ensemble, utilisant des mots qui disaient tout sans réellement aborder le vif du sujet, le jeune homme s'était redressé sur son fauteuil.

De toute évidence, sa réponse serait négative.

— Tabarnouche, maman! lança-t-il d'entrée de jeu. Il me semble qu'on en a déjà plein les bras avec la marmaille des sœurs de Marjolaine. C'est à peine si je trouve le temps de venir jaser avec vous de temps en temps. Et vous voudriez ajouter des travaux, par-dessus le marché?

— Pourquoi pas?

— Pour la simple et bonne raison qu'à mon avis, ça serait tout à fait inutile de changer quoi que ce soit et que je me demande bien où je trouverais le temps de tout faire.

— Ça, c'est toi qui le dis.

— Voyons donc! Je sais pas trop ce que vous mijotez, mais pourquoi entreprendre des travaux qui, finalement, rimeraient pas à grand-chose? On est bien comme ça, non? Très bien, même!

Tout en parlant, Ferdinand regardait la pièce autour de lui. Pour que sa mère ne soit pas en reste, après les aménagements qu'il avait apportés au logement que Marjolaine habitait avec les filles, il avait repeint le salon du rez-de-chaussée dans les mêmes tons de beige chaud qu'il avait utilisé à l'étage supérieur, et le résultat était très agréable à l'œil.

La mère et le fils étaient donc présentement installés dans le salon de Béatrice, comme chaque fois qu'ils avaient la chance de se retrouver après le souper. Ils s'asseyaient face à face, l'un dans le fauteuil en tapisserie fanée et aux ressorts fatigués par des années d'usure, et l'autre sur le divan assorti. Bien des soucis du quotidien s'étaient réglés dans cette pièce, qui avait été aussi le témoin silencieux de nombreuses confidences.

Comme Béatrice s'attendait justement à une réponse du genre de celle que Ferdinand venait de lui servir, elle la balaya aussitôt du bout des doigts en haussant les épaules.

— Bien sûr, mon garçon, bien sûr ! Je ne critique pas ce qui a été fait. Je ne dénigre en rien les pièces qui nous entourent, et que tu as si habilement métamorphosées par le simple ajout de jolies couleurs. Tu as raison, c'est très bien ainsi. Je soulève seulement l'idée que si on apportait quelques petits changements supplémentaires, on pourrait être encore mieux.

— C'est à voir !

— Laisse-moi terminer avant de critiquer ! Je ne connais personne qui ne veut pas améliorer son sort quand c'est possible. Tu ne crois pas, toi ?

Ferdinand dessina une moue sceptique avant de revenir à son idée première et il secoua la tête dans un geste de négation.

— Pas nécessairement. Pour vouloir améliorer les choses, c'est qu'on y a d'abord longuement réfléchi, fit-il remarquer avec pertinence, et c'est pas tout le monde qui a du temps à perdre avec ça... Surtout quand on est déjà plus que confortable... Comme ça, vous avez encore une fois pensé à chambarder la maison ?

— Quand même...

— Parce que vous êtes pas bien ?

— Ce n'est pas ce que j'ai dit.

— Dans ce cas-là, qu'est-ce que vous voulez vraiment dire, moman, quand vous parlez de faire encore des modifications ?

— Je pense à pas grand-chose, tu vas voir ! Que de petits changements pour améliorer le confort d'un peu tout le monde, et...

Soupçonnant que ces derniers mots en cachaient d'autres plus lourds de conséquence, Ferdinand reprit de plus belle, coupant ainsi la parole à sa mère.

— Et à quelle sorte de petits changements pensez-vous, exactement ?

— Je viens de le dire ! C'est trois fois rien...

À ce moment-là, le jeune homme poussa un soupir de découragement entremêlé d'impatience. Il les connaissait les « trois fois rien » de sa mère ! Elle projetterait de faire construire une rallonge à la maison qu'il ne serait pas surpris.

— Et si vous étiez un peu plus précise ? sollicita-t-il le plus calmement possible. Ça m'aiderait peut-être à me faire une opinion.

— J'ai tout bonnement pensé que s'il y avait un escalier à l'intérieur de la maison, ce serait plus facile pour moi de circuler d'un étage à l'autre au lieu de devoir passer par la cour, lâcha enfin la vieille dame sur un ton qu'elle voulait tout léger.

Voilà, c'était dit !

Béatrice lorgna son fils du coin de l'œil.

Toutefois, comme la chose était d'une évidence irréfutable, le jeune homme ne put faire autrement que d'approuver.

— C'est bien certain que ça serait plus simple, accorda-t-il, surtout en hiver. Je vous contredirai jamais là-dessus. Mais est-ce que c'est réellement nécessaire ?

— Pour moi, oui.

— Ouais... C'est vrai aussi que depuis quelque temps, les escaliers sont votre bête noire.

— Tu n'auras jamais si bien dit !

— N'empêche que c'est tout un aria de déplacer un escalier.

Malgré le bien-fondé de la demande maternelle, Ferdinand ne se voyait pas du tout en train de démolir murs, planchers et plafonds pour reproduire un escalier qui remplissait déjà très bien sa fonction à l'arrière de la maison.

— Mais avez-vous vraiment réfléchi à toutes les répercussions d'un pareil branlebas ? C'est un moyen chantier que vous essayez de me vendre, vous là.

— Qu'est-ce que tu veux dire ? Un escalier, ça restera toujours bien une volée de marches qui permet de passer d'un étage à un autre, non ? Ce n'est pas la mer à boire !

— Je suis loin d'être certain que ce serait aussi simple que vous le pensez ! Mais oui, tout est faisable.

Le ton employé par Ferdinand était hésitant.

— Par contre, en avons-nous réellement besoin ? J'suis pas sûr pantoute que vous aimeriez ça, avoir une bande d'enfants qui s'amusent bruyamment autour de vous à longueur de journée.

— Ça, mon garçon, c'est à moi d'en juger, pas à toi.

— Quand même ! Pensez-y comme il faut. Ça risque d'arriver tous les jours si ça devient trop facile d'aller d'un étage à un autre.

— Tu sauras, Ferdinand, que le grand silence d'un logement vide n'est guère mieux ! Puis, ne va pas croire que je n'entends rien de ce qui se passe en haut. Quand Adèle et les jumeaux s'amusent ou se mettent à courir, je peux les suivre au son...

— En plein ce que je dis ! Imaginez maintenant ce que ça pourrait être si les jumeaux et Adèle jouaient ici, dans votre salon, à travers vos potiches et vos bibelots ?

— Je n'aurai qu'à les ranger dans ma chambre, voilà tout !

— Ouais...

Ferdinand ne semblait pas du tout convaincu. Béatrice insista donc.

— Et si moi, vois-tu, je préférais, et de loin, avoir la possibilité de les suivre des yeux, ces tout-petits ? Si à l'occasion, pourquoi pas, j'avais envie de participer à leurs jeux, en quoi cela peut-il te déranger ?

— En rien, vous avez raison. Et j'admets que les journées doivent vous paraître passablement longues par moments... Mais l'été s'en vient ! L'escalier sera plus un problème, puisqu'on en a déjà un dans la cour. De toute façon, les enfants vont commencer à jouer dehors la plupart du temps. Vous aurez juste à les rejoindre en vous installant sur le carré de pelouse.

— Et s'il pleut?

— Décidément, vous avez réponse à tout! J'ai l'impression que cette idée d'escalier à l'intérieur date pas d'hier! Est-ce que je me trompe?

— Pas tant que ça... Disons que ça date d'avant-hier, rétorqua la vieille dame sur un ton moqueur.

Puis, après avoir échappé un long soupir, elle précisa:

— Cette idée d'être plus proche les uns des autres, tu apprendras qu'elle remonte quasiment au jour de ton mariage... Allez, Ferdinand, fais un petit effort pour me comprendre. Avec un peu d'action autour de moi, je me sentirais beaucoup moins seule. De plus, à la hauteur de mes moyens diminués, et là-dessus, je suis tout à fait consciente que je n'ai plus vingt ans, tu n'auras surtout pas besoin de me le souligner, je pourrais tout de même donner un coup de pouce de temps en temps à Kelly ou à Delphine. J'avoue que ça me plairait bien d'avoir encore l'impression d'être utile à quelque chose.

— Là, je vous arrête tout de suite, moman! J'suis pas du tout d'accord avec ce que vous venez de dire. Vous êtes utile à tout plein de choses... Si j'ai la chance de me régaler de bons desserts quasiment tous les soirs, c'est la plupart du temps grâce à vous.

— Tant mieux... Mais si je pouvais observer des frimousses d'enfants heureux grâce à mes desserts, lorsque je serais assise à la table avec vous, au lieu de simplement les imaginer, ce serait encore mieux, crois-moi !

— Et si vous montiez chez nous pour prendre vos repas ?

— On y revient ! Dès qu'il pleut, qu'il neige ou qu'il fait froid, je ne m'aventure plus dehors, et tu le sais. L'escalier en colimaçon me fait peur...

— Vous avez juste à attendre que je sois là pour vous aider, comme on le fait parfois, et...

— Et dépendre de toi pour mes moindres déplacements ? coupa d'emblée la vieille dame, qui commençait à s'impatienter. C'est un peu ridicule d'imaginer que ça me conviendrait, et j'espère que je n'ai pas besoin de te faire un dessin pour que tu l'admettes. En revanche, si l'escalier était à l'intérieur, recouvert de tapis moelleux et doté d'une rampe solide, tu peux être certain que je m'y risquerais. Et plus souvent qu'à mon tour... Comme ça, quoi qu'il arrive, je ne me sentirais plus jamais seule.

Au ton qu'avait employé la vieille dame, Ferdinand savait qu'il n'aurait pas le choix de fournir un effort, ne serait-ce que pour lui faire plaisir.

— Me donnez-vous au moins le temps d'y réfléchir ? Et d'en discuter avec Marjolaine ?

— Oh ! Tu peux y penser aussi longtemps que tu le voudras, mon pauvre enfant, je ne changerai pas d'avis... Quant à Marjolaine, si sa réaction t'inquiète, je peux lui parler. Entre femmes, tu sais...

— Non ! S'il vous plaît, moman, dites rien à Marjo pour l'instant ! C'est à moi de le faire. Maintenant qu'on est mariés, j'aime mieux la mettre au courant de vos intentions moi-même.

Béatrice acquiesça d'abord d'un hochement de la tête. Puis, d'un sourire bienveillant, elle ajouta :

— Tu as tout à fait raison de voir les choses sous cet angle, Ferdinand. Désolée pour mon excès de zèle. Mais tu comprends, Marjolaine a habité ici suffisamment longtemps avant votre mariage pour que ça vienne fausser mon jugement... Effectivement, c'est à toi de lui présenter le projet. J'attends donc que tu me reviennes avec sa réponse avant de faire quoi que ce soit d'autre... Mais ne tarde pas trop, par exemple, parce que j'aimerais en avoir terminé avec le plus gros de l'ouvrage avant la fin des classes... Dans l'hypothèse où Marjolaine serait d'accord avec moi, bien entendu. Ça serait un brin dérangeant d'avoir des ouvriers dans la maison pendant que les jeunes sont en vacances... Parce que oui, j'envisage d'engager quelqu'un pour que tu n'aies pas à tout faire toi-même... Et surtout, dis bien à ta femme qu'à mon avis, un escalier intérieur serait ce qu'il y a de mieux pour tout le monde. Pas seulement pour moi.

— Promis ! Je vais lui expliquer tout ça bien comme il faut, sans rien oublier de ce que vous m'avez dit. Comme ça, si jamais elle était pas d'accord, vous pourrez pas m'accuser d'avoir déformé la vérité.

Déçue que son fils puisse lui prêter une telle intention, Béatrice secoua sa belle tête blanche.

— Ai-je déjà fait ça ? demanda-t-elle alors sur un ton attristé.

Ce dernier se sentit rougir comme un gamin surpris la main dans un sac de biscuits.

— Pardon, moman. Je voulais surtout pas vous faire de la peine.

— C'est pourtant ce que tu as fait. Allons donc, Ferdinand, je n'en voudrai à personne... D'autant plus que je suis certaine que Marjolaine va être du même avis que moi. Après tout, à nous tous, nous formons une seule et unique famille, non ? Neuf personnes, on ne rit plus ! Si le bien-être de l'un d'entre nous passe par des travaux qui, une fois terminés, ne nuiraient pas aux autres, ça devrait être amplement suffisant pour être pris en considération... Et pour que le portrait soit complet, sache, mon garçon, que le directeur de la banque est au courant de mon projet. Il trouve même mon idée plutôt judicieuse, et il est d'accord pour nous accorder le soutien financier nécessaire pour le mener à terme. Maintenant, monte chez toi et laisse-moi finir la vaisselle. Je vais occuper ma soirée en m'amusant à dessiner des plans.

Chapitre 2

« Moi, mes souliers ont beaucoup voyagé
Ils m'ont porté de l'école à la guerre
J'ai traversé sur mes souliers ferrés
Le monde et sa misère
Moi, mes souliers ont passé dans les prés
Moi, mes souliers ont piétiné la Lune
Puis mes souliers ont couché chez les fées
Et fait danser plus d'une... »

~

Moi, mes souliers, Félix Leclerc

Interprété par Félix Leclerc en 1951

Le jeudi 6 juin 1946, sur le balcon d'un logement de la rue D'Aiguillon, en compagnie d'une Léopoldine, ma foi, très heureuse

Ça y était!
Le voyage était maintenant officiel : Clémence et sa mère partaient pour le Connecticut au début du mois d'août.

But du voyage? Une portion de bonheur pour tout le monde.

Durée du voyage? Indéterminée.

Ça, c'était Justine qui le lui avait suggéré, au grand contentement de Léopoldine. En revanche, elle n'en avait pas encore parlé à Clémence qui, pour être sincère, y allait un peu à reculons.

— Attends, ma fille, attends de voir où c'est que ta sœur demeure, pis tu vas vite comprendre pourquoi j'ai autant insisté.

— Ouais...

Malgré les descriptions enthousiastes de sa mère, Clémence était restée sceptique. Pourquoi passer de longues heures dans un autobus brinquebalant juste pour aller voir la mer? Elle avait déjà vu l'océan au cinéma à plusieurs reprises, et cela ne l'avait pas impressionnée outre mesure.

Si en fin de compte Clémence avait accepté de participer au voyage, c'était uniquement pour acheter la paix et faire plaisir à sa mère. Léopoldine en était tout à fait consciente.

Présentement, celle-ci se berçait lentement. Une lettre à la main, celle que lui avait justement envoyée Justine pour lui répéter qu'elle les attendait avec impatience et qu'elles pourraient rester le temps qu'elles le voudraient, la vieille femme suivait les passants d'un regard absent parce qu'en pensée, c'était l'océan qu'elle contemplait déjà.

Et le phare.

Et la plage au sable doré.

Et le petit casse-croûte qui offrait de si bonnes patates frites.

Et les cornets de glace à la vanille toute dégoulinante qu'il fallait se dépêcher de manger, en riant comme des enfants, à cause du soleil qui tapait si fort.

Et le grand chapeau de paille qu'elle n'avait pas remis depuis son précédent voyage, parce qu'ici, à Québec, il lui semblait un peu ridicule.

— C'est pas des maudites farces, murmura-t-elle, j'ai passé quasiment deux longues années à rêver d'océan pis de plage, de jour comme de nuit ! C'est long en sacrifice, ça, deux ans de jongleries ! Pis maintenant, c'est fait : on part dans deux mois. Il y a pas de mots pour dire comment j'suis contente !

Au Connecticut, il y avait tant de belles et bonnes choses pour réjouir le cœur et l'âme que Léopoldine ne savait par où commencer !

Alors, depuis que les billets d'autobus pour l'aller avaient été achetés, la vieille dame n'arrêtait pas d'ajouter de menus plaisirs à sa liste déjà fort longue de tous ces gestes qu'elle se promettait de répéter, de tous ces endroits qu'elle espérait tant revoir et faire découvrir à Clémence, en souhaitant que celle-ci sache partager son enthousiasme.

— Pis faudrait pas oublier d'acheter des costumes de bain. Pour elle comme pour moi !

À la simple évocation de faire trempette dans l'océan, Léopoldine esquissa un sourire coquin.

Puis, elle revint à sa réflexion.

— Sacrifice que ça a été dur ! Ça en fait, des semaines pis des mois à essayer de convaincre ma fille de m'accompagner. J'en pouvais plus de me répéter... Plus une couple de mois supplémentaires en privations de toutes les sortes pour réussir à ramasser assez d'argent pour rendre le voyage possible... Tout ça parce que j'avais quasiment plus un *token* de côté à cause du mariage de Marjolaine avec son beau pompier Ferdinand. Nos robes à Clémence pis moi nous ont coûté les yeux de la tête, mais ça valait la peine de se mettre en frais. Il y avait juste du beau monde à ce mariage-là. On a fait honte à personne, à commencer par Claudette, qui était belle comme une fleur du printemps dans sa robe en chiffon... Encore une chance qu'elle ait gentiment proposé de payer les billets d'autobus pour tout le monde, sinon là, c'est vrai que je me serais retrouvée raide pauvre... Mais quel mariage !

Les souvenirs que Léopoldine gardait de ce samedi d'automne tout en or et en vermeil étaient supportés par les photos que Marjolaine lui avait fait parvenir en guise de cadeau de Noël, en même temps qu'une très jolie carte.

Chaque fois que la vieille femme repassait dans sa mémoire cet événement grandiose, elle ne pouvait s'empêcher d'ébaucher un sourire ému.

L'orgue qui donnait des frissons, les chants qui lui avaient tiré des larmes et la belle robe blanche ornée d'une traîne comme si sa petite-fille avait été une vraie princesse le temps de la cérémonie avaient tous permis de faire de ce mariage une pure journée de rêve. Et que dire de la réception grandiose, tenue chez les O'Brien, qui avaient aménagé leur cour comme on peut le voir dans les petites vues ! Ça, c'était Claudette qui le lui avait expliqué parce qu'elle-même n'avait jamais mis les pieds dans une salle de cinéma. Il n'en demeurait pas moins que même Claudette, qui fréquentait régulièrement les endroits à la mode et les grands restaurants, avait eu l'air impressionnée.

— Ouais, ça a été tout un mariage que celui de ma petite-fille Marjolaine, pis je regrette pas une miette d'y être allée, ajouta Léopoldine à voix basse, tout en tapant du talon sur le bois usé du balcon pour intensifier le mouvement de sa chaise berçante. En plus, c'est ce jour-là que j'ai rencontré madame Goulet, la mère du pompier, pis ça, j'avoue que ça a été un vrai de vrai plaisir, même si j'ai été pas mal surprise de m'entendre aussi facilement avec une étrangère... Quelle femme agréable ! Je pensais jamais que ça m'arriverait un jour d'avoir une amie. Pourtant, ça a pris juste une couple de sourires, pis bang ! Elle pis moi, on se retrouvait à parler ensemble comme si on se connaissait depuis toujours... C'est bête à dire, pis je sais pas le diable pourquoi c'est de même, mais à elle, ça me tanne jamais d'écrire.

Heureusement, d'ailleurs, que Léopoldine avait eu une myriade de merveilleux souvenirs à évoquer, plusieurs belles photos à contempler et quelques lettres à écrire pour l'aider à traverser la saison froide, parce que l'hiver avait été plutôt rude, cette année, et qu'il lui avait paru fort long et particulièrement glacial.

— À croire que le frette est de plus en plus frette au fur et à mesure que j'avance en âge, constata-t-elle. Ça se pourrait-tu, ça là ?

Avancer en âge...

Léopoldine ne disait plus jamais qu'elle vieillissait, comme si le mot « vieillir » l'angoissait.

En effet, depuis ces derniers mois, elle sentait bel et bien les aléas du grand âge la rattraper. Douleurs et raideurs la harcelaient presque quotidiennement, et cela la consternait.

Plus de déni possible : Léopoldine Vaillancourt était maintenant une dame âgée, comme on le disait quand on voulait être poli. Percluse de rhumatismes par temps humide et froid, affectée de trous de mémoire au quotidien, ce qui n'améliorait pas son caractère irritable, et condamnée à une digestion laborieuse de façon régulière, surtout lorsqu'elle mangeait du dessert au souper, son péché mignon, Léopoldine regardait filer les années avec appréhension. Tous ces désagréments combinés à une fatigue inhabituelle qui la poussait à faire la sieste durant l'après-midi, comme un bébé, lui rappelaient sans ménagement que la fin approchait inexorablement, et elle se levait tous les matins avec la pensée angoissante que ce serait peut-être sa dernière journée sur Terre.

C'est pourquoi, tout en se berçant sur son balcon, la vieille dame mesurait la chance qu'elle avait de pouvoir retourner au Connecticut. Pour elle, c'était un véritable cadeau du Ciel que d'avoir la chance de se permettre un si long voyage à son âge, et s'il lui fallait rendre l'âme bientôt, parce que le Très-Haut en aurait ainsi décidé, aussi bien le faire à la chaleur, devant la mer, plutôt que dans son appartement un peu sombre et dans son lit trop étroit.

Mais bien au-delà de sa frayeur de mourir ou du plaisir des paysages qu'elle reverrait sous peu, et des petites joies qu'elle aurait peut-être l'occasion de s'offrir à nouveau, la vieille dame aspirait surtout à l'instant où elle se retrouverait en compagnie de sa fille Justine. C'était tout juste si elle arrivait à retenir son envie de trépigner d'impatience, comme une jeune enfant qui espère l'arrivée du père Noël.

Parce qu'en fin de compte, Justine n'était pas venue à Montréal pour les noces de sa nièce, comme Léopoldine l'avait tant souhaité.

En effet, sa fille lui avait écrit qu'elle ne voulait pas blesser Ophélie qui, elle, avait finalement choisi de ne pas se présenter au mariage. Dans une très longue lettre, Justine avait précisé à sa mère, sans omettre aucun détail, qu'Ophélie craignait tellement de se retrouver face à face avec son mari Connor qu'elle n'arrivait pas à se décider. En définitive, cette hantise avait réussi à la paralyser complètement. Une terreur exagérée, peut-être, mais qui avait aisément terni sa joie d'avoir reçu un faire-part, elle aussi, et annihilé sa tentation de se joindre aux siens pour assister à la cérémonie qui unirait son aînée à un certain Ferdinand Goulet décrit par Justine et Jack comme étant un vrai bon parti, puisqu'ils avaient eu l'occasion de le rencontrer lors de leur bref passage à Montréal.

Malheureusement, cela n'avait pas été suffisant pour convaincre Ophélie de modifier ses plans. Comme elle l'avait expliqué à Justine, avec énormément d'appréhension dans la voix, le grand Irlandais était si fier de sa nombreuse famille qu'il ne pourrait sûrement pas laisser passer la chance de se pavaner au bras de sa fille devant tous les invités.

— C'est pour ça que je préfère ne pas assister à la cérémonie.

Cette réaction démesurée, personne ne la comprenait véritablement autour d'elle.

Depuis Oscar, l'amoureux d'Ophélie, jusqu'à sa sœur Justine et son mari Jack, en passant par sa mère Léopoldine, qui ne s'était pas gênée pour lui écrire ce qu'elle pensait de la situation, ils avaient tous uni leurs efforts pour lui dire et lui répéter qu'en toute vraisemblance, Connor ne serait pas de la fête, puisqu'il n'avait pas répondu à l'invitation.

Mais rien à faire! En dépit de cette éventualité, Ophélie avait obstinément tenu son bout.

Devant pareil entêtement, Marjolaine elle-même avait écrit à sa mère pour l'aviser que selon elle, son père brillerait par son absence. Tentative inutile, car là encore, Ophélie n'avait pas démordu de son idée : pas question pour elle de courir le moindre risque, et c'est en s'excusant qu'elle avait finalement répondu que, malheureusement, Marjolaine ne pourrait pas compter sur sa présence au mariage. Ophélie avait conclu son bref message en demandant à sa fille de ne pas insister.

Et elle avait fait la même chose avec ses proches.

— C'est que vous ne connaissez pas Connor, pour me parler comme vous le faites, avait argumenté Ophélie pour une énième fois, lors d'un souper dominical chez les Campbell. Même Marjolaine ne connaît pas son père aussi bien que moi.

— Quand même! Connor ne te mangerait pas tout rond, si jamais tu te montrais devant lui, avait fait remarquer Oscar, même s'il trouvait la formule usée tellement il l'avait employée au cours des dernières semaines.

— Ah non ? Apprenez qu'il est capable des pires colères, peu importe les circonstances. Et il change souvent d'idée, c'est une vraie girouette quand il se sent justifié de le faire... Ou au contraire, il s'entête à prouver qu'il a raison même s'il a tort. Une absence de réponse de sa part ne veut absolument rien dire. Donc, pas question pour moi de me présenter à Montréal et risquer de gâcher le mariage de Marjo. Si jamais Connor se pointait quand même à la cérémonie et qu'on se retrouvait face à face, lui et moi, je sais à l'avance que la situation frôlerait la catastrophe, et je ne me le pardonnerais jamais... Alors, de grâce, arrêtez de vous acharner à vouloir me faire changer d'avis, vous perdez votre temps. Je reste ici, un point c'est tout ! Mais rien ne vous empêche d'y aller, vous, avait-elle conclu en se tournant vers Justine et son mari.

Par la suite, Justine avait si bien décrit les discussions qu'ils avaient eues que Léopoldine avait eu l'impression d'avoir assisté elle-même aux différents palabres familiaux. En colère, elle n'avait plus écrit à Ophélie durant de longues semaines.

Ce qu'Ophélie n'avait pas avoué, cependant, c'était qu'elle craignait tout autant de revoir ses enfants, certains d'entre eux étant devenus des adultes depuis sa désertion du domicile familial. Lire dans leurs regards les reproches qu'ils étaient en droit de lui adresser l'aurait anéantie.

Loin des yeux, loin du cœur, se répétait-elle *ad nauseam* quand le doute s'insinuait dans ses réflexions et que l'envie de tous les revoir se transformait en vertige douloureux. De nouveau-nés qu'ils étaient à son départ précipité de la maison, les petits jumeaux étaient assurément devenus de charmants bambins. Puis, la gentille Marjolaine était probablement aujourd'hui une très belle femme. Ophélie n'éprouvait aucune difficulté à se la figurer dans une superbe robe blanche, et alors, son cœur se serrait.

Ce qui n'avait rien changé à sa position : il valait mieux s'en tenir aux quelques beaux souvenirs qu'elle gardait de sa vie antérieure et aux images magnifiques que lui suggérait son imagination plutôt que de voir poindre un immense regret qui la poursuivrait inexorablement jusqu'à la fin de ses jours.

Et c'était la même chose pour tous ceux qu'elle avait laissés derrière, lorsqu'elle s'était enfuie de Sherbrooke, que pour elle-même.

Avec les années, Ophélie avait même réussi à se convaincre que s'ils ne se voyaient plus jamais, ses enfants et elle, le temps finirait bien par faire son œuvre, et qu'ils arriveraient tous par être heureux sans compromis, malgré l'absence qui s'éternisait et les meurtrissures causées par son départ.

Voilà la raison pour laquelle Léopoldine n'avait pas revu Justine depuis deux ans, comme elle l'aurait tant souhaité : à cause de l'entêtement d'Ophélie qui, parfois, n'avait rien à envier à celui de Connor... Ni au sien, en fin de compte, parce qu'en ce qui avait trait à l'esprit d'obstination, Léopoldine Vaillancourt ne laissait pas sa place elle non plus. La vieille femme en était tout à fait consciente!

Mais bon!

Quoi qu'il en soit, l'ennui serait bientôt chose du passé et elle pourrait enfin reprendre ses longues conversations avec sa fille Justine qui, jusqu'à ce jour, restait celle de ses enfants avec laquelle elle s'entendait le mieux.

— Dans la vie, il faut surtout pas être gênée de dire ce qu'on pense vraiment, observait-elle parfois. J'ai jamais eu peur des mots, pis c'est surtout pas à mon âge que j'vas commencer! Ça fait que oui, Justine est celle de mes filles avec qui je m'adonne le mieux, reconnaissait-elle en murmurant, lorsqu'elle se savait à l'abri des oreilles indiscrètes. Je le dirais peut-être pas à haute voix, mais c'est ce que je pense pareil!

Pourquoi se mettre des œillères, n'est-ce pas?

En revanche, le constater était une chose, en comprendre la raison en était une autre.

Comme les injustices en tout genre déplaisaient souverainement à Léopoldine, elle s'était fait un devoir de bien soupeser la situation et les émotions qu'elle ressentait.

C'est pourquoi, à force de réflexion, la vieille dame en était arrivée à la conclusion que Clémence, trop effacée et trop prévisible, lui tapait de plus en plus souvent sur les nerfs, au point où elle pressentait que le trajet en autobus côte à côte avec elle serait éprouvant.

En effet, en compagnie de son aînée, qui avait la fâcheuse manie de dénigrer les nouveautés et de bouder au moindre désagrément, toutes ces longues heures passées assise sur un siège inconfortable risquaient de lui paraître interminables et passablement pénibles.

Léopoldine avait aussi statué qu'à la lumière de son obstination concernant sa présence au mariage, Ophélie lui ressemblait trop. Son acharnement à décliner l'invitation et son refus d'en discuter faisaient en sorte qu'elle estimait qu'il serait invraisemblable de penser trouver aisément un terrain d'entente entre elles. Les dernières lettres adressées par Ophélie avaient été plutôt expéditives, et elles avaient choqué la vieille femme, qui ne lui avait même pas répondu.

Arriveraient-elles à s'accorder un jour ?

Léopoldine en doutait grandement. Du moins, pas de la même façon qu'avec Justine, auprès de qui elle avait su créer des liens tangibles.

Toutefois, lorsqu'elle repensait à sa rencontre impromptue avec Ophélie, à certains regards échangés entre elles, Léopoldine devait admettre en son for intérieur qu'elle ne serait pas déçue de revoir cette dernière, afin peut-être de poursuivre une relation inachevée. Seul l'avenir dirait si elle avait bien fait de garder un certain espoir.

Quant à Jeanne d'Arc, vivant à l'abri de son monastère depuis des décennies, elle n'était plus que l'ombre de la gamine énergique et délurée qu'elle avait été. De ses quatre filles, Jeanne d'Arc avait été celle qui était la plus dynamique, celle qui jadis plaisait le plus à sa mère. En contrepartie, puisque Léopoldine ne la voyait qu'une seule fois dans l'année, à l'époque des Fêtes, elle s'était facilement persuadée qu'elle n'avait pas besoin de créer de liens affectifs avec elle autres que ceux d'une filiation de bon aloi. De toute façon, avec les années, Jeanne d'Arc était devenue sèche comme un sarment et froide comme une matinée de janvier. Les conversations entre elles étaient désormais teintées de bigoterie et d'une banalité affligeante, au point où Léopoldine était convaincue que les lèvres pincées de sa fille devaient avoir oublié comment sourire. Savoir que cette dernière priait pour la rédemption de son âme suffisait donc amplement pour lui trouver un certain charme.

Ne restait plus que la belle Claudette, qui occupait régulièrement ses pensées, mais dans son cas, c'était la curiosité qui dominait la réflexion de la grand-mère.

Et l'inquiétude, il va sans dire, celle qui allait grandissant semaine après semaine, car Léopoldine jugeait pour sa part que le comportement de la jeune femme était enveloppé d'ambiguïtés, de non-dits et d'excuses plus ou moins plausibles.

En effet, une secrétaire de direction travaillait-elle autant que sa petite-fille le prétendait ? Léopoldine aurait été bien embêtée de le dire, puisqu'elle n'y connaissait absolument rien.

Car c'était bien là le métier que Claudette exerçait, non ? Elle avait été choisie pour être la secrétaire particulière de son bon à rien de Jean-Louis Breton.

Juste à y penser, Léopoldine en avait des démangeaisons, comme si elle avait été couverte d'urticaire !

Quoi qu'il en soit, à ses yeux, cet emploi n'avait rien de bien attrayant. Ce devait être tout bonnement assommant de devoir écrire des lettres et de prendre des notes à longueur de journée. Pour la vieille femme, le travail de Claudette était fait de monotonie, un peu comme celui qu'elle avait exercé tout au long de sa vie, à faire des ménages chez les bien nantis.

Malgré ce déplorable constat qui était évident selon les estimations de Léopoldine, Claudette en parlait avec une volubilité qui, si elle semblait sincère, lui paraissait excessive. L'entrain qui teintait les moindres paroles de sa petite-fille lorsqu'elle racontait son travail n'avait rien à voir avec l'emploi. Du moins pour Léopoldine, et cela lui paraissait très louche.

« Trop, se disait-elle alors, ne vaut guère mieux que pas assez. »

À cause de cela, plus les semaines s'additionnaient, et plus la vieille femme s'était mise à douter de la véracité du discours exubérant que lui tenait sa petite-fille. À moins d'avoir un lit dans un coin de son bureau, la pauvre Claudette ne dormait pas beaucoup, car la plupart du temps, elle ne rentrait chez elle qu'aux p'tites heures du matin.

En contrepartie, Claudette était gentille avec elle. Très gentille.

Trop gentille?

À cette possibilité qui cachait peut-être une tout autre version des choses, un frisson parcourut l'échine de Léopoldine.

— Il va falloir que je me fasse à l'idée que c'est ça qui est ça, pis m'en contenter pour l'instant, jugea la vieille femme, tout en se relevant de sa chaise pour aller voir au souper. Si elle a pas compris le discours que je lui ai fait l'autre jour, tant pis pour elle. Du moins, pour astheure. J'suis toujours ben pas pour venir gâcher mon voyage à cause de suppositions, pis de choses que je connais même pas. Voyons donc! Claudette est fine avec moi, pis c'est un fait qu'elle a pas l'air malheureuse. C'est ça l'important. Pourvu que je puisse compter sur elle pour prendre soin de la maison pendant notre absence, à Clémence pis moi, j'vas me dire qu'on est chanceuses de l'avoir, pis j'essaierai pas de voir plus loin que ça... Non, ça me tente pas pantoute de me faire du sang de cochon durant mon voyage. Si à mon retour, la belle Claudette a pas changé ses manières d'agir, je finirai bien par lui tirer les vers du nez... En attendant, j'vas penser à mon voyage, pis rien qu'à ça... Sacrifice que j'ai hâte de partir!

* * *

Au même instant, à l'autre bout de la route 132, la vie continuait son cours paisible chez les Goulet-Fitzgerald, sans que personne se doute ni se soucie le moins du monde de ce qui pouvait bien se passer à Québec. On avait brûlé suffisamment d'énergie et de temps à discutailler autour de l'idée de travaux lancée par Béatrice pour effacer l'envie de penser à quoi que ce soit d'autre.

Malgré la brève déception qu'elle avait connue au début du mois de mai, même Marjolaine avait été obligée d'admettre qu'elle était soulagée de savoir qu'elle n'était toujours pas enceinte. Les discussions entourant le projet avaient réussi à éroder son habituelle patience et à faire pâlir sa grande faculté d'adaptation. En un mot, elle ne se voyait surtout pas en train de trimballer un gros ventre durant des travaux qu'elle aussi avait commencé par refuser.

Qu'à cela ne tienne, Béatrice avait alors demandé de soumettre son idée au conseil de famille, entendre ici que Neil, Kelly, Henry et Delphine seraient eux aussi consultés.

— Et je me plierai à la voix de la majorité.

Leur enthousiasme sincère et spontané avait fait chaud au cœur de la vieille dame, qui n'en pouvait plus de devoir défendre son projet.

Au bout du compte, Béatrice avait eu gain de cause : on construirait un escalier intérieur. De plus, l'attitude chaleureuse de Kelly avait permis de calmer les inquiétudes de Marjolaine qui, pour une toute première fois, n'avait pas été tout à fait d'accord avec sa belle-mère. Elle angoissait à la seule idée de vivre pendant de nombreuses semaines dans la poussière et le bruit.

— Allons donc, avait souligné Kelly en s'adressant à Marjolaine. Pourquoi t'en faire à ce point-là pour des coups de marteau et du bran de scie? Ce ne sera qu'un mauvais moment à passer pour obtenir une maison magnifique, et surtout, beaucoup plus fonctionnelle.

Mais Ferdinand ne l'entendait pas de la même oreille. Au-delà des travaux, lui, c'était l'avenir qu'il entrevoyait avec inquiétude. Il avait levé le doigt comme à la petite école pour attirer l'attention de tous.

— Et moi, je vais me retrouver à devoir payer un loyer pour les quinze prochaines années, avait-il alors souligné, avec un peu d'amertume dans la voix. Il ne faudrait surtout pas l'oublier.

C'était Neil qui lui avait aussitôt répondu.

— Tu ne seras pas différent de tous ceux qui sont locataires, avait-il rétorqué. Et j'en suis. Mais remarque que ça ne nous a pas empêchés de vivre normalement! Tu vas voir, Ferdinand, on finit toujours par s'adapter à tout.

Ces quelques mots avaient clos la discussion.

— Eux au moins, ils n'ont pas perdu leur temps à s'enfarger les pieds dans les fleurs du tapis, avait noté Béatrice en jetant un regard perçant et satisfait à son garçon.

Les O'Brien avaient pris congé pour regagner leur demeure, Henry était reparti retrouver ses jeunes frères et Delphine était depuis peu remontée à l'étage.

— Peut-être, oui. J'espère seulement que Neil a raison et que j'vais finir par m'adapter.

Ne restait plus qu'à s'entendre sur la place que ce fichu escalier occuperait dans la maison pour qu'il soit le moins encombrant possible, dans le logement du haut comme dans celui du bas.

Quelques jours plus tard, beau joueur, Ferdinand avait remisé ses objections et il avait proposé de le construire le long du mur extérieur dans un coin de la cuisine.

Pour sa part, Béatrice avait plutôt opté pour le centre de la maison, là où le passage s'élargissait pour mener d'une part à la cuisine et d'autre part vers les chambres.

— À moins de condamner les deux plus petites chambres, avait alors suggéré Marjolaine.

Sur ce, les discussions avaient recommencé de plus belle !

Après plus d'un mois de tergiversations, de prises de mesures et d'efforts soutenus de l'imagination, Béatrice avait tranché.

— Je ne veux plus en entendre parler pour le moment. L'important, c'est que nous soyons d'accord pour entreprendre quelque chose.

— C'est vrai, avait soupiré Ferdinand, épuisé avant même de commencer la démolition.

— Alors, pour le reste, on va s'en remettre à monsieur Bolduc. C'est lui, l'expert en construction ; sa suggestion sera donc la nôtre. Il a promis de venir me voir dès qu'il aura terminé son contrat sur la rue Wellington. C'est juste dommage de se dire que finalement, les travaux vont avoir lieu en plein milieu de l'été. Et maintenant, la cour !

Au soulagement de tous, la conversation avait alors bifurqué vers le potager que Marjolaine voulait cultiver au fond de la cour.

Les plantations avaient donc occupé les esprits jusqu'au matin de mai où Ferdinand avait remué la terre, tout à côté du cabanon, contre la clôture qui servirait de tuteur pour les tomates. Il était en compagnie de Neil et Henry, et les trois hommes s'étaient bien promis que les buttons seraient déjà prêts à recevoir les graines avant l'heure du souper.

Pendant ce temps, assises sur le balcon, Béatrice, Marjolaine et Kelly les observaient tout en sirotant un thé avant d'aller préparer un dîner de sandwichs pour tout le monde. En pensée, elles voyaient d'avance la montagne de pots qu'on ferait à la fin de l'été.

— Une fois qu'on va les avoir mis en conserve, avait souligné Kelly, toute joyeuse, vos légumes plus les miens devraient nous permettre de passer un hiver agréable.

Puis, un bon matin des derniers jours de juin, une lettre reçue par Béatrice ramena les gens de Québec à l'ordre du jour.

— Imaginez-vous donc que Léopoldine et sa fille Clémence partent vers le début du mois d'août pour le Connecticut, annonça-t-elle, tout en désherbant le jardin en compagnie de sa belle-fille et de Kelly. Pour au moins un bon mois, selon ce que j'ai cru comprendre.

En entendant cette nouvelle, une ombre traversa aussitôt le regard de Marjolaine.

— Les chanceuses! échappa-t-elle.

Se méprenant sur le sens réel de ces deux mots, Béatrice approuva d'un bref signe de la tête, puis elle enchaîna, tout en tirant délicatement sur la longue racine d'un plant de pissenlit qui avait poussé en quelques jours à peine :

— C'est vrai que ça doit être agréable de voyager... Moi, le plus loin où je suis allée, c'est Rimouski, et c'est bien parce que c'est dans ce coin-là que je suis née. Le jour où je suis venue à Montréal en train pour me trouver du travail, j'ai peut-être traversé une bonne partie du Québec, mais je ne me suis arrêtée nulle part.

— Comme moi quand je suis arrivée de Sherbrooke, déclara Marjolaine. J'ai admiré bien des villages sans jamais m'y arrêter.

— Et moi, comme je suis née en Irlande et que c'est fort loin, à mon arrivée, je ne connaissais personne au Canada. Alors, je ne suis jamais sortie de Montréal, et encore moins retournée chez mes parents, compléta Kelly.

Une main sur les reins, Marjolaine se redressa.

— Ah non ? Tu as passé la majeure partie de ta vie loin des tiens ?

Depuis quelque temps, à se voir quotidiennement, les deux femmes avaient convenu de se tutoyer.

— Eh oui ! Je pensais t'en avoir déjà parlé... La seule parenté que j'ai ici, c'est un vieil oncle célibataire du côté des O'Brien, et la famille que j'ai fondée avec Neil. Plus ton père, évidemment, puisqu'il est le cousin germain de mon mari.

— Et moi non plus, je ne suis jamais retournée chez les miens, reprit Béatrice. Pas même pour les funérailles de mes parents, qui se sont succédé à quatre mois d'intervalle. Comme mon mari était déjà décédé, à ce moment-là, je n'avais pas le moindre sou de surplus pour entreprendre le voyage... Dommage.

— Je vais dire comme vous, Béatrice, c'est triste de ne pas être avec les siens quand on traverse de grosses épreuves comme celle-là, approuva Marjolaine.

— Peut-être, oui... En fait, la seule fois où j'ai revu mes parents, c'était le jour de mon mariage. Ils avaient fait la route avec un de mes oncles du côté de mon père et ma cousine. Le lendemain, ils repartaient tous pour leur campagne, et on ne s'est jamais revus. Puis, la vie a passé... En revanche, on s'est beaucoup écrit, ma mère et moi. La correspondance entre nous a commencé au décès de mon frère, durant la Grande Guerre, et elle s'est poursuivie avec encore plus de régularité à partir de la mort de mon mari. Ça a duré pendant des années ! Ce n'est pas mêlant, j'attendais la visite du facteur comme on espère le retour du printemps. Chaque lettre de maman était une bouffée d'air frais pour moi.

En entendant ces quelques paroles en apparence banales, le visage de Marjolaine sembla s'éteindre une seconde fois. Que n'aurait-elle pas donné pour que sa mère et elle puissent rester en contact par le biais de petits messages, tout comme Béatrice avait eu la chance de le faire avec sa propre mère ! Malheureusement pour Marjolaine, Ophélie n'avait même pas accusé réception des photos de mariage qu'elle lui avait envoyées pour Noël. Par conséquent, devant pareille indifférence, la jeune femme n'avait pas osé relancer sa mère.

À des lieues des pensées chagrines que sa confession avait fait naître, Béatrice poursuivait de plus belle.

— Mais à l'époque, je n'ai pas vu mon absence aux obsèques de mes parents comme une tristesse. J'avais deux gamins à nourrir, à loger et à habiller. Rien d'autre n'avait d'importance à mes yeux. Mais pour toi, il en va autrement, Marjolaine. Si un jour tu veux voyager et aller visiter ta mère, tu pourrais sûrement en parler avec Ferdinand.

— Je n'ai pas dit que ma grand-mère et ma tante étaient chanceuses à cause du voyage, expliqua alors Marjolaine avec une certaine hésitation dans la voix. J'ai fait suffisamment d'allers et retours entre Sherbrooke et Montréal pour m'enlever le goût de repartir... Du moins, pour l'instant. Mais je ne détesterais pas revoir ma mère, par exemple, et c'est exactement ce que grand-maman et ma tante Clémence vont avoir la chance de faire, en se rendant au Connecticut.

Et parce qu'elle n'avait pas envie de s'étendre sur le sujet, ne sachant trop ce qu'elle-même ressentait vraiment vis-à-vis de l'ensemble des décisions prises par sa mère, Marjolaine se dépêcha de poursuivre en exagérant son entrain.

— Mais je suis réellement contente pour ma tante, par contre. Pensez donc! À son âge, elle n'a jamais quitté la ville de Québec, sauf pour venir à mon mariage. Ça doit être excitant pour elle, non, la perspective de partir aussi loin?

— Bien d'accord avec toi. J'espère seulement qu'elle est consciente de la chance qu'elle a. N'importe qui à sa place serait heureux.

— Oh oui! Mais j'y pense... Qui va s'occuper du logement de grand-maman pendant leur absence?

— Probablement ta sœur Claudette.

Cette fois, l'hésitation de Marjolaine ne dura que le temps d'un bref sourcillement.

— C'est bien certain! Où est-ce que j'avais la tête, moi, coudonc? Effectivement, Claudette habite chez notre grand-mère depuis des années, maintenant, et elle ne part pas. S'il y en a une qui est capable de mener plusieurs choses de front, c'est bien ma sœur.

Je n'en reviens pas encore de l'emploi qu'elle s'est déniché.

— Pourquoi dis-tu ça ?

— Parce que c'est très surprenant... Claudette a toujours été fonceuse, c'est vrai, mais je ne me souviens pas de l'avoir déjà vue aussi enjouée, aussi sûre d'elle-même. En plus, elle n'a jamais aimé l'école, et laissez-moi vous dire que ce n'est pas elle qui avait les meilleures notes en écriture. Ça m'a donc vraiment étonnée de l'entendre annoncer qu'elle était aujourd'hui secrétaire particulière d'un brillant homme d'affaires. Comment fait-elle pour s'occuper de sa paperasse, de sa correspondance ? C'est un mystère pour moi ! Oui, Claudette a beaucoup changé en trois années, et elle a dû se mettre à la lecture... Je ne vois rien d'autre. Par contre, un point sur lequel elle est restée fidèle à elle-même, c'est dans sa manière de s'habiller. Je l'aurais reconnue entre mille à cause de cette robe extravagante qu'elle portait pour mon mariage. Ma sœur a toujours aimé se mettre en évidence.

Car bien entendu, lors de l'événement, tout le monde avait remarqué l'élégance un peu tapageuse de Claudette, et ce, dès qu'elle était sortie d'un taxi pour aussitôt tendre la main à une vieille dame afin de l'aider à faire de même.

Mais qui donc était cette jolie demoiselle qui semblait vouloir faire compétition à la mariée ?

En revanche, quand les invités endimanchés avaient vu Marjolaine faire fi du protocole pour se précipiter vers la nouvelle venue, la traîne de sa robe suspendue sur son bras, on avait aisément compris que cette inconnue n'en était pas vraiment une. Puis, Henry avait suivi, et tous les deux, ils avaient spontanément enlacé la jeune femme pour l'étreindre tout contre eux. Nul doute, la belle étrangère devait faire partie de la famille.

De toute manière, quand on y regardait d'un peu plus près, et malgré le maquillage criard de Claudette, la ressemblance entre les deux femmes ne pouvait mentir : elles étaient des sœurs, ou alors des cousines proches.

On s'était par la suite félicité de la bonne fortune de Claudette, et durant quelques jours, on avait beaucoup parlé d'elle.

— C'est ce qui arrive quand on est une jolie femme et qu'on a un peu de talent, avait fait remarquer Kelly, au retour du voyage de noces des tourtereaux, alors qu'une partie de la famille s'était réunie chez Béatrice pour les accueillir. Si en plus, tu as la chance de tomber sur un bon patron, ça peut faire toute la différence entre être née pour un petit pain et briller au soleil. Permets-moi de te dire, Marjo, que ta jeune sœur m'a fait une forte impression. Elle a l'air plutôt délurée.

— Oh ! Pour ça, il n'y a aucun doute, avait alors répliqué Marjolaine, ayant en mémoire certains souvenirs rattachés à leur enfance commune. Même toute petite, elle ne se laissait pas souvent marcher sur les pieds. Je dirais que de toutes mes sœurs, c'est elle qui a le plus de caractère. Sur certains points, Claudette me faisait penser à Henry : tous les deux, au besoin, ils pouvaient tenir tête à notre père. Quitte à se valoir une taloche, si ce dernier considérait qu'ils avaient exagéré, ce qui arrivait au moins une fois sur deux. Moi, cependant, je n'aurais jamais osé.

— Pourquoi ?

— Ce n'est pas dans ma nature de m'imposer... Si je peux décider de ce que je veux, et que je n'ai jamais refusé de fournir les efforts nécessaires pour obtenir ce qui me paraît juste ou essentiel, il n'en reste pas moins que devant mon père, j'ai toujours été plutôt mal à l'aise. J'en perdais mes mots... Mais vous le savez, non ? avait-elle demandé, en promenant les yeux de Béatrice à Kelly.

— Bien sûr que je le sais ! Au fil du temps, j'ai appris à bien te connaître. Mais peu importe la nature des gens, avait alors souligné Béatrice, on finit toujours par atteindre ses buts quand on le veut vraiment. Comme on dit, ça prend de tout pour faire un monde ! Et ça ne t'a pas empêchée de faire ton chemin jusqu'à maintenant, n'est-ce pas ? Tu as même réussi à entraîner toutes tes jeunes sœurs dans ton sillage C'est quand même quelque chose !

Devant ce constat réjouissant, Marjolaine était restée silencieuse un moment.

— J'avoue que ça n'a pas été facile de regrouper tout ce petit monde-là autour de moi, avait-elle alors murmuré, songeuse, revoyant en vrac toutes les étapes menant à l'arrivée de ses sœurs à Montréal.

Puis, elle avait offert un franc sourire à Béatrice.

— Mais je ne regrette rien. Quand je les vois aussi joyeuses, c'est la plus belle des récompenses que je pouvais recevoir.

— Et ton jumeau a fait la même chose, à sa manière, avait ensuite déclaré Kelly. Dans la vie, chacun prend la route qui lui est prédestinée, tu sais !

— Tu as bien raison, Kelly. Quant à Henry, il a toujours été très habile à se débrouiller avec les moyens du bord. Il n'a jamais eu peur de se salir les mains ni de s'impliquer au besoin. Vous avez tous pu le constater, non ?

— Et comment !

Effectivement, dès son arrivée à Montréal, le jumeau de Marjolaine n'avait pas chômé !

Le temps de s'installer dans le logement que Ruth et Suzanne, les collègues et amies de Marjolaine, avaient trouvé pour lui et ses frères, puis le jeune homme avait multiplié les rencontres avec d'éventuels employeurs.

Dans un premier temps, il avait proposé ses services un peu partout dans le quartier. Ensuite, il avait élargi ses recherches jusqu'à la rue Sherbrooke, puis vers l'est de la ville. Au bout du compte, il avait décroché le gros lot, le matin où il s'était présenté au port de Montréal.

Depuis des années, à cause de la guerre qui avait entraîné l'exode des jeunes hommes vers l'Europe, les effectifs avaient cruellement manqué pour transborder les marchandises arrivées par train ou par cargo. Avec sa carrure et sa force peu commune, Henry devenait d'emblée le candidat idéal pour occuper un tel poste. De plus, son expérience à titre de chef d'équipe à la manufacture à Sherbrooke et sa maîtrise parfaite de l'anglais l'avaient très bien servi.

Quelques jours à peine après avoir commencé, il admettait que le travail de débardeur lui convenait totalement. Non seulement il aimait se dépenser physiquement, mais avoir la chance de le faire à l'extérieur au grand air la majeure partie du temps, plutôt que de passer ses journées confiné dans un immense hangar poussiéreux, ajoutait à son plaisir de partir tous les matins.

Avec Darcy qui continuait d'être aux commandes des incontournables corvées ménagères, Henry pouvait se consacrer entièrement à son emploi, sans devoir se soucier du bien-être de ses plus jeunes frères. Bien entendu, presque quotidiennement, il donnait un coup de pouce à Darcy, puisque ce dernier priorisait ses études plus que jamais. Toutefois, Henry n'avait plus à s'inquiéter de quoi que ce soit. Son salaire leur permettait d'avoir une vie correcte qui, sans être aisée, comblait les besoins les plus criants.

Quant à Edmund, il ne demandait pas mieux que de se charger des emplettes pour toute la maisonnée. Ainsi, peu après son retour de l'ouvrage comme coursier chez Bell, il n'était pas rare de voir le jeune homme trotter en direction de l'épicerie, de la pharmacie ou de la boucherie, parfois pour Darcy et parfois pour Delphine.

Puis, après le souper, dès que le temps le permettait, tous les garçons, depuis Henry jusqu'à Owen, rejoignaient les cousins O'Brien dans le parc derrière l'église pour une partie de baseball. Même Ferdinand participait à l'activité quand son horaire lui en offrait l'occasion.

— C'est moins plaisant que le hockey, avait souligné le jeune Paul O'Brien, en tout début de la saison de balle, mais ça occupe nos soirées. Pis j'haïs pas ça pratiquer un sport où on n'est pas obligés de s'emmitoufler comme un oignon, sous trois épaisseurs de vêtements parce qu'il fait un froid de canard.

Mais ce que préférait Henry, lorsqu'il ne travaillait pas, c'était se retrouver entre adultes chez Marjolaine. Quand Ruth arrivait à se libérer, elle le rejoignait, et ils passaient tous les quatre une merveilleuse soirée à jouer aux cartes ou aux dés tout en refaisant le monde !

Tous les espoirs étaient permis puisque la guerre était finie !

Malheureusement, de telles réunions étaient plutôt rares, et ce, depuis les tout débuts des fréquentations de Ruth Fillion avec Henry, parce qu'à vingt-six ans, la jeune femme habitait toujours chez sa mère, laquelle s'octroyait un droit de regard sur la moindre de ses sorties.

Avant d'estimer qu'il serait temps d'intervenir, Henry avait toléré cette situation durant de nombreuses semaines, même si elle le contrariait. Toutefois, l'année dernière, au bout de trois mois de rencontres plus ou moins régulières, il avait jugé qu'il était justifié de questionner Ruth sur sa vie familiale dont il ne savait pas grand-chose, afin de mettre au clair certaines attitudes qu'il ne comprenait pas.

— Que veux-tu que je te réponde, Henry ? Ma mère s'est toujours sentie obligée de surveiller ma vie sociale.

Le ton employé par Ruth n'aurait pu être plus direct.

— Quand même ! Tu n'as plus dix ans.

— Je sais...

Ruth avait échappé un petit soupir, songeuse, puis elle avait poursuivi sur un même ton décidé.

— Mais il faut la comprendre, avait alors expliqué la jeune femme. Elle n'a pas toujours connu une...

— Et si je la rencontrais ? avait suggéré Henry, rempli d'espoir, interrompant un peu cavalièrement son amie. Bien sûr, je peux facilement accepter qu'une mère veille au bien-être de sa fille, et que l'âge n'ait rien à voir là-dedans, avait-il convenu avec élégance, question de ne pas sentir Ruth se braquer, ce dont elle était parfaitement capable.

— Heureuse de te l'entendre dire.

— En revanche, si ta mère me connaissait, elle constaterait bien que tu n'es pas en danger lorsque tu te retrouves avec moi.

Malgré la pertinence de cette remarque, Ruth avait opposé un refus catégorique.

— Il n'en est pas question !

Bien que la requête d'Henry soit fondée, qu'elle-même se sente de plus en plus amoureuse de lui, et qu'elle admette qu'à certains égards, il puisse avoir entièrement raison, Ruth avait persisté à s'y refuser fermement.

— Et si tu m'expliquais, avait alors demandé le jeune homme. Peut-être que je comprendrais.

— Le quotidien de ma mère aux côtés de mon père n'a pas été de tout repos, avait-elle donc commencé, à mi-voix et toute rougissante, comme si elle était honteuse de ce passé douloureux, alors qu'elle n'en avait été qu'un malheureux témoin.

En revanche, la jeune femme avait une confiance absolue à l'égard d'Henry. Un long regard entre eux avait suffi pour lui donner envie de plonger tête première dans les révélations, comme elle ne l'avait jamais fait auparavant.

— J'en ai jamais parlé à qui que ce soit, avait-elle poursuivi, tout hésitante cette fois, parce que je considérais que ça ne regardait personne hormis elle et moi, mais avec toi, c'est différent...

À ces mots qu'il était heureux d'entendre, Henry avait posé un bras autour des épaules de Ruth pour qu'elle comprenne que lui aussi tenait beaucoup à elle et que jamais il ne trahirait son secret.

— Disons que les années vécues avec mon père ont été très difficiles. Au point où ma mère porte encore aujourd'hui des stigmates bien visibles de son mauvais caractère, et comme en plus elle boite depuis sa naissance...

Sur ce, Ruth s'était tue et un léger silence s'était glissé entre Henry et elle. Quand la jeune femme avait repris, le ton de sa voix était posé, certes, mais vibrant de colère contenue.

— Mon père était plutôt... Comment dire? Plutôt autoritaire et contrôlant. Il était même parfois assez brutal, et il buvait beaucoup... En un mot, il faisait peur à ma mère autant qu'à moi. J'étais toute petite que déjà j'avais appris à me rendre invisible devant lui. Dès qu'il entrait à la maison, je filais dans ma chambre sans un mot...

Sur ce, Ruth avait poussé un long soupir douloureux, comme si une image bien précise lui était revenue à l'esprit. Elle avait eu l'air si misérable qu'Henry n'avait pas osé demander d'explications. En fait, à la lueur de ce qu'il avait personnellement connu auprès de leur père qui, tout à coup, lui semblait beaucoup moins terrible que ce qu'il avait toujours cru, il pouvait saisir ce que Ruth tentait de lui confier, même à demi-mot. Il s'était donc contenté de mettre un peu plus de pression sur son bras qui entourait les épaules de son amie en attendant qu'elle poursuive sa confession. Il aimait bien sentir la chaleur dégagée par la jeune femme contre la paume de sa main, et il s'était dit spontanément qu'elle était peut-être la femme de sa vie. Il s'était alors montré de plus en plus attentif à tout ce qu'elle lui confiait.

— Pour faire une histoire courte, le jour où mon père est décédé dans un accident de travail, il était coupeur de glace en hiver et livreur en été, ma mère a juré que plus aucun homme ne mettrait les pieds chez elle. Remarque qu'à cette époque, j'étais tout à fait d'accord avec elle. Après tout ce qu'on avait vécu, moi non plus, je n'avais aucune envie de voir un autre homme débarquer chez nous... Et jusqu'à maintenant, malgré le passage des années, ma mère a tenu promesse. Mais j'en souffre pas vraiment. Maman et moi, on s'est bâti une existence qui nous convient parfaitement. C'est ainsi que petit à petit, j'ai compris qui était vraiment cette femme terne et silencieuse. Si tu savais le nombre de fois où elle m'a dit qu'elle avait été chanceuse qu'un homme accepte de la marier en dépit de son infirmité, comme si cela suffisait pour excuser la brutalité de mon père... C'est pas compliqué, Henry, ma mère en était rendue à sursauter au moindre bruit anormal et elle était d'une maigreur maladive... Puis mon père est mort, Dieu soit loué, et j'ai vite constaté à quel point elle avait dû être malheureuse avec quelqu'un qui l'empêchait de respirer.

— Respirer ? Qu'est-ce que tu veux dire exactement ?

Les yeux rivés sur une image visible uniquement pour elle, Ruth avait alors esquissé un pâle sourire.

— J'ai eu droit à une métamorphose, Henry... Pas du jour au lendemain, non, ma mère avait une longue côte à remonter, mais tout doucement, je l'ai vue se transformer, comme un papillon qui défripe ses ailes en sortant de son cocon avant de les déployer...

Fasciné, Henry buvait les paroles de cette amie qu'il apprenait à voir sous un jour nouveau.

— La femme effacée que je côtoyais depuis toujours était en fait une pince-sans-rire qui aimait bien s'amuser, avait continué Ruth. Petit à petit, elle s'est mise à lancer des remarques désopilantes, ou à faire des jeux de mots rigolos. Avec mon père, c'est à peine si on entendait le son de sa voix tellement elle craignait les représailles qui lui tombaient dessus si par malheur elle disait quelque chose qui pouvait le contrarier... Oui, c'est le jour où mon père est mort que ma vie a changé du tout au tout, en même temps que celle de ma mère. Le logement où nous habitions, celui où on est toujours, d'ailleurs, est vraiment devenu mon chez-moi, un endroit où j'avais hâte de revenir après l'école... Depuis des années, maintenant, je m'occupe de tout ce qui vient de l'extérieur de la maison et ma mère voit à tout ce qui concerne l'intérieur...

— Elle ne sort jamais ?

— Jamais. Pas même pour aller à la messe. Et même si elle le voulait aujourd'hui, elle ne le pourrait plus. En revanche, elle peut écouter le chapelet à la radio, et ça la rend heureuse. Elle me dit qu'elle a l'impression d'être elle-même à l'Oratoire, où elle allait prier quand elle était enfant... Elle s'est entendue avec notre curé, qui est le seul à passer le seuil de notre porte, une fois par année, pour qu'elle puisse faire ses Pâques. Quant à moi, j'apporte la communion à maman, tous les dimanches.

Sur ce, Ruth avait observé un autre silence.

— Quoi qu'on puisse en penser autour de moi, parce que dis-toi bien que tu n'es pas le premier à essayer de comprendre le genre d'existence qui est la nôtre, je m'amuse vraiment beaucoup avec ma mère. Le fait d'être toujours seule avec elle quand je rentre dans notre petit logement ne me dérange pas du tout. Mon sens de la répartie me vient certainement de nos conversations moqueuses, parfois méchantes, je l'avoue, mais surtout très drôles.

— Je vois... Pourtant, je persiste à croire qu'il serait peut-être temps que les choses changent un peu, non? Ça fait quand même un bon bout de temps que ton père est mort, et tu sais très bien que je ne ferais pas de mal à une...

À ce moment-là, et devant la fougue de son ami, Ruth avait posé un doigt sur les lèvres d'Henry pour qu'il se taise.

— Je sais qui tu es, Henry Fitzgerald. Je connais toute ta famille et pour moi, il n'y a aucun doute possible: tu es un homme de cœur. Un homme qui aiderait probablement maman à considérer certaines choses, certaines situations différemment... C'est pour ça que je te demande d'être patient! Un jour, je serai fière de te présenter à ma mère qui saura, elle aussi, reconnaître en toi l'être généreux que tu es. Mais pour l'instant, c'est encore impossible. Je... Si tu la voyais, tu comprendrais. Elle ne reste pas confinée sans raison valable, crois-moi.

Il fallait plus qu'une vague promesse pour décourager Henry. Il avait donc repris de plus belle.

— Allons donc! Personne ne mérite de vivre enfermé dans sa maison. Je suis certain qu'au contraire, en constatant que je suis une bonne personne, ta mère changerait d'avis et...

— S'il te plaît! Je veux que ça soit très clair pour toi: ma mère ne m'impose rien. J'ai accepté ses conditions il y a très longtemps déjà, et je ne crois pas que ce soit toi qui puisses y changer quelque chose. Du moins pour le moment. Fais-moi confiance, Henry, je sais de quoi je parle... En attendant, je vais essayer de préparer le terrain, parce que je tiens beaucoup à toi... Je... je t'aime, et si tu tiens à moi, toi aussi, tu n'insisteras pas... Je t'en supplie, fais-moi confiance.

Ce soir-là, en mai de l'année précédente, Henry était rentré chez lui en se demandant, perplexe, ce qu'il devait comprendre de cette mise au point, et surtout de cette supplication.

— Et pour combien de temps encore? avait-il murmuré en se couchant, ne percevant devant lui qu'un avenir flou et incertain, comme un horizon caché par la brume, dont on sait qu'il est là sans le voir.

Et dire qu'il espérait se marier dans l'année !

Il en avait donc discuté avec Marjolaine à la première occasion qui s'était présentée, lui demandant ce qui pouvait bien pousser quelqu'un à vouloir tant respecter les volontés d'une vieille dame, au détriment de sa propre liberté.

— Mon pauvre Henry, je ne sais pas quoi te répondre.

Ils étaient tous les deux dans la cour des O'Brien en train de récolter les quelques poireaux qui avaient survécu bravement à l'hiver. Kelly projetait d'en faire une soupe pour le lendemain, alors qu'elle avait convié les Fitzgerald à partager leur repas.

De toute évidence, la jeune femme était sincèrement désolée pour son frère, car elle croyait réellement qu'il avait rencontré le grand amour lui aussi, et qu'il lui annoncerait dans un avenir assez proche qu'il allait s'unir à Ruth pour la vie. Or, manifestement, ce ne serait pas le cas.

Du moins pas dans l'immédiat.

Portant sous un bras la botte de légumes qu'elle venait d'arracher du sol, Marjolaine s'était redressée tout en frottant ses mains l'une contre l'autre pour enlever la terre qui était restée collée à ses doigts.

— Ruth a toujours été plutôt discrète sur la vie qu'elle mène avec sa mère, tu sais, avait-elle commencé. Alors, ne va surtout pas t'imaginer que je connais son passé. À la lumière de ce que tu viens de me raconter, je crois que tu en as appris pas mal plus que moi. La seule chose dont je suis certaine, c'est que la mère de Ruth est une femme à la santé très fragile. Selon ce que j'ai pu comprendre, ce serait la conséquence d'événements déplorables sur lesquels notre amie ne s'est pas vraiment exprimée. De là vient, fort probablement, l'attachement inébranlable qu'elle semble éprouver à l'égard de cette vieille dame. Je n'ai jamais entendu Ruth se plaindre de quoi que ce soit vis-à-vis sa mère, et elle s'absente régulièrement du travail pour rester à ses côtés, en cas de besoin. Ce qui, à mon avis, confirme qu'en effet cette femme n'a pas une constitution très forte.

— Ouais... Tu répètes ce que je sais déjà. Je ne suis pas tellement plus avancé que tout à l'heure.

— Je regrette, Henry, mais effectivement, je n'en sais pas plus... Mais toi ? Comment tu te sens dans tout ça ?

— Moi ?

— Oui, toi ! Je vois bien que ça te déçoit beaucoup quand tu dois passer la soirée sans elle.

Henry avait haussé les épaules en soupirant bruyamment.

— Déçu ? Oui, bien sûr. On le serait à moins, mais il y a plus, tu sais.

— Plus ?

— Oui... Je me demande, et bien souvent d'ailleurs, si je ne suis pas en train de perdre mon temps.

— Comment ça, perdre ton temps ? Tu l'aimes ou tu ne l'aimes pas, ma gentille amie ?

L'hésitation d'Henry était palpable.

— Je pense bien que je l'aime... Ce que j'éprouve est différent de ce que j'ai connu avec Rachel, c'est sûr, mais je crois que c'est aussi de l'amour. Une sorte d'amour plus sage, peut-être.

Cette certaine Rachel était la seule autre jeune femme qu'Henry avait brièvement courtisée.

— Je ne ressens pas la même fébrilité, le même bouillonnement avec Ruth que du temps de Rachel, avait-il précisé sans équivoque, car avec Marjolaine, il avait toujours tout dit. Mais est-ce si important ? Et quand Ruth m'a demandé de lui faire confiance, j'étais sincère lorsque je lui ai répondu que j'étais prêt à attendre... Mais je ne sais pas si ça me tente de patienter encore bien des années avant d'avoir le droit de pouvoir penser au mariage.

À ces mots, Marjolaine avait déposé les poireaux sur le grand carton que Kelly leur avait donné pour les étendre au soleil afin de faire sécher la terre humide qui les recouvrait. Puis, la jeune femme s'était approchée de son frère, et elle l'avait enveloppé de ses bras, comme elle le faisait parfois avec ses petites sœurs, lorsqu'elles étaient tristes ou malheureuses et qu'elle-même n'avait pas de réponse probante à leur apporter pour les rasséréner.

Elle comprenait très bien ce que son jumeau tentait d'expliquer, car elle avait vécu les mêmes frissons, les mêmes questionnements avec le beau Ferdinand.

Toutes ces conversations avaient eu lieu au début de l'été précédent, à quelques jours seulement du moment où Ferdinand et Marjolaine avaient annoncé, radieux, que pour leur part, ils se marieraient à l'automne.

Puis, il y avait eu un hiver particulièrement rigoureux, et un printemps capricieux, qui venait de céder sa place à un autre été, et Henry n'était toujours pas plus avancé.

Quant à Ruth, si elle savait se montrer chaleureuse et même audacieuse à l'occasion, quand ils avaient la chance d'être seuls, elle n'avait jamais reparlé d'une quelconque intention de lui présenter sa mère.

Plus les semaines passaient, et plus Henry avait l'impression que si l'amitié était restée intacte entre Ruth et lui, l'amour, ou ce qu'il pensait l'être, commençait à s'étioler, au point où le jeune homme se demandait s'il ne serait pas préférable de se faire à l'idée et de s'en tenir à une belle amitié entre Ruth et lui, au lieu d'espérer que leur relation finisse enfin par évoluer vers quelque chose qui pourrait ressembler à un sentiment assez fort pour appeler cela de l'amour.

Cela faisait bien des peut-être, mais Henry voulait tellement y croire.

Cela dit, ce soir encore, il serait seul à participer à la partie de cartes chez Ferdinand et Marjolaine, souhaitant que Suzanne soit là avec son nouvel amoureux, un certain Pierre-Luc. Le jeune homme avait eu la chance de revenir de la guerre en un seul morceau, comme il le disait lui-même d'une voix sobre et le regard absent.

Toutefois, Henry et lui s'entendaient fort bien, même si, de toute évidence, le soldat, récemment désengagé et de retour au pays, voulait effacer de sa mémoire l'horreur qu'il avait côtoyée. Il ne parlait jamais de ce qu'il avait vécu en Europe. Dès que le mot guerre se glissait dans leur conversation, son visage se refermait. Et Henry respectait sa décision, malgré sa soif d'apprendre ce qui s'était réellement passé, lui qui avait été épargné de l'engagement militaire puisqu'il était trop jeune au déclenchement des hostilités. Sinon, Pierre-Luc était un homme calme, d'humeur facile, et il avait une opinion sur tout. En septembre prochain, il comptait entreprendre des études universitaires en génie mécanique et jusqu'à un certain point, Henry l'enviait.

Il s'était même surpris à tenter d'imaginer ce qu'il choisirait comme profession s'il avait la possibilité de poursuivre ses études.

Génie, mathématiques appliquées, architecture?

Depuis qu'il était question de modifier les logements de Béatrice, Henry s'était amusé à dessiner quelques esquisses de plans, sans trop savoir s'ils étaient réalisables. Après tout, il n'y connaissait rien. N'empêche que l'exercice lui avait plu. Lui qui n'avait jamais vraiment aimé l'école, sauf les mathématiques, où il avait excellé, il s'était figuré se présentant à l'université McGill, puisqu'il était tout à fait à l'aise de s'exprimer en anglais. Il en avait rêvé durant un moment, puis il avait haussé les épaules, se doutant fort bien qu'il n'aurait probablement pas les prérequis nécessaires pour se présenter à des études supérieures.

Puis ses frères comptaient sur lui pour à peu près tout, et le jour où ils seraient tous autonomes était encore loin. Il n'était donc pas question de laisser tomber le travail.

Et plus tard, bien, il serait trop tard!

C'était justement à tout cela qu'Henry songeait tout en se dirigeant vers l'appartement des Goulet.

Cela lui faisait drôle de se dire que désormais, Marjolaine ne serait plus jamais uniquement une Fitzgerald, mais aussi une Goulet. Même si cela faisait des mois que sa sœur était mariée, Henry ne s'y était pas totalement habitué. Puis, comme Marjolaine avait toujours affirmé qu'elle tenait mordicus à conserver son emploi, il comprenait qu'elle n'ait pas encore abordé le sujet d'avoir un bébé.

À moins qu'elle n'en veuille pas, tout bonnement, considérant que la présence de ses jeunes sœurs remplaçait ceux qu'autrement elle aurait pu désirer?

Henry ne le savait pas. C'était là un point dont ils n'avaient jamais discuté ensemble, comme si Ferdinand, sans le vouloir, se glissait parfois entre les jumeaux, excluant l'habituelle complicité.

De toute façon, Marjolaine et lui avaient la vie devant eux, et la famille pouvait attendre encore un peu. Après tout, ils en avaient plein les bras avec les jeunes de leur fratrie, n'est-ce pas?

C'est sur cette pensée qu'Henry arriva dans la cour des Goulet.

Il espérait que ce soir Suzanne et son ami Pierre-Luc seraient des leurs car une telle occasion ne se représenterait pas de sitôt. En effet, dès le lundi suivant, monsieur Bolduc et son équipe d'ouvriers envahiraient la place. Les joueurs de cartes en auraient donc pour une bonne partie de l'été à ne pas pouvoir se rencontrer, sinon pour participer aux travaux.

Tout en grimpant l'escalier extérieur, Henry eut une pensée pour Clotilde. La jeune femme brillait toujours par son absence à leurs petites soirées, malgré les mois qui s'étaient écoulés depuis le jour où elle avait appris que son fiancé ne reviendrait plus jamais puisqu'il avait épousé une Hollandaise dès la fin de la guerre. Comme Suzanne continuait de la rencontrer de temps à autre, elle donnait parfois de ses nouvelles, jamais rien de bien nouveau. Sa dépression perdurait, et personne n'avait la moindre idée du jour où Clotilde arriverait à s'en sortir. Elle avait quitté son emploi et elle vivait confinée chez ses parents. Chaque fois que le nom de la jeune femme était prononcé, Henry se disait qu'il était bien dommage qu'une si gentille fille se soit retirée ainsi de leur vie sociale.

Se soit retirée de la vie tout court.

« Fallait-il qu'elle l'ait aimé, son Jean-Pierre, pour être aussi malheureuse », pensa-t-il en arrivant sur le balcon.

Avant de frapper à la porte, le jeune homme s'arrêta un instant pour regarder autour de lui.

La soirée était belle et l'air était doux. Certes, il aurait préféré que Ruth soit avec lui et qu'il puisse aller la reconduire ensuite en faisant mille et un détours pour l'embrasser au coin des ruelles un peu sombres, pourtant, ce n'était pas à elle qu'il songeait présentement, c'était à Clotilde.

Parce qu'il la savait malheureuse et que ce soir, il faisait trop beau pour être malheureux.

Parce qu'à vingt ans, on est trop jeune pour pleurer autant l'abandon de quelqu'un, et que ça le rendait triste de le savoir.

«Après tout, pensa-t-il, tout en se décidant à cogner à la porte, personne n'aime voir un ami souffrir, n'est-ce pas? Pas plus moi que les autres! Puis, Clotilde est l'amie de Marjolaine, et juste pour cette raison, je devrais essayer d'intervenir.»

Partie 2

Été 1946

Chapitre 3

« À Paris
Quand un amour fleurit
Ça fait pendant des semaines
Deux cœurs qui se sourient
Tout ça parce qu'ils s'aiment
À Paris
Au printemps
Sur les toits les girouettes
Tournent et font les coquettes
Avec le premier vent
Qui passe indifférent
Nonchalant »

~

À Paris, Francis Lemarque

Interprété par Yves Montand en 1948

Le dimanche 23 juin 1946, du côté de Sherbrooke, par une journée radieuse, en compagnie de Connor

Depuis que le logement de la rue Frontenac avait été déserté d'abord par sa femme et ensuite par ses enfants, les uns après les autres, Connor détestait les dimanches.

Homme actif, étant donné son caractère bouillant qu'il mettait à profit six jours par semaine à son travail, le grand Irlandais avait en horreur la simple perspective de n'avoir rien à faire, personne avec qui parler et aucun projet particulier à planifier, puisqu'il n'y aurait plus personne pour le réaliser.

Cet état de choses le rendait agressif.

Le dimanche, donc, il ne lui restait plus que la messe de huit heures ou celle de dix heures, selon ses envies, pour occuper le temps. Il en profitait pour discuter des dernières nouvelles avec les copains de la taverne, ceux qu'il rencontrait sur le parvis de l'église après la cérémonie. Puis, tout un chacun regagnait son domicile et sa famille, tandis que lui retournait à lentes enjambées jusqu'à son logement où personne ne l'attendait.

Cela faisait maintenant plus d'un an que Connor Fitzgerald n'avait plus le choix de se présenter seul à l'église paroissiale pour la messe dominicale, chaque semaine sans jamais faillir. Il souhaitait que, devant son assiduité et sa ferveur, le Très-Haut finisse par répondre à ses prières, ou plutôt à sa prière la plus sincère, la plus ardente, la plus implorante qu'il n'eut jamais adressée au Ciel, depuis son enfance jusqu'à ce jour. Elle lui revenait en boucle, cette invocation, le matin et le soir à travers ses prières quotidiennes, puis elle refaisait surface et s'imposait le dimanche à l'église. Elle s'emmêlait alors aux oraisons du curé avec une dévotion renouvelée, tandis que Connor espérait de toute son âme que le Ciel l'entende et mette bientôt un terme à sa solitude.

Car bien au-delà de l'absence d'une femme qu'il avait appris à ne plus aimer, c'était le silence qui lui pesait le plus lourd : l'épais silence d'un appartement jadis trop petit, devenu aujourd'hui beaucoup, beaucoup trop grand pour un homme seul.

Face à l'évidence d'une épouse qui ne rentrerait jamais au bercail et d'enfants bien établis ailleurs, les copains de la taverne avaient pourtant conseillé à Connor de trouver un logis plus petit et moins cher. Si la notion d'économie avait chatouillé sa détermination à ne pas déménager, il avait tout de même tenu tête à ses amis, avant d'exiger sur un ton menaçant et intimidateur qu'ils ne lui en reparlent plus jamais.

— Je ferai le *move* quand ça me conviendra, pas avant. Maintenant, on change de sujet !

En réalité, si Connor n'avait pas troqué le logement qu'il habitait depuis plus de vingt ans contre quelque chose de plus conforme à sa situation de célibataire, c'était uniquement parce qu'il gardait la conviction profonde qu'un jour, il verrait revenir ses enfants.

Du moins quelques-uns.

Ce souhait qu'il jugeait raisonnable et plus que probable était inclus dans sa prière adressée au Ciel. Il en était même l'origine et la finalité.

En attendant ce que d'autres auraient appelé un miracle, une fois la messe terminée, le grand Irlandais considérait que le septième jour, comme il était écrit dans l'Ancien Testament, était un long moment tout à fait déprimant et inutile, surtout quand on devait le vivre seul.

Bien sûr, il aurait pu aller voir son fils Thomas qui se morfondait à la prison Winter.

Un autre père l'aurait sans doute fait, mais pas Connor, même si cette visite aurait permis de meubler quelques heures de son dimanche.

Et s'il se refusait cette distraction, malgré le passage des semaines et des mois, c'était parce qu'il n'avait pas pardonné l'affront subi le jour où son propre garçon avait été arrêté pour vol avec effraction et voies de fait sur un homme âgé.

Pas question pour un être aussi intransigeant et intraitable que Connor de jouer la comédie du père miséricordieux et compréhensif, alors que justement, il n'y avait rien à comprendre dans un comportement d'une si grande abjection. Les mots «pardon» et «excuse» ne faisaient toujours pas partie du vocabulaire de Connor Fitzgerald, et ils n'y seraient jamais!

Un Fitzgerald en prison!

Comment aurait-il pu imaginer qu'un tel déshonneur s'abattrait sur celui qui n'avait vécu que pour sa famille, dans le respect absolu des commandements de Dieu et de l'Église? Que l'un de ses enfants dérobe le bien d'autrui avec violence était une véritable honte qui avait éclaboussé tous les Fitzgerald. Voilà pourquoi, le jour où Thomas avait pris le chemin de la prison, il était tombé en disgrâce aux yeux de son père.

À cause de ce fils indigne, Connor avait connu une seconde humiliation, dont il se serait bien passé. Une ignominie encore pire que celle provoquée par le départ inattendu et précipité de son épouse.

En effet, même si, dans les deux cas, le grand Irlandais considérait qu'il n'était pour rien dans cette flétrissure qui marquait d'une tache indélébile une belle grande famille dont il avait jadis été si fier, il ne voyait pas les deux situations du même œil.

Pour ce qui était d'Ophélie, c'était elle, la fautive, et elle seule! Connor Fitzgerald pouvait continuer de marcher la tête haute, il n'avait rien à se reprocher. Tout comme ses enfants, il avait été une victime de cet abandon, car une femme digne de ce nom et saine d'esprit ne quitte pas les siens sans raison.

Ni son mari ni sa famille.

Tandis qu'avec Thomas...

Les regards qu'il avait croisés durant les jours qui avaient suivi la condamnation de celui qu'il ne serait plus jamais capable de considérer comme son fils ne pouvaient mentir : à défaut de pouvoir faire porter le chapeau à la mère, on avait tenu Connor pour le seul et l'unique responsable des agissements de ce jeune qui avait mal tourné. Après tout, qu'il le veuille ou pas, il restait le père, et à ce titre, il n'avait pas le droit d'échouer dans l'éducation de l'un de ses rejetons. Dieu lui avait confié cet enfant pour en faire un homme, pas un brigand.

Dès lors, à cause de cette femme qui n'avait pas joué son rôle de mère jusqu'au bout, et compte tenu de ce fils qui avait profité d'une trop grande liberté pour faire le mal, Connor en était venu à détester les dimanches qui lui permettaient trop d'oisiveté pour réfléchir. Les grandes réflexions lui avaient toujours laissé un arrière-goût amer qu'il n'avait jamais réussi à identifier.

Quand la plupart de ses amis passaient la journée en famille, lui, il n'avait que de mauvais souvenirs et de cuisants déboires à ressasser, et ça le rendait belliqueux.

De plus, comme la possibilité d'apprécier une promenade sans but au parc des Nations ne revêtait pour lui aucun intérêt, Connor avait l'intime conviction de perdre son temps, dimanche après dimanche.

Malheureusement, l'art de savoir perdre son temps intelligemment n'est pas donné à tout le monde, n'est-ce pas ?

C'était ainsi que depuis plus d'un an, le père des Fitzgerald tournait en rond chez lui, jusqu'à en devenir mauvais.

Un soleil radieux comme celui d'aujourd'hui ne changeait rien à son humeur maussade, tout comme une pluie endémique l'aurait laissé de marbre, ou alors l'aurait rendu encore plus violent.

Quant aux beautés saisonnières, depuis les petites feuilles d'un vert tendre du printemps jusqu'au calme glacial de l'hiver, en passant par le flamboiement magnifique de l'automne, elles n'étaient que des indices soulignant inexorablement la traversée du temps. Connor n'y accordait aucune attention, sinon qu'il se sentait vieillir chaque année.

En fait, plus le temps filait, et plus sa vie semblait figée : il était encore et toujours seul, le jour comme la nuit.

Voilà pourquoi, une fois par semaine, quand la messe était terminée et qu'il avait mangé un repas frugal, le grand Irlandais errait chez lui comme une âme en peine, passant d'un balcon à l'autre, essayant de ne pas trop s'attarder à la poussière qui dansait sur les meubles, courtisée par tous les rayons de lumière qui se faufilaient par les fenêtres.

Puisque les besognes ménagères n'avaient jamais fait partie des attributions de Connor, la simple idée de prendre un torchon pour épousseter ne l'avait jamais effleuré. Après tout, les tâches domestiques étaient des corvées de femme, n'est-ce pas, et sûrement pas des travaux pour un homme tel que lui.

Alors il tempêtait et vociférait contre tous ceux qui l'avaient laissé tomber sans ménagement, puis quand le vocabulaire commençait à lui manquer, il reprenait sa promenade en maugréant.

Connor n'avait pas, non plus, l'intention de se confectionner des repas décents. S'il avait faim, le grand Fitzgerald se dirigeait spontanément vers la taverne, ou, faute de mieux, il se contentait d'un expédient vite fait.

Dans la même optique, depuis le départ des enfants, qui avaient appris dès leur plus jeune âge à seconder leur mère, la vaisselle sale s'encroûtait donc sur le comptoir de cuisine au bois fatigué, grisâtre et éraflé. Au besoin, il lavait une casserole pour réchauffer une soupe en boîte, ou une assiette pour déposer un sandwich ou des biscottes.

Quant à l'entretien de ses vêtements, il se contentait de laver ses sous-vêtements à la main, avec la barre de savon qu'il utilisait pour se faire la barbe. Pour les faire sécher, hiver comme été, il les suspendait un peu partout dans les chambres des enfants aujourd'hui désertées. Il avait réussi à se convaincre que l'humidité ainsi créée était salutaire pour sa santé.

Tous les lundis, Connor portait chemises et pantalons au dépôt de nettoyage à sec qu'il croisait sur sa route chaque matin, lorsqu'il se rendait à l'ouvrage. C'était pratique, et les quelques sous demandés pour le travail convenaient tout à fait à son budget, même s'il était amputé de l'allocation fournie par ses aînés.

Ses revenus étaient restreints, certes, mais comme les dépenses étaient à l'avenant, son seul salaire devenait pleinement satisfaisant pour celui qui vivait en solitaire.

Connor n'avait qu'à se rappeler ce qu'il lui en coûtait pour nourrir et habiller une famille de treize enfants pour s'en convaincre.

Sur ce point, Ophélie avait eu raison de se plaindre, et peut-être aurait-il dû l'écouter. Mais comme il était trop tard pour s'en désoler, il préférait écarter cette pensée aussitôt qu'elle était formulée.

En revanche, lorsque Connor reprenait ses vêtements fraîchement pressés le vendredi au retour du travail, il avait la sensation d'être quelqu'un d'important, et l'instant d'un soupir de contentement, il en oubliait sa nombreuse famille et sa femme disparue, se disant que la vie de célibataire avait aussi ses bons côtés, voire un certain charme à l'occasion.

Voilà pourquoi, quand il sortait de chez lui, que ce soit pour se rendre travailler au CP ou pour rejoindre les copains à la taverne, Connor Fitzgerald n'avait jamais eu si fière allure que depuis le départ des siens. Avec sa tignasse orangée qui, petit à petit, avait pris des tons d'acajou strié de blanc, et ses vêtements impeccables, nul doute, le grand Irlandais était un bel homme.

Malgré cela, il avait l'air plus renfrogné que jamais parce qu'il avait la conviction profonde qu'on l'avait dépouillé du bien le plus précieux qu'il eut jamais possédé : sa famille. À jeun, il pouvait reconnaître que ses enfants avaient eu beaucoup d'importance pour lui, donnant par leur seule présence un sens à ce quotidien pas toujours facile.

En revanche, il savait hors de tout doute que jamais il ne pourrait pardonner aux siens leur abandon.

Il en voudrait éternellement à Ophélie, à Marjolaine et à Henry, qui avaient détruit leur famille, jusqu'à n'en laisser que des souvenirs.

Quant aux autres petits, ils étaient encore trop jeunes pour porter le moindre fardeau de ce naufrage familial.

De là à dire que Connor s'ennuyait de ses enfants, il y avait tout un monde, et ce serait mentir que d'affirmer qu'il était terriblement malheureux. Il regrettait leur présence, comme on déplore la perte d'un objet de fierté, ce qui, à ses yeux, s'apparentait à une sorte d'affection malhabile.

Malgré tout, il lui arrivait encore de temps en temps de ressentir un vide à combler. Il avait alors la sensation d'avoir un gouffre profond en lui où il entendait son cœur se lamenter, comme un ventre creux gargouille pour réclamer sa pitance.

On ne passe pas plus de vingt ans entouré de gens qui nous ressemblent et qui portent notre nom sans en garder quelques traces indélébiles. De beaux souvenirs qui apaisent, et d'autres plus douloureux qui écorchent.

Connor avait compris cette vérité le jour où Marjolaine était repartie pour Montréal avec les petits jumeaux. Il avait eu l'impression de voir sa famille s'éparpiller comme une poignée de sable fuirait entre ses doigts, et la sensation lui avait aussitôt été intolérable. Jusqu'à faire venir des larmes qu'il avait essuyées d'un geste rageur. Un homme, un vrai, ça ne pleurait pas.

Alors, quand l'Irlandais éprouvait ce vertige qui blessait tant, quand il ressentait cette perception dérangeante de n'être plus qu'une ébauche de ce qu'il avait déjà été, il serrait les dents et les poings. Il observait le temps égrener les heures de la journée, sans rien laisser paraître, respirant à peine, pour être certain que personne ne sache à quel point il avait mal.

Le soir venu, il se dirigeait directement vers la taverne, sans même passer par chez lui, et il choisissait sa table habituelle, comme il avait sa place habituelle à la table familiale.

Ensuite, après avoir promené un long regard possessif sur la salle, il commandait à boire et à manger.

Il arrivait ainsi à calmer ce trou béant dans le cœur en mangeant jusqu'à n'avoir plus faim.

Et il apaisait son esprit tourmenté en se soûlant jusqu'à n'avoir plus soif, jusqu'à ne plus savoir qui il était.

Le lendemain, au réveil, il ne lui restait plus qu'un goût aigre dans la bouche, lui rappelant sans complaisance l'excès de bière, et une pointe d'amertume dans le cœur qui ressemblait à de la rancœur. Envers qui, il n'aurait su le dire précisément. Ophélie,

Marjolaine, Henry et la vie elle-même s'emmêlaient dans ses pensées. Il n'en demeurait pas moins qu'il entretenait cette rancœur avec fureur et acharnement jusqu'au prochain matin où il s'éveillerait avec un grand vide en lui.

Et alors, il recommencerait.

Chapitre 4

*« Well, I'm a gonna raise a fuss,
I'm gonna raise a holler
About workin' all summer just to try
an' earn a dollar
Everytime I call my baby, to try to get a date
My boss says, no dice, son, you gotta work late
Sometimes I wonder what I'm gonna do
'Cause there ain't no cure for
the summertime blues »*

~

Summertime blues, Eddie Cochran / Jerry Neil Capehart

Interprété par Eddie Cochran en 1958

*Le mercredi 7 août 1946, au Connecticut
en compagnie de Justine, qui attend
sa mère et sa sœur*

Depuis au moins une heure, Justine tournait en rond dans la salle des pas perdus du terminus. La matinée était sombre et venteuse, un peu trop fraîche pour la saison. En temps normal, elle aurait grogné, car elle préférait, et de loin, le ciel bleu, le soleil, la plage et le jardinage aux températures grises et froides. Aujourd'hui, cependant, la jeune femme appréciait cette douceur de l'air. Une chaleur étouffante comme seuls les mois de juillet et d'août avaient l'habitude d'offrir aux vacanciers aurait rendu l'attente intolérable dans cette pièce étroite et surpeuplée.

Puisqu'elle était impatiente de revoir sa mère, le sommeil de la nuit précédente s'était fait capricieux, et Justine s'était levée à l'aube. Désœuvrée, ne voulant surtout pas réveiller son mari, elle avait bu café sur café, avant de sortir de la maison pour faire le tour du potager. Emmitouflée dans un chaud chandail de laine, elle en avait profité pour enlever les quelques mauvaises herbes qui avaient osé la narguer. Ensuite, le plus silencieusement possible, elle avait revérifié les deux chambres d'amis et elle y avait ajouté des serviettes de bain et des savons pour le confort de ses invitées.

Lorsque son mari avait été levé et qu'il était descendu à la cuisine pour déjeuner, Justine s'était changée trois fois, incapable de décider spontanément ce qu'elle allait porter, puis elle s'était maquillée soigneusement.

— Je crois que je vais partir tout de suite, avait-elle annoncé à son mari Jack en retournant dans la cuisine.

Ce dernier avait replié un coin du journal qu'il était en train de lire, assis à la table.

— Tu ne penses pas qu'il soit un peu tôt pour ça ? Hartford, ce n'est quand même pas le bout du monde.

— Je sais. Mais je suis incapable de rester en place.

— Tu ne veux pas manger ? Je peux te préparer un œuf et du bacon, si tu en as envie.

— C'est gentil, mais je n'ai pas faim.

— À ta guise, ma chérie. Tu salueras Léopoldine et Clémence pour moi en attendant que je le fasse de vive voix ce soir.

— D'accord... Passe une bonne journée.

— Et toi, sois prudente sur la route. On annonce de gros orages.

— Promis... À ce soir... J'ai prévu de manger un rosbif pour faire plaisir à maman... Si tu savais à quel point je suis contente de la revoir !

— Oh oui, je sais !

Un sourire amusé sur les lèvres, Jack Campbell avait suivi sa femme des yeux, tandis qu'elle quittait la pièce à petits pas pressés. Il n'avait aucun doute sur ce qu'elle venait d'affirmer. Justine s'était effectivement beaucoup ennuyée de sa mère. Elle en avait parlé régulièrement au cours des deux dernières années, déplorant souvent le fait que Léopoldine habitait trop loin de chez eux.

Au mois d'avril précédent, la coupe de l'impatience de Justine avait même débordé.

— Mais te rends-tu compte, Jack ? On a toute une vie à rattraper, ma mère et moi, en jasette et en plaisir d'être ensemble, et on dirait que le sort s'acharne sur nous.

— Qu'est-ce que tu veux dire par là ?

— Que je n'ai pas pu aller à Montréal pour le mariage de Marjolaine et que maintenant, ma mère vient de m'écrire qu'elle ne se sent pas à l'aise d'entreprendre le voyage toute seule.

— D'accord... Je suis tout à fait conscient que ça commence à faire longtemps, mais malheureusement, je n'y peux rien !

— Je le sais bien... Mais ça ne change rien au fait qu'on n'a pas le luxe, maman et moi, de perdre plus de temps que ces deux interminables années loin l'une de l'autre. Il y a surtout qu'elle n'est plus très jeune.

— C'est vrai.

— Et me contenter d'une lettre par-ci par-là, ça ne me dit rien du tout. Et c'est la même chose pour maman. Elle me l'a écrit dans sa dernière lettre.

— Que veux-tu que je réponde à ça, ma pauvre Justine ? On ne peut toujours bien pas déménager !

— Mais non, voyons ! C'est quoi cette idée de fou ? Si on partait pour Québec, ce serait de mes enfants dont je m'ennuierais à mourir... Et de nos petits-enfants... Et pour toi, ce serait la même chose.

— Heureux de te l'entendre dire ! Dans ce cas-là, vas-y, toi, à Québec ! Ce n'est pas moi qui vais t'en empêcher.

— Ouais... Et Ophélie, elle ?

— Qu'est-ce que ta sœur vient faire dans tout ça ?

— Je ne sais pas trop... Déjà qu'on n'a pas assisté au mariage à cause d'elle.

— Et on était bien déçus, toi et moi. Ce serait plutôt désagréable de renouveler une telle expérience.

— C'est certain. Mais Ophélie ? Rappelle-toi à quel point elle avait l'air heureuse et soulagée quand on lui a annoncé qu'on n'irait pas aux noces de Marjolaine, nous non plus. On n'a pas eu besoin de lui dire qu'on agissait comme ça pour ne pas la blesser, Ophélie l'avait très bien compris... Alors, tu ne crois pas que ça pourrait lui faire de la peine de me voir partir sans elle ?

— Pas vraiment, non... Je pense que tu t'en fais pour rien.

— Ouais...

— Si tu ne te sens pas à l'aise, tu n'as qu'à lui offrir de t'accompagner ! Maintenant que ta sœur habite officiellement avec Oscar, les sous ne sont plus un gros problème pour elle. Et vous ne risqueriez pas de croiser son mari Connor lorsque vous iriez à Québec pour visiter ta mère.

— Notre mère, avait alors souligné Justine sur un ton songeur. Ophélie et moi, nous irions voir notre mère... Mais pour le reste, tu as bien raison... Laisse-moi y penser.

Quelques jours plus tard, Léopoldine avait envoyé un court billet annonçant qu'elle ferait finalement le voyage en août avec Clémence, et Justine s'était mise à compter les jours, oubliant du coup la proposition qu'elle avait voulu faire à Ophélie.

— Tout est bien qui finit bien, avait-elle déclaré triomphalement à son mari, tout en lui tendant le papier de Léopoldine. Jamais je n'aurais pu imaginer qu'une visite me ferait autant plaisir !

Ce qui expliquait probablement son empressement excessif de ce matin.

À huit heures précises, elle était rendue au terminus, et elle avait pris un énième café. Bien qu'elle soit persuadée de ne pas avoir le temps de le boire en entier, puisque Léopoldine avait écrit que Clémence et elle arriveraient justement aux alentours de huit heures, Justine avait besoin de s'occuper à quelque chose.

Mais voilà qu'à dix heures, on venait d'annoncer que l'autobus en provenance du Canada via Boston avait eu un pépin mécanique et qu'il tarderait un peu.

Déjà les nerfs à vif devant le retard, Justine soupira, jeta un regard désabusé sur le gobelet vide qu'elle triturait depuis au moins une heure et se releva de la banquette qu'elle occupait depuis un bon moment.

Elle fit quelques pas en murmurant son agacement, puis sans hésiter, elle laissa tomber le verre en carton dans la première poubelle en vue. Elle était tellement surexcitée par l'impatience accumulée et la caféine absorbée depuis l'aube qu'elle avait l'impression que son cœur allait sauter hors de sa poitrine.

Elle recommença à faire les cent pas pour tenter de se calmer.

En pure perte.

Quand le bus, un vieux véhicule bringuebalant, se rangea enfin contre le débarcadère, Justine se précipita pour être aux premières places dès que sa mère paraîtrait. Au bout de toutes ces heures à se faire trimballer, la vieille dame devait être épuisée, se disait-elle.

Finalement, Léopoldine fut la dernière personne à se présenter à la porte de l'autobus, aidée par le chauffeur.

À l'instant où Justine aperçut sa mère, son cœur se serra. Léopoldine n'avait jamais été très grande, certes, mais en deux ans, elle était devenue minuscule. Non seulement avait-elle maigri, du moins à première vue, mais elle semblait aussi s'être tassée sur elle-même.

Depuis la porte de l'autobus, la vieille dame promenait un regard inquiet, survolant la foule.

Son visage exprima donc un réel soulagement quand elle aperçut enfin sa fille. Elle lui fit même un petit signe des doigts, comme si elle sentait le besoin d'attirer son attention.

Justine se précipita vers sa mère, sans même se demander où était passée sa sœur, car aux dernières nouvelles, Clémence devait toujours être du voyage.

Après avoir remercié le chauffeur de l'autobus, Justine tendit la main pour aider Léopoldine à descendre les quelques marches qui menaient au trottoir. Les doigts qui se glissèrent dans les siens étaient aussi noueux que le souvenir qu'elle en avait gardé, mais ils lui parurent plus fins, plus fragiles, comme ceux d'une toute jeune enfant.

Justine glissa alors tout doucement la sienne sous le bras de Léopoldine pour que celle-ci puisse se soustraire au flot des voyageurs sans se faire bousculer. Ils étaient nombreux à se presser à côté du véhicule, essayant tant bien que mal de récupérer leurs biens.

— Venez, maman ! Vous allez vous asseoir dans la salle d'attente pendant que je vais tenter de trouver vos bagages.

— Ça sera pas nécessaire, Justine !

Ainsi amarrée à sa fille, la vieille dame retrouvait peu à peu son aplomb coutumier.

— Clémence est supposée s'occuper de nos deux valises. Regarde comme il faut, tu devrais la voir là-bas, au ras de ce damné autobus de malheur qui nous a laissés tomber proche de Boston, à cause d'un tuyau qui fuyait. Sacrifice que j'ai trouvé le temps long!

— Pauvre maman! C'est vrai que ça a dû être un trajet plutôt éprouvant et fatigant.

— Pas juste épuisant, ma pauvre enfant, il a été totalement désagréable... Laisse-moi te dire que c'est la première pis la dernière fois que je voyage avec Clémence, ajouta-t-elle avec humeur, sans pour autant fournir de détails.

— Allons donc! C'est la fatigue qui vous fait parler comme ça.

— Pas sûre de ça, moi!

— Vous verrez bien! Je suis convaincue que tout va rentrer dans l'ordre assez vite, maintenant que vous êtes arrivées à bon port toutes les deux... En attendant, j'ai prévu de préparer un gros rosbif pour le souper, bien saignant comme vous l'aimez. Et je vais le servir avec les quelques petits légumes que le potager a commencé à nous offrir... Ça va vous remonter, un repas soutenant.

Tout en parlant, Justine avait détourné la tête pour pouvoir détailler la foule.

— Comme ça, Clémence est supposée être là, proche de l'autobus?

— Où c'est que tu veux qu'elle soye, ma pauvre toi? C'est ben certain que ta sœur est à côté de l'autobus, rapport qu'elle a fait le voyage avec moi. À l'âge où j'suis rendue, j'aurais jamais fait cette longue route-là toute seule. Il me semble que je te l'avais écrit, non ?

Sans répondre, Justine continua d'examiner le débarcadère où lentement la foule se dispersait. Présentement, il ne restait qu'une petite grappe de voyageurs qui attendaient toujours leur valise.

Si Justine avait reconnu sa mère au premier coup d'œil, elle serait bien embêtée de dire qui était Clémence à travers ces quelques personnes impatientes qui jouaient du coude pour ravoir leur bien. Les deux sœurs s'étaient pourtant croisées à quelques reprises lors de son voyage à Québec, mais curieusement, Justine n'en gardait qu'un très vague souvenir.

— Vous êtes bien certaine que Clémence est à côté de l'autobus ?

— Sacrifice, Justine ! Tu m'as pas écoutée, ou quoi ? J'ai peut-être la mémoire courte, pis pas mal moins fiable qu'avant, mais j'suis quand même pas rendue gâteuse au point de pas reconnaître ma propre fille. Regarde là-bas ! Juste à côté de l'homme tout habillé en noir. Celui avec un chapeau de paille.

— Vous parlez de la petite femme aux cheveux gris très courts qui porte une robe beige assez chic ?

— En plein ça. C'est ta sœur Clémence. Imagine-toi donc qu'elle a décidé de mettre la robe qu'elle portait au mariage de Marjolaine, vu que c'était son premier long voyage.

— Drôle d'idée!

— C'est exactement ce que je lui ai dit, mais comme d'habitude, elle m'a pas écoutée. Ça fait qu'elle s'est lamentée d'être pas à son aise tout au long du voyage. Une vraie malédiction!

— Je vous avoue que si vous n'aviez pas été là, je n'aurais jamais pu la reconnaître... Pourtant, je l'ai vue et je lui ai parlé, il y a à peine deux ans de cela.

— Selon moi, c'est à cause de ses cheveux, déclara Léopoldine en haussant les épaules. Quand t'es venue chez nous, elle avait commencé à se teindre les cheveux en noir. Ça lui donnait l'air plus jeune, qu'elle disait. Surtout qu'elle les gardait longs. Mais ça a pas duré, parce qu'elle trouvait que ça coûtait trop cher.

Puis, dans un ricanement, la vieille dame ajouta:

— J'espère que tu t'attendais pas à retrouver une jeune femme encore toute fringante.

— Non, quand même pas.

— Tant mieux. Astheure, va la chercher qu'on finisse par s'en aller d'ici au plus sacrant. J'ai hâte comme ça se peut pas d'ôter mon chapeau pis mes souliers... Pis j'ai hâte de revoir ton mari, comme de raison.

— Dites-vous bien que lui aussi, il est très heureux de votre visite... Il me le disait justement ce matin avant que je parte de la maison. Et il vous envoie le bonjour. Maintenant, donnez-moi deux minutes pour aller chercher Clémence, et on s'en va.

* * *

Sa grand-mère n'était pas encore arrivée au Connecticut que Claudette s'asseyait au bout de la table de la cuisine, dans l'appartement de la rue D'Aiguillon. Elle s'était munie d'un papier et d'un crayon qu'elle avait déposés devant elle, tout à côté d'une tasse de café fumant. À force d'en boire chez madame Irène pour se garder alerte, elle était devenue dépendante de la caféine. Pour cette raison, elle achetait chaque semaine un gros pot de café instantané Maxwell House qu'elle laissait sur le comptoir de la cuisine, au grand plaisir de sa tante Clémence, qui en ingurgitait autant qu'elle.

Le temps de prendre une longue gorgée satisfaisante, puis Claudette avait lissé soigneusement la feuille lignée du plat de la main, comme si ce qu'elle allait y inscrire serait d'une importance capitale et que le papier serait lu par quelqu'un de tout aussi important.

Au même instant, un moineau perché sur la corde à linge se mit à pépier, faisant ainsi lever les yeux de la jeune femme, qui esquissa un sourire. C'était vraiment une très belle journée d'été, et elle se demanda à brûle-pourpoint si sa tante et sa grand-mère avaient droit, elles aussi, à une température agréable. Ensoleillée et chaude sans être accablante.

Puis, elle reporta son attention sur ce qu'elle s'apprêtait à faire.

Profitant de ses quelques journées de congé mensuelles, ils étaient au compte de cinq tous les vingt-neuf jours bien exactement, Claudette avait l'intention d'occuper une partie de son temps à consigner soigneusement sur papier tous les arguments qui feraient en sorte de convaincre son amie Estelle du bien-fondé d'un déménagement.

— Pis au diable sa belle chambre rose! marmonna-t-elle après avoir mordillé son crayon pour se donner de l'inspiration, elle qui détestait l'écriture sous toutes ses formes depuis sa première année à l'école. Astheure que j'ai compris que la liberté de nos agissements vaut pas mal plus que des dentelles pis du satin, il y a pas un chat qui va réussir à me faire partir d'ici... Une fois qu'on a dit ça, si c'est bon pour moi, je vois pas en quoi ça le serait pas aussi pour ma belle Estelle.

Sur ce, Claudette leva les yeux et regarda la cuisine vieillotte mais impeccable que sa grand-mère et sa tante Clémence se faisaient un devoir de faire briller après chaque repas. Frappée par un rayon de soleil, la bouilloire étincelait de tous ses chromes et la brise qui entrait par la fenêtre sentait bon les effluves de pommes qui s'échappaient de l'appartement de la voisine d'en haut, tout en faisant onduler mollement les rideaux de cretonne fleurie.

— Non, répéta-t-elle, après avoir longuement soupiré.

Claudette baissa les yeux sur la page toujours blanche.

— Il est pas question que je m'installe pour de bon chez madame Irène. Déjà que j'suis pognée à rembourser le damné Jean-Louis jusqu'à la dernière cenne... Pour le reste, j'aimerais bien pouvoir continuer à faire ce que je veux quand je veux... Garder ma liberté, comme dit grand-mère.

Cette conviction inébranlable concernant une sacro-sainte liberté qu'il ne fallait jamais sacrifier aux aléas de la vie venait effectivement de cette dernière qui, de toute évidence, ne croyait pas un seul mot de ce que sa petite-fille prétendait au sujet de son emploi de secrétaire particulière de ce Jean-Louis Breton. Un homme que Léopoldine se faisait un malin plaisir à détester depuis le premier jour où elle l'avait rencontré.

Claudette ne se berçait d'aucune illusion à ce sujet, tout comme elle était nerveuse à la simple pensée qu'elle n'aurait pas le choix de trouver le courage de parler de son véritable métier, un jour ou l'autre.

En revanche, il était assez clair pour la jeune femme que si sa grand-mère se doutait de quelque chose, elle non plus ne savait trop comment aborder le sujet.

Il y avait de cela quelques mois, les deux femmes profitaient des premiers chauds rayons de la saison, assises sur le balcon qui donnait sur la rue. C'était une magnifique journée de printemps.

— Tu sais, Claudette, avoir une *job*, c'est une obligation pour tout le monde, avait donc commencé Léopoldine, sur un ton lent, comme si elle cherchait ses mots. Si on veut avoir un toit sur la tête pis du manger dans notre assiette, on a pas vraiment le choix de gagner sa vie. À ma connaissance, personne y échappe. Pas plus moi que les autres... Même les riches ont besoin de travailler pour acheter leurs affaires de riches, pis payer leur grande maison.

— Pourquoi vous me dites ça, grand-mère ?

— Comme ça... Parce que le beau temps m'a toujours mise de bonne humeur, pis que ça me donne le goût de te jaser... Peut-être aussi pour que tu comprennes pourquoi j'ai choisi de faire des ménages, même si, à première vue, c'est pas le métier le plus passionnant en ville.

Plus Léopoldine alignait les mots, plus elle semblait à l'aise. Parler de sa vie passée et la donner en exemple avait toujours été un exercice facile à faire pour elle.

— Pis laisse-moi te dire que j'en ai faits, des sapristi de ménages ! Durant quasiment toute ma vie parce que c'est tout ce que je savais faire. Ça, pis m'occuper de mes filles, comme de raison.

— Ouais...pis ? Ça me dit pas pantoute pourquoi tout d'un coup vous avez envie de me parler de quelque chose que je sais déjà.

— C'est vrai que t'es au courant de la vie que j'ai menée. On en a jasé souvent ensemble. Ce que j'ai pas dit, par exemple, pis que j'veux que tu comprennes, c'est que malgré les apparences, mon travail m'a jamais empêchée d'être libre de faire ce que je voulais quand je le voulais.

— Ah oui ?

— Oh que oui! Pour moi, c'était ben important de pas avoir de vrai patron qui m'aurait surveillée pis critiquée à tout bout de champ.

— Je... J'ai de la misère à comprendre ce que vous voulez dire. Le monde qui vous engageait, c'était quand même comme une sorte de patron, non?

— Oui pis non.

— Je comprends encore moins.

— C'est ben simple, tu vas voir. Premièrement, j'ai choisi moi-même chacun de mes clients, pour être certaine qu'on s'entendrait bien. Ensuite, il était pas question qu'on vienne me montrer comment faire mon ouvrage. Je l'aurais jamais toléré. J'étais peut-être ben juste une femme de ménage au service des gens, je dirai jamais le contraire, mais j'étais libre d'occuper mes journées à ma guise, par exemple. Pis ça, ma petite fille, ça a pas de prix...

— Qu'est-ce qui a pas de prix?

— La liberté, ma belle Claudette. La liberté!

Sur ce, Léopoldine avait observé un court silence. Quand elle avait repris son long monologue, sa voix avait une gravité que Claudette ne lui avait jamais entendue.

— J'ai toujours fait ce qui me plaisait, tu sauras. Pis de la manière que ça me convenait. Je dis pas que c'était facile, loin de là, pis si une bourgeoise me demandait de laver son plancher de cuisine, ben je lavais son plancher de cuisine. C'est ben certain. Par contre, si le monde était pas content de ma façon de faire, je m'obstinais pas longtemps avec eux autres, pis je changeais de maison, c'est tout... Mais c'est pas arrivé souvent dans ma vie de femme engagée, rapport que j'ai toujours eu pour mon dire que si on décide de faire de quoi, on est aussi bien de le faire comme il faut la première fois. Ça nous évite d'être obligés de recommencer. Dans l'entretien d'une maison, ça veut dire qu'on tourne pas les coins ronds. Une maison «Spic and Span», c'est en plein ce que le monde attend de toi... Tout ça pour te dire que si t'aimes pas ton métier, ou si tu pars à reculons le matin, tu seras jamais heureuse dans la vie. C'est pas toujours évident d'être contente d'aller travailler, c'est ben certain. J'ai jamais porté ça, moi, des lunettes roses, pis j'suis capable de reconnaître qu'il y a des jours plus difficiles que d'autres. En revanche, quand t'as choisi ton ouvrage pis tout ce qui va avec, ça paraît moins pire... La liberté, il faut apprendre à la trouver dans ce que la vie t'offre en partage. C'est juste ça que j'avais à te dire, Claudette : laisse jamais personne te piler sur les pieds. T'as le droit de faire tes choix, pis de donner ton opinion comme tout le monde. C'est pas le fait d'être moins riche ou d'avoir moins d'instruction qui va y changer quoi que ce soit. Astheure, j'espère seulement que t'as compris le message que je voulais te passer, parce qu'un grand discours de même, je pense pas que je serais capable de le recommencer.

Visiblement, la vieille femme s'inquiétait beaucoup pour elle, et c'était cela, surtout, que Claudette avait choisi de retenir de ce long monologue. Léopoldine, à sa manière, venait de lui dire qu'elle tenait à elle. Non, c'était mieux que ça : elle lui avait avoué qu'elle l'aimait, et qu'en raison de cela, elle s'en faisait pour elle. Beaucoup.

C'était la première fois que quelqu'un montrait autant de considération à son égard, autant d'affection, et aux yeux de la jeune femme, rien ne pouvait avoir plus d'importance.

Pour cette raison, Claudette avait donc tenu son bout quand le jour de déménager ses pénates chez madame Irène s'était enfin présenté. Si la chambre d'Estelle lui avait déjà fait envie, il en allait tout autrement maintenant.

Ce qui, en soi, était probablement la meilleure chose à faire pour qu'elle puisse garder sa liberté, justement.

— Pas question que je vienne vivre ici, madame Irène, avait ainsi déclaré la jeune femme avec une sincérité évidente.

Le mot « liberté » prononcé par Léopoldine était devenu son leitmotiv, comme celui de « mariage » avait jadis occupé la majeure partie de ses pensées, durant bien des mois, pour ne pas dire des années.

— Comme je la connais, ma grand-mère comprendrait pas pantoute que je dépense de l'argent durement gagné à me payer un loyer pis de la nourriture tandis que j'ai tout ça chez elle à bon compte, avait-elle alors expliqué.

— Pis c'est maintenant que tu me dis ça ?

— Ben oui... Mais ça fait un bout de temps que j'y pense, par exemple ! J'ai eu beau tourner ça dans tous les sens, je vois pas comment ma grand-mère pourrait comprendre les choses autrement. En plus, c'est sûr que je serais obligée de lui donner de mes nouvelles pas mal souvent, pis elle voudrait visiter mon nouveau logement. Si j'acceptais pas qu'elle vienne me voir, pis que je disais non à tout ce qu'elle me demanderait, ma grand-mère serait morte d'inquiétude, pis quand Léopoldine Vaillancourt s'inquiète de quelque chose, elle est capable de tout. Ouais... C'est pas mêlant, je pense qu'elle serait même capable de mettre la police à mes trousses...

À ces mots un tantinet naïfs, la plantureuse quinquagénaire avait esquissé un sourire condescendant. C'était du Claudette tout craché que d'oser prétendre sans sourciller que la police s'intéresserait à elle.

— Ben voyons donc ! Pauvre Claudette... Une chance que t'es belle parce que t'es pas toujours ben *bright*... Comme ça t'arrive trop souvent, tu es en train d'exagérer, ma pauvre fille. Arrête de t'en faire comme ça ! La police se déplacera sûrement pas pour une raison aussi insignifiante que celle d'une grand-mère qui s'inquiète pour rien.

— Je vous le dis, madame Irène ! Ça paraît que vous connaissez pas ma grand-mère pour dire ça. Je pense qu'elle serait capable de convaincre une statue ! Vous demanderez à Jean-Louis, pour voir ! Dans le meilleur des cas, elle me suivrait elle-même à la trace, parce que c'est son genre d'aller jusque-là, pis elle débarquerait chez vous sans préavis. Ou ben elle enverrait ma tante Clémence, ce qui serait pas le diable mieux. Une fois qu'une ou l'autre serait rendue ici, ça prendrait pas goût de tinette qu'elle comprendrait que j'suis pas pantoute la secrétaire à Jean-Louis, pis croyez-moi, vous voulez surtout pas vivre ça.

Cette mise en garde catégorique servie sur un ton alarmiste, qui, visiblement, n'était pas feint, avait suffi à faire taire les objections de toutes sortes qui auraient pu se manifester, et à retenir les sommations que madame Irène aurait pu avoir envie de lui adresser.

Claudette avait à peine terminé son avertissement que l'opulente dame l'avait chassée de sa cuisine d'un geste impatient de la main, tandis qu'elle triturait de l'autre main le collier de perles qui ne la quittait jamais.

— Justement, je vais en parler avec Jean-Louis... Maintenant, va travailler! T'es ici pour ça, non?

À la suite d'une longue discussion à deux ponctuée d'éclats de voix et de grondements, madame Irène et Jean-Louis en étaient arrivés à la conclusion qu'ils ne voulaient ni l'un ni l'autre voir la grand-mère de Claudette, ou la tante Clémence, se pointer le nez à la maison de la rue Notre-Dame-des-Anges.

— Mais la prochaine fois, Jean-Louis, essaye donc de repérer une fille qui n'a pas de parenté à Québec. C'est pas mal plus simple comme ça.

— Admets quand même que notre Claudette attire à elle seule plus de clients que deux autres filles réunies !

— C'est vrai. Par contre, si toi, tu y trouves ton compte pour l'instant, moi, je me ramasse avec une chambre inoccupée.

— T'auras juste à la louer à l'heure à Claudette, ta chambre, au lieu de lui prêter la tienne... Si ça se trouve, ça va être avantageux pour toi aussi.

C'est ainsi que la belle Claudette avait pu continuer d'habiter chez sa grand-mère sans craindre quoi que ce soit de plus que d'être obligée de payer ce que madame Irène avait appelé un *cover charge*. Il lui restait moins d'argent à dépenser en frivolités, certes, mais au moins, la jeune femme était libre comme l'air lorsqu'elle ne travaillait pas.

Puis, Clémence et sa mère avaient commencé à parler du voyage qu'elles feraient au Connecticut en août, et Claudette avait poussé un long soupir de soulagement.

— En plus, Justine m'a écrit qu'on pouvait rester aussi longtemps qu'on le voudrait, avait jubilé Léopoldine, un certain soir au souper.

Clémence avait levé les yeux au plafond, visiblement exaspérée. L'excitation de sa mère à propos du voyage commençait à l'agacer.

— Parlez pour vous, moman, parce que pour ma part, j'ai pas pantoute l'intention de moisir là-bas. Pas plus qu'un mois, comme on a convenu.

— On verra bien ! Attends au moins de découvrir comment c'est beau chez ta sœur avant de dire ça.

On était loin de la parfaite harmonie entre la mère et la fille au sujet de ce voyage, et les prises de bec avaient été nombreuses. Mais les billets étant achetés, Claudette se doutait bien qu'elles ne changeraient sûrement pas d'avis. Elles allaient donc quitter la maison pour quelques semaines, et c'était à partir de ce constat que l'idée avait germé.

Une idée un peu tordue, Claudette en était tout de même consciente, puisqu'elle n'était pas idiote.

Mais comme elle se le répétait tous les matins à son réveil : pourquoi pas ? Après tout, qui ne risque rien n'a rien.

Il y avait aussi que Claudette était de ces jeunes femmes qui ne faisaient pas juste espérer de façon passive que l'existence leur soit bonne, elle voulait de surcroît tout l'extra que la vie pouvait lui présenter, et ce, le plus rapidement possible.

Alors, pourquoi ne pas profiter de cette totale liberté qui lui était offerte sur un plateau d'argent avec le départ de sa tante et de sa grand-mère ? se demandait régulièrement Claudette. Elle pourrait, à tout le moins, tenter d'arrondir les fins de mois en recevant quelques clients supplémentaires dans l'appartement de la rue D'Aiguillon, n'est-ce pas ?

Elle trierait sur le volet certains *prospects* parmi ceux qui étaient le plus attachés à elle, et avec un peu de chance, il va sans dire, Jean-Louis n'en saurait rien. De cette manière, elle pourrait enfin faire des économies, parce que le tarif horaire imposé par madame Irène commençait à peser lourd, quand elle l'ajoutait à la pension qu'elle payait à sa grand-mère et à la ristourne qu'elle versait à Jean-Louis chaque semaine.

Quand elle réfléchissait ainsi à sa situation, Claudette en arrivait toujours à la même conclusion : pourquoi pas ?

De plus, si Estelle se joignait à elle, abandonnant temporairement la chambre qu'elle occupait chez madame Irène, l'avenir immédiat passerait sans doute de sombre et incertain à lumineux et prometteur. Avec de l'argent en banque, les rêves les plus fous deviendraient possibles.

Voilà pourquoi, ce matin, Claudette voulait avancer suffisamment d'arguments pour faire plier la belle Estelle. Et bien au-delà de l'aspect financier de cette situation inespérée, ne seraient-elles pas heureuses à vivre ensemble dans la même maison pendant tout un mois sans chaperon ?

Remarquez que ce ne serait pas la première fois que les deux femmes en discuteraient. Malheureusement, jusqu'à maintenant, rien n'avait pu ébranler la détermination de la belle grande rousse, qui, sans nécessairement le laisser paraître, craignait tout autant madame Irène que Jean-Louis.

— Pis Jean-Louis, lui, qu'est-ce que tu en fais ? faisait-elle valoir chaque fois que le sujet était abordé. Tu penses pas qu'il aurait son mot à dire dans tout ça? Non, moi, j'embarque pas dans ton projet. Ça ressemble trop à des vacances, ton affaire.

— Ben voyons donc! Jean-Louis pourrait pas s'imaginer ça, rapport qu'on continuerait de travailler chez madame Irène comme si de rien n'était. Il me semble que ça serait ben clair que toi pis moi, on serait pas en vacances. De toute façon, si on arrête pas de lui payer son dû, comme d'habitude, je le verrais mal insister pour que tu restes chez madame Irène. La seule chose qui donnerait à penser qu'on prend une sorte de petit congé, ce serait le fait que tu viendrais vivre avec moi, chez ma grand-mère, pendant un mois... Je trouve que tu t'en fais pour pas grand-chose, Estelle. Après tout, ça regarde pas Jean-Louis, l'endroit où on demeure. La preuve, c'est que je reste encore chez ma grand-mère, pis qu'il a jamais insisté plus qu'il faut pour que je déménage chez madame Irène.

C'était le nom à suggérer pour qu'Estelle reparte de plus belle.

— Ouais, parlons-en, de madame Irène! Mettons que t'ayes raison pis que ça dérange pas Jean-Louis que je dorme chez ta grand-mère, pour la patronne, c'est pas la même chose. J'suis sûre qu'elle serait pas contente de me voir m'en aller.

— Pas si tu continues de payer ton loyer... De toute façon, t'auras pas le choix de la payer, ta chambre, rapport que c'est là que tu vas continuer de travailler la plupart de ton temps. Oublie pas que ton absence, euh... partielle, on va dire ça comme ça, durerait juste un mois.

— Tu lâcheras pas facilement le morceau, hein?

— Pourquoi je le ferais puisque je sais que j'ai raison? Il faut pas laisser passer une occasion comme celle-là de nous faire un peu d'argent ben à nous autres. De l'argent qu'on pourrait mettre en banque. Ça se représentera pas de sitôt, une aubaine de ce genre-là... Ça se représentera peut-être même jamais!

— Pourquoi tu dis ça?

— Parce que j'suis pas sûre pantoute que ma grand-mère pis ma tante vont refaire un voyage ensemble. Ma grand-mère est plus tellement jeune, tu sais, pis ma tante, elle a pas l'air très chaude à l'idée d'aller aussi loin.

— OK, on arrête de discuter... Promis, j'vas y penser ben sérieusement.

C'était justement pour soutenir la réflexion d'Estelle que Claudette tenait à préparer son papier.

Elle devait faire vite, car le temps était désormais compté. Léopoldine et Clémence étaient déjà parties depuis vingt-quatre heures et rien n'avait été décidé de la part d'Estelle. Elles avaient gaspillé toute une journée qui était donc perdue, et qui aurait pu servir à déménager les quelques effets qui semblaient essentiels à la rousse.

Ce qu'elle espérait surtout, la belle Claudette, c'était que son amie y prenne goût, à ce dépaysement, que le jour où sa grand-mère et sa tante reviendraient, la grande rousse n'ait plus du tout envie de retourner vivre chez madame Irène et qu'ensemble, elles se dénichent un petit appartement à leur goût.

Mais que pouvait-elle ajouter qu'elle n'avait jamais dit et répété ?

Claudette regarda la feuille blanche en soupirant. Ça ne lui ressemblait pas du tout de vouloir écrire pour essayer de convaincre son amie. Elle détestait l'écriture depuis toujours et ce qu'elle pourrait coucher sur le papier, Estelle le savait déjà.

Alors, elle lui parlerait. Avec les mots qui lui viendraient spontanément à l'esprit, et de tout son cœur, sans fausse modestie ni faux-fuyants.

Elle lui dirait que pour une première fois dans sa vie, elle avait envie de croire au destin parce que pour une toute première fois, elle avait totalement confiance en quelqu'un.

Elle lui dirait aussi qu'elle était sincère en prétendant qu'à deux, elles seraient en mesure de se bâtir une existence qui pourrait avoir un certain sens, malgré l'inévitable présence de madame Irène et de Jean-Louis dans leur quotidien.

Elle ajouterait finalement, comme dernier argument, mais non le moindre, qu'elle l'aimait, profondément, et que si elle, Claudette Fitzgerald, était pour n'avoir qu'une seule amie durant toute sa vie, elle souhaitait que ce soit elle, la grande Estelle.

Prenant la feuille de papier, Claudette la chiffonna, en fit une cocotte et se leva de table. Elle lança la boulette dans la poubelle quand elle passa devant, puis elle regagna sa chambre pour s'habiller.

Ce midi, elle donnerait rendez-vous à Estelle dans un restaurant chic, en espérant sincèrement qu'elle acceptera son invitation. Pour la jeune femme, ce serait la plus belle preuve que le dialogue entre elles n'était pas rompu et que tout espoir n'était pas perdu.

Quant à la suite, Claudette désirait ardemment qu'elle s'écrive à deux.

Chapitre 5

« Ce matin il pleuvait sur la ville
Et ton cœur est mouillé de chagrin
Car le soleil a gagné l'exil
Et ton amour le même chemin
Tu refuses d'ouvrir les paupières
T'as fermé ta fenêtre à la vie
Tu ne respires plus que la poussière
Tu ne crois plus à la poésie
Mais le soleil brillera demain
Ses rayons forceront ta fenêtre
Tu sentiras en toi tout renaître
Et la vie te tendra la main »

~

Le soleil brillera demain, Claude Gauthier

Interprété par Claude Gauthier en 1959

Le jeudi 29 août 1946, au Connecticut, en compagnie de Léopoldine, qui n'en revient toujours pas de sa chance

Tout, absolument tout, était plus beau, plus grand, plus lumineux que dans les souvenirs les plus tenaces que Léopoldine avait gardés de son précédent séjour. Le temps d'entrer dans la maison des Campbell, et elle avait réintégré sa chambre avec un plaisir indicible, toute fatigue miraculeusement disparue.

Comme si, après une trop longue absence, elle rentrait enfin chez elle, son vrai chez-elle, et que désormais, elle pouvait se détendre, car il n'y aurait plus que de douces et bonnes choses en perspective, au lieu de devoir s'occuper de toutes ces tracasseries du quotidien auxquelles la vieille dame n'échappait pas lorsqu'elle était à Québec.

Le long trajet chaotique s'était aussitôt emmêlé à l'amalgame des moments désagréables qui avaient ponctué le cours de sa vie. En revanche, Léopoldine savait pertinemment que le souvenir de ces heures éreintantes finirait bien par s'évaporer comme la brume d'un matin d'été s'effiloche sous l'ardeur des rayons de soleil.

Elle s'était donc dépêchée de vider sa valise et de ranger ses effets dans les tiroirs de la commode en chantonnant. Puis, elle avait poussé un long soupir de satisfaction et le regard qu'elle avait posé tout autour d'elle pétillait de plaisir. Elle appréciait que la chambre soit restée exactement la même. Cela lui permettait de tracer un trait d'union entre ses deux séjours à la mer, de créer une sorte de continuité avec son premier voyage. Sans qu'elle comprenne précisément pourquoi, elle trouvait cela rassurant.

Sur la commode, Justine avait même déposé un petit bouquet de pensées, tout comme lors de son premier passage au Connecticut. Fallait-il que sa fille la connaisse bien pour avoir deviné que sa mère le remarquerait et que ça lui ferait plaisir ?

Léopoldine avait esquissé un sourire et, d'un pas décidé, elle avait quitté la pièce pour se diriger vers l'escalier qui menait au rez-de-chaussée. Puis, elle s'était arrêtée au bas des marches, émue.

Il n'y avait pas à dire : elle se sentait vraiment chez elle à travers d'infimes détails, comme une planche qui couinait lorsque l'on mettait le pied dessus, ou encore cette odeur entêtante de cire à meubles qu'elle avait inspirée à pleins poumons, sincèrement heureuse de la reconnaître.

Ensuite, tournant à sa droite, elle avait trottiné jusqu'à la cuisine afin de rejoindre Justine, l'humeur revenue au beau fixe.

À ce moment-là, on lui aurait annoncé qu'il n'y aurait plus jamais ni train ni autobus en partance pour le Canada que ça ne l'aurait pas affectée outre mesure.

Sinon qu'elle aurait eu une pensée soucieuse pour sa petite-fille Claudette. Bien sûr.

Était-ce en raison de l'attachement qu'elle éprouvait à son égard que Léopoldine ressentait invariablement une pointe d'anxiété dès que le prénom de Claudette traversait son esprit ? Fort probablement. Mais chose certaine, la vieille femme n'irait pas jusqu'à regretter d'être condamnée à vivre ici si jamais l'éventualité se présentait. Après tout, Claudette n'était plus une enfant, elle n'avait pas du tout l'air malheureuse ou résignée, et elle-même n'était pas sa mère, ce qui, jusqu'à un certain point, aurait pu changer sa façon de penser.

Quant à tout le reste, ce n'était que du bonheur d'être ici.

Dès le matin suivant son arrivée, Léopoldine avait déclaré qu'elle voulait se rendre à la plage et que, pour cette première fois, elle préférait y être seule.

— On se reprendra demain, Clémence, pour y aller ensemble. C'est comme si j'avais besoin de retrouver mes repères pis de débroussailler tous mes souvenirs avant d'être capable de te montrer ce beau coin de paradis.

— Tant mieux, avait alors approuvé cette dernière. Moi, j'ai plutôt envie de rester ici. Je me sens encore fatiguée du long voyage en autobus.

— Ben, on va faire ça ! Profites-en donc pour placoter avec ta sœur. C'est comme rien que vous devez avoir pas mal d'affaires à mettre à jour.

En arrivant au bord de l'eau, Léopoldine, un peu surprise, avait cru constater que la plage était plus grande et le sable plus doré qu'elle le pensait.

Curieux ce que la mémoire peut faire, n'est-ce pas ?

Et plus tard, elle aurait été prête à jurer que le phare était indéniablement plus haut et plus blanc que dans le souvenir qu'elle avait souvent caressé, et que les goélands qui le survolaient étaient sans conteste beaucoup plus nombreux.

En un mot, et la vieille dame était formelle là-dessus, tout lui paraissait infiniment mieux que ce qu'elle avait apprécié deux ans auparavant.

Elle avait donc choisi de continuer sa promenade pour vérifier si le charme se poursuivrait partout où elle irait.

Le long trottoir en bois avait profité de son absence pour s'étirer encore un peu plus, ondulant à travers les dunes jusqu'au casse-croûte, où elle avait cédé à la tentation d'une collation. Elle avait bien fait, car les frites qu'on y servait aujourd'hui étaient nettement plus croustillantes que celles qu'elle avait mangées précédemment.

La crème glacée n'avait jamais été aussi bonne et, pour compléter le tout en beauté, elle avait déniché sur le chemin du retour deux nouvelles boutiques offrant des babioles et des souvenirs qui avaient ouvert leur porte.

Léopoldine allait de surprise en surprise, de découverte en découverte, avec l'enthousiasme un peu naïf d'une enfant qui explore l'univers des grands, à la fois bien familier et si différent.

Elle était revenue chez Justine le cœur content et elle était impatiente de partager sa joie avec Clémence.

Cet état d'âme, alliant ravissement et félicité, allait se renouveler inlassablement jour après jour, au plus grand bonheur de la vieille dame.

Pourquoi s'entêter à habiter Québec, alors que tout ici lui plaisait au-delà des mots pour l'exprimer? Que demander de plus au Bon Dieu quand elle avait la chance inouïe de vivre au paradis avant l'heure?

Léopoldine commençait à se questionner sérieusement.

D'aussi loin qu'elle puisse se souvenir, elle n'avait jamais senti pareille sensation de plénitude.

Et comme elle avait toujours amorcé sa journée par un moment de prière où elle confiait les heures à venir au Seigneur, depuis son retour chez les Campbell, sa méditation se terminait par un sincère remerciement adressé au Ciel, demandant avec ferveur que cela ne s'arrête jamais.

Pourquoi pas? Après tout, le Bon Dieu était capable de miracles, non?

Et que dire des repas cuisinés par Justine!

En moins d'un mois, Léopoldine avait renoué avec le plaisir de savourer de bons plats, comme si elle s'asseyait dans un restaurant tous les jours, car souvent, sa fille s'informait de ce qu'elle souhaitait manger le lendemain. Devant un tel empressement à son égard, elle ne se gênait surtout pas pour manifester bruyamment son appréciation.

— Sacrifice que tu cuisines bien, Justine! Pis c'est vraiment gentil de ta part de me consulter avant de décider des repas.

Délicieusement repue après un dîner de poulet grillé particulièrement bien réussi, Léopoldine avait même déclaré:

— C'est pas mêlant, ma fille, tes repas sont tous plus généreux pis savoureux les uns que les autres. Ça me change de notre ordinaire à la maison, j'ai rien que ça à dire! Le poulet que tu viens de nous servir, c'est pas mêlant, je pense que j'ai jamais rien mangé d'aussi bon!

Devant le compliment, Justine s'était mise à rougir de contentement tandis que Clémence jetait un regard peiné vers sa mère, qui poursuivait sur le même ton, sans se douter de la tristesse que ces quelques mots en apparence banals avaient suscitée chez sa fille aînée.

— Grâce à toi, Justine, j'ai ben dû reprendre tout le poids que j'avais perdu en deux ans. Tu peux pas savoir à quel point je me sens bien chez vous!

— Je crois le deviner, oui, et c'est tant mieux! Quant à moi, voyez-vous, ça me fait plaisir de vous faire plaisir. Je vais dire comme on dit : tout est parfait dans le meilleur des mondes !

Comme l'humeur de Léopoldine s'accordait à merveille avec le fait d'être un sujet d'attentions délicates, elle s'était rengorgée en souriant, tandis que Clémence quittait la table sans un mot.

En fait, soyons honnête, la seule ombre au tableau du quotidien idyllique de la vieille dame, c'était justement sa fille Clémence.

— Je me demande bien quelle mouche l'a piquée, grommelait-elle parfois, quand au moment de se mettre au lit, Léopoldine se rappelait un instant déplaisant qui avait rendu les gens mal à l'aise ou une parole acerbe qui avait gâché un repas qui, autrement, aurait été parfait.

Et cela durait depuis les tout premiers jours de leur voyage !

Au début de leur séjour, Léopoldine s'était dit que le trajet difficile y était pour quelque chose dans l'humeur insupportable de Clémence, et comme elle pouvait facilement le comprendre, elle n'avait pas parlé. Elle non plus, en arrivant au terminus de Hartford, elle n'était pas à prendre avec des pincettes, et le moindre détail désagréable la faisait rouspéter.

Toutefois, dans son cas, cet état de choses n'avait pas duré.

Il avait suffi d'un sourire de Justine d'abord, puis d'une poignée de main chaleureuse de la part de son gendre ensuite, pour ramener sa bonne humeur, alors que, de toute évidence, la pauvre Clémence ne prenait aucun plaisir à être au Connecticut.

Au grand dam de Léopoldine, d'ailleurs !

— Une fois qu'on a tout vu ce qu'il y avait à voir, avait déclaré l'insatisfaite au bout d'une première semaine qu'elle avait occupée à tout visiter, il me semble que c'est ben en masse comme repos. C'est beau par ici, je dirai jamais le contraire. Vous aviez raison, maman, mais ça s'arrête à ça pour moi. Astheure, j'ai hâte en saudit de me retrouver dans mes affaires.

— Ben pas moi, tu sauras ! avait vivement répliqué Léopoldine. J'suis comme Justine, je dirais bien : j'aime ça, la chaleur.

« J'suis comme Justine... »

Clémence avait tiqué à ces quelques mots qu'elle entendait un peu trop souvent dans le courant d'une journée, depuis que sa mère et elle étaient arrivées. De toute façon, Léopoldine n'aurait pas eu besoin de le préciser : il était d'une évidence criante qu'elle s'accordait à merveille avec sa fille. Ce qui peinait Clémence, sans qu'elle sache pourquoi. En revanche, d'être capable de le percevoir, de le sentir avec autant de facilité l'agaçait. N'avait-elle pas, elle aussi, sacrifié bon nombre d'années à sa famille, et par ricochet, à sa mère ? Elle aurait très bien pu recevoir un peu de cette reconnaissance bruyante, elle aussi.

Devant l'attitude de Léopoldine, qui s'extasiait pour un oui ou pour un non dès que Justine ouvrait la bouche, Clémence ne pouvait s'empêcher de se dire et de se répéter douloureusement qu'elle-même était probablement considérée comme un acquis aux yeux de sa mère. À la façon d'un vieux fauteuil décati, mais encore confortable, dont on n'arrive plus à se débarrasser, même si les ressorts sont fatigués.

Une autre semaine, puis une troisième avaient passé sans grand changement à l'humeur ombrageuse de Clémence. À un point tel que Léopoldine avait décidé d'intervenir. Il n'était pas dit qu'elle terminerait son voyage en compagnie d'un air bête qui gâchait le plaisir d'un peu tout le monde, ce qui était devenu une évidence incontestable.

Les deux femmes étaient assises au jardin, à l'ombre du grand parasol bariolé de toutes les couleurs de l'arc-en-ciel qui passait l'été planté au beau milieu de la table en métal blanc.

Cela faisait maintenant un peu plus de trois semaines qu'elles vivaient toutes les deux chez les Campbell, et Léopoldine évitait systématiquement de penser à ce retour à la maison qui approchait à grands pas. Après tout, elle avait parlé d'un voyage qui durerait un mois et elle voyait bien que sa fille n'espérait qu'un signe de sa part pour faire ses valises.

Clémence lui avait pourtant bien expliqué sa situation.

— Parce que c'est ben beau, les vacances, mais moi, il va falloir que je me trouve un autre emploi, avait souligné cette dernière, avant leur départ de Québec. Ça fait déjà un bout de temps que l'Arsenal a fermé ses portes, pis j'ai aucun travail qui va m'attendre à notre retour. Comme vous me l'avez fait remarquer, maman, pis j'suis d'accord avec vous, la cinquantaine, c'est peut-être encore un peu jeune pour prendre ma retraite. Même si j'ai été économe tout au long de ma vie pis que j'ai quand même un peu d'épargne, j'suis loin d'être certaine que ça va être suffisant.

C'est alors que Léopoldine avait parlé d'un séjour d'un mois.

— C'est pas quatre petites semaines qui vont venir changer le cours de ta vie, ma pauvre Clémence. Des *jobs*, il va toujours y en avoir pour ceux qui ont du cœur au ventre... Pis là-dessus, j'ai jamais rien eu à dire contre toi : t'es exemplaire... Dis-toi plutôt que ça me ferait ben gros plaisir de te montrer ça, un océan, pis suis-moi sans rechigner. Tu vas pas le regretter, je t'en passe un papier ! Tu verras à ton travail à notre retour.

— D'accord, avait accepté Clémence, sur un ton résigné... Mais c'est ben pour vous faire plaisir. Déjà que j'ai trouvé ça loin, Montréal...

— Promis, on part pour un mois. Pas plus.

Et voilà que le mois tirait à sa fin.

Mais Léopoldine n'avait pas, mais alors là pas du tout, la moindre envie de repartir tout de suite.

Quant à Clémence, son point de vue ne s'était manifestement pas modifié : elle rongeait son frein depuis un bon moment, et visiblement, elle n'avait pas l'intention d'en changer.

Les tomates et les concombres du jardin de Justine rivalisaient en quantité. Mûris à point, ils ne demandaient qu'à être cueillis. Un peu plus tôt ce même jour, en venant s'installer au jardin, Léopoldine s'était passé la remarque que tout à l'heure, elle pourrait s'offrir un bon sandwich en guise de dîner. Elle en salivait à l'avance.

Malheureusement, alors que la vieille dame s'amusait à détailler le potager de sa cadette, qu'elle rêvait de sandwich aux tomates et qu'elle planifiait de ramasser avant le repas tous les haricots jaunes que l'on voyait pendre sous le feuillage des plants, Clémence avait entamé une critique systématique des lieux, sans se douter que sa mère prêtait une oreille plutôt distraite à ses propos.

— Non, je comprends pas pantoute que vous aimiez la plage à ce point-là, avait-elle déclaré en guise d'introduction, avec une évidente interrogation dans le timbre de sa voix. Il fait beaucoup trop chaud pour rester assis ou allongé au gros soleil sans rien faire ! Je sais vraiment pas comment vous êtes capables de tolérer ça, Justine pis vous.

Ces quelques mots ramenèrent dare-dare Léopoldine à sa préoccupation première, à savoir comment pousser Clémence à vouloir, elle aussi, prolonger leur séjour de quelques semaines.

— Tu trouves qu'il fait trop chaud ? souligna-t-elle, feignant la plus grande surprise. Eh ben ! Pas moi. Il faut croire que j'suis trop occupée à regarder les gens tout autour de nous pour souffrir du soleil. Au contraire de toi, je trouve que la chaleur est pas mal agréable. Ça fait du bien à mon arthrite. Avec mon grand chapeau de paille qui me protège la face, je me sens juste correcte. Tu devrais t'en acheter un, toi aussi.

— Pourquoi faire, puisqu'on s'en va bientôt ? De toute façon, j'ai pas une tête à chapeau, pis vous le savez très bien.

— Comme tu veux... C'est toi la pire, approuva Léopoldine, sachant qu'ainsi, elle éloignait la discussion qu'elle souhaitait tenir avec sa fille, et que, du même coup, elle repoussait également la possibilité d'un départ reporté.

Léopoldine inspira longuement pour se calmer, tout en essayant de se convaincre que parler de tout et de rien aiderait peut-être à garder leur conversation sur un ton léger, avant qu'elle ose aborder sérieusement le cœur du problème.

— J'ai pour mon dire qu'on s'en fiche pas mal de la tête qu'on a, en autant qu'on est à son aise. Tu penses pas, toi ?

— Ouais, si on veut.

— Pis as-tu remarqué, Clémence ? Même si la plage est remplie à ras bord par toutes sortes de gens, il y a pas deux personnes qui portent le même costume de bain. C'est un peu étrange, tu trouves pas ?

— Si vous le dites... Moi, j'ai rien remarqué pantoute. Il faut croire que j'avais trop chaud pour m'intéresser aux costumes de bain... Pis il y a une autre chose qui est ben détestable, c'est le sable.

— Le sable ? Sacrifice, Clémence ! T'en veux à l'univers entier depuis que t'es ici, toi, coudonc ! C'est-tu à cause de ça que t'as une face longue comme un jour sans pain, pis une humeur de chien ?

Les mots avaient échappé à Léopoldine et Clémence les accueillit avec un petit haussement des épaules.

— J'ai pas une humeur de chien, rétorqua-t-elle sur un ton sec. J'suis juste tannée de rien faire...

— Mettons, oui... Pis ? Qu'est-ce qu'il t'a fait, le sable, pour que tu le détestes comme ça ? Je te ferai remarquer que c'est un peu normal de trouver du sable sur une plage pis le long des rues avoisinantes.

Le ton était moqueur, et Clémence se sentit visée par le sarcasme entendu. Elle inspira bruyamment avant de répondre, question de laisser savoir à sa mère qu'elle avait perçu la raillerie et qu'elle ne l'appréciait pas du tout.

— Saudit, moman ! Là, c'est vous qui voulez rien comprendre... Chaque fois qu'on doit se déplacer sur la plage, il nous brûle les pieds, le satané sable. Même avec des sandales. Venez pas me dire que ça vous arrive pas à vous aussi, je vous croirais pas ! En tout cas, moi, je trouve ça bien déplaisant. En plus, ça sent la noix de coco à plein nez, à cause de l'espèce de crème toute graisseuse que le monde se met sur le corps. Vous le savez que j'haïs ça, le *coconut*. Ça pue pis c'est pas mangeable. C'est un peu pour tout ça que j'ai hâte d'être revenue chez nous... Une chance que le voyage achève.

— Ah bon, fit tomber négligemment Léopoldine sans laisser transpirer la vive déception qu'avaient fait naître les dernières paroles de Clémence. Comme ça, si je comprends bien ce que t'es en train de me dire, t'as décidé que l'odeur de *coconut* pis la chaleur du sable étaient des raisons suffisantes pour souhaiter qu'on s'en retourne à la maison ?

— Pour moi, oui. D'autant plus que c'est ce qu'on avait prévu. Rappelez-vous ! Vous m'aviez promis que le voyage durerait un mois. Ce qui veut dire, si je compte bien, qu'on repartirait la semaine prochaine. Pis voulez-vous savoir ce que j'en pense ?

— Oh, j'ai ben l'impression que ma réponse a pas tellement d'importance parce que de toute façon, tu vas me le dire, hein ?

— Exactement ! J'aurais envie de dire « enfin » ! J'en peux plus, moi, d'aller à la plage quasiment trois ou quatre fois par semaine. Quand c'est ça qui est à l'horaire, les journées me paraissent longues en saudit, vous saurez ! Vous avez bien dû vous en rendre compte, non, que j'haïs ça, la plage ?

— Si je l'avais pas remarqué, là c'est clair que j'ai plus aucun doute ! Quand on passe quelques heures là-bas, tu dis pas un traître mot de l'après-midi.

— J'suis de même, moi. Si quelque chose fait pas mon affaire, ou ben je m'en vas, ou ben je dis rien. Comme ici, je peux pas partir ben loin, je me ferme la trappe, pis j'endure mon mal...

Persuadée que sa mère compatissait à ses malheurs, malgré son visible attachement au Connecticut et la litanie des raisons pour y rester plus longtemps qu'elle débitait depuis un bon moment déjà, Clémence poursuivit de plus belle.

— Mais c'est pas tout! Sur la plage, je trouve qu'il y a trop de monde. On est quasiment empilés les uns sur les autres, pis ça m'écœure d'être assise proche de même d'un inconnu. Saudit! Ma serviette touche presque à celle d'une personne que je connais même pas. Ça vous dérange pas, vous?

— Ben...

— Ben moi, ça m'achale. J'suis pas habituée à ça.

— Pis à quoi t'es habituée, ma pauvre fille?

— À vivre dans mes affaires, avec personne pour me déranger... Être coincée dans une foule, j'ai toujours haï ça ben gros. Ça fait que ça m'enlève complètement l'envie de me rendre à la plage pour y passer tout l'après-midi. Pis venez surtout pas me parler de baignade, pour changer le mal de place! C'est ben évident que vous aimez ça, vous, faire trempette comme un légume dans une soupe, mais pas moi. Il est pas question que je me tire à l'eau une seconde fois, pis je voudrais ben que vous arrêtiez d'insister. L'eau est trop frette à mon goût, pis les vagues sont trop grosses. Ça me fait peur, vous saurez!

— Pauvre Clémence! T'as seulement qu'à rester sur le bord, pis tu seras pas en danger. J'en reviens juste pas de voir comment c'est que tu peux être négative quand tu t'y mets. Un vrai esprit de contradiction.

— Je trouve pas, moi... J'ai quand même le droit de dire comment je me sens, non ?

— Ouais, ça, c'est certain. Tout le monde a ce droit-là. Mais t'aurais peut-être dû le faire bien avant aujourd'hui au lieu de nous «babouner» ça en pleine face. Un vrai bébé.

— Si j'avais parlé, vous auriez trouvé mille et un prétextes pour me ramasser, pis ça me tentait pas.

— À mon avis, j'aurais peut-être eu raison. On peut tout dire, oui, mais pourvu que nos doléances se transforment pas en litanie qui risque de peiner tout le monde autour de nous.

— C'est pas ce que je fais non plus. Jusqu'à maintenant, j'ai rien dit, pis en ce moment, c'est à vous que je parle, pas aux autres. Mais le pire, je pense, c'est que depuis qu'on est parties de la maison, vous pis moi, j'ai la sensation... Non, c'est pas vrai... J'ai la certitude de perdre mon temps. Vous pouvez pas savoir à quel point ça me tombe sur les nerfs.

— Ben voyons donc, toi ! C'est la première fois de ma vie que j'entends quelqu'un se plaindre d'avoir rien à faire. Moi, ben au contraire de toi, je trouve que c'est pas détestable pantoute de perdre son temps à l'occasion. J'ai assez travaillé dans ma vie pour pouvoir l'apprécier. Tu devrais faire comme moi, tiens, pis en profiter au lieu de chialer...

— Je chiale pas tant que ça. La preuve, c'est que c'est la première fois qu'on parle de ça depuis qu'on est ici. N'empêche que j'arrête pas de penser qu'à mon retour, j'ai pas de travail qui m'attend, pis ça m'énerve ben gros.

— Ben tu devrais pas, rapport que t'as toujours trouvé tes *jobs* sur un claquement de doigts. T'es sérieuse, propre de ta personne, pis quand tu veux, t'es capable d'avoir de la belle façon avec le public. Moi, à ta place, je m'inquiéterais pas outre mesure. De toute façon, ma pauvre Clémence, on peut rien faire à partir d'ici. T'es aussi bien d'accepter ton sort, pis de prendre ton mal en patience... Mais si tu tiens à occuper ton temps à ce point-là, tu pourrais toujours aller te promener. Le matin de bonne heure, comme je fais souvent, ou peut-être en fin de journée, quand le soleil est moins chaud, c'est plein d'agrément.

— Vous trouvez ça, vous ?

— Et comment donc ! Longer la mer sur le beau trottoir en bois, avec la senteur de l'océan plein les narines, c'est pas mal mieux que d'arpenter la rue Saint-Jean d'un bout à l'autre, dans la boucane des autos pis le bruit des camions, non ?

Clémence haussa les épaules en soupirant.

— Pas vraiment, non. Moi les chars, les camions, pis les autobus, ça me «bâdre» pas tant que ça. Je trouve que ça rend ma ville un peu plus moderne, pis j'haïs pas ça. En plus, c'est vraiment plus pratique que nos vieux tramways. Finalement, je dirais que j'aime ça, vivre en ville... De toute façon, quand j'vas sur la rue Saint-Jean, c'est pour faire des commissions, pas pour prendre une marche. Faire une promenade pour faire une promenade, je trouve ça pas mal plate.

— T'auras juste à te rajouter un but, comme celui d'aller manger un bon casseau de frites à l'autre bout du long trottoir, enfila vivement Léopoldine. Avec un petit Coke frette, c'est bon en sacrifice, pis t'aurais peut-être pas l'impression de perdre ton temps, comme tu dis.

Léopoldine pressentait qu'elle arrivait au bout de ses arguments et Clémence était toujours aussi bourrue.

La vieille dame retint un soupir de découragement emmêlé à une grande déception.

Celle qui espérait pouvoir convaincre sa fille de rester un mois de plus au Connecticut était en train de perdre toutes ses illusions.

— C'est toujours agréable de savoir qu'un petit lunch nous attend au bout du chemin, argumenta-t-elle en désespoir de cause. Pis comme ça, tu te promènerais pas sans avoir un but en tête.

— Si c'est ça que vous appelez avoir un but, vous parlez pour rien dire. J'irai certainement pas à l'autre bout de la plage pour manger des frites dans un casse-croûte grand comme un mouchoir de poche. De toute façon, je les trouve trop graisseuses, vos patates. La prochaine fois que vous voudrez en manger, vous demanderez à quelqu'un d'autre de vous accompagner.

— Sacrifice, Clémence, t'es ben à pic, tout à coup! Je savais que t'étais capricieuse, tu l'as toujours été, mais quand même pas à ce point-là... Pis tant qu'à me vider le cœur, j'ajouterais que depuis qu'on est ici, t'es de mauvaise foi!

— Ben non, voyons! Comme vous le dites souvent, ça prend de tout pour faire un monde. C'est pas parce que vous êtes complètement tombée sur la tête à propos du Connecticut, de Justine, de son mari, pis de tout ce qui va avec que j'suis obligée de faire pareil que vous, souligna alors Clémence sur un ton incisif qui piqua Léopoldine au vif.

Ce fut la goutte qui fit déborder le vase.

Elle en oublia illico la plage, les goélands, les frites, les sandwichs aux tomates et sa résolution de garder son calme, et elle répliqua du tac au tac.

— Reste polie, ma fille!

Clémence vira instantanément à l'écarlate. Elle s'était laissé emporter par sa vive contrariété d'être loin de son univers et par l'ennui récurrent qu'elle éprouvait jour après jour. Elle comprit aisément que ça devait déplaire à sa mère et elle baissa aussitôt le front.

— J'suis désolée.

— J'espère ben, oui, que tu regrettes, parce que c'est vraiment pas une manière de parler à sa mère. C'est pas tes cinquante ans qui te donnent le droit de dire tout ce qui te passe par la tête, ma fille. Pis moi, j'ai jamais insinué que tu dois me ressembler à tout prix. Jamais, tu m'entends! Tu viens de le dire : ça prend toutes sortes de monde pour faire un monde. Mais un peu d'enthousiasme pis de bonne volonté, de temps en temps, ça ferait pas de tort, par exemple. Si t'étais juste un peu plus souriante pis accommodante, ça serait probablement pas mal plus agréable pour tous ceux qui sont autour de toi... À commencer par moi.

Si Léopoldine croyait avoir ainsi mis un point final à leur pénible discussion, elle s'était bien trompée. Clémence avait levé la tête et présentement, elle ne lâchait pas sa mère des yeux.

— Pourquoi ? Vous avez juste à faire ce qui vous plaît, pis moi j'vas rester ici, tranquille. Comme ça, vous m'aurez pas dans votre face, comme vous venez de me dire.

— Tu parles d'une réponse insignifiante.

— Pantoute ! Si je préfère perdre mon temps assise à l'ombre des arbres dans la cour de Justine à m'ennuyer de chez nous, ça me regarde. De toute façon, c'est à peu près tout ce qu'il y a à faire, par ici... Saudit ! Je peux même pas aller au cinéma pour me changer les idées parce que tout se fait en anglais, pis je comprends rien. Pis insistez surtout pas, ajouta précipitamment Clémence, voyant sa mère se redresser. C'est comme pour la baignade : ça servirait seulement à me rendre encore plus de mauvaise humeur...

À ces mots, Léopoldine se pinça les lèvres sur les quelques mots bien sentis qu'elle était sur le point de lancer, tandis que Clémence, toute contrition disparue, continuait de plus belle à se vider le cœur, comme sa mère venait justement de le dire.

— J'veux que ça soye ben clair pour vous, maman : c'est uniquement parce que je vous ai promis de rester ici au moins un mois si je m'en suis pas retournée chez nous avant aujourd'hui.

— On aura tout entendu! Repartir pour Québec dans la touffeur du mois d'août pis la senteur de poussière, pognées à prendre l'air sur un balcon encore plus petit que le casse-croûte, quand on a tout un océan à portée de la main et du bon air plein les poumons! Je comprends juste pas, Clémence... Attends au moins de revoir ta sœur Ophélie avant de parler de t'en aller!

Clémence haussa les épaules une seconde fois pour souligner avec éloquence son détachement face à une telle perspective.

— Qu'est-ce que ça pourrait changer que je rencontre ma sœur, je vous le demande un peu! Ça fait quasiment vingt-cinq ans que je l'ai pas vue, pis ça m'a pas empêchée de faire mon chemin pareil... En plus, on est pas pantoute du même âge. J'suis la plus vieille de la famille, pis elle, c'est le bébé. Saudit, maman! Même si j'étais encore petite quand Ophélie est venue au monde, j'ai déjà changé ses couches.

— Je dirai jamais le contraire. Dans une famille, ça prend une première pis une dernière, imagine-toi donc! En plus, ce que tu viens d'affirmer, c'était peut-être vrai avant, mais plus maintenant.

— Je vois pas en quoi ça serait différent aujourd'hui.

— Sacrifice Clémence! Tu sauras qu'il y a des affaires de même qui changent avec le passage du temps. Ouais... Quand t'avais huit ou neuf ans pis que ta sœur était encore aux couches, j'aurais facilement compris que tu te trouves pas vraiment de points communs avec elle. C'était aussi évident que le nez au milieu de la face! Mais astheure, c'est pas pareil. Toutes les deux, vous avez quasiment toute une vie en arrière de vous autres... Deux vies ben différentes l'une de l'autre, à part de ça... J'ai pour mon dire que ça pourrait être intéressant d'en jaser. Tu penses pas, toi? En plus, qu'est-ce qui pourrait nous faire croire que tu t'entendrais pas bien avec Ophélie?

— Qu'est-ce que ça me donnerait de plus de bien m'entendre avec elle? riposta Clémence séance tenante, tout à fait déterminée à avoir le dernier mot.

— Ça vaudrait au moins la peine d'essayer, non?

— Pourquoi? Dans une semaine, on va s'en retourner chez nous, pis je reverrai probablement jamais Ophélie de toute ma vie, rapport que selon vous, elle remettra plus jamais les pieds au Québec. De toute façon, j'suis même pas certaine qu'elle a envie de nous voir.

— Ben voyons donc... Pourquoi tu dis ça?

— Parce qu'elle est même pas chez elle! Pis ça, c'est depuis le premier jour qu'on est arrivées, vous pis moi. Pourtant, elle devait ben le savoir qu'on s'en venait, non?

— Coudonc, toi! On croirait que t'as pas entendu la même affaire que moi... Si Ophélie est pas là, c'est parce qu'au début de notre voyage, elle était déjà partie faire une longue tournée avec Oscar, son ami de cœur, qui est vendeur itinérant... Par la suite, elle a eu une belle occasion de retourner à New York, pour toute une semaine, pis d'aller voir Miami avec le même Oscar parce qu'il avait une sorte de congrès là-bas. De toute façon, elle savait qu'on serait encore ici à son retour. T'aurais dit non à ça, toi, d'aller faire un beau tour de même? Si c'est le cas, tu serais encore plus plate que ce que je croyais.

Devant pareille réaction, l'exaspération grandissante de Clémence tomba à plat, comme un ballon qui se dégonfle.

— Je le sais pas si moi j'aurais voulu ça, rapport que j'aime pas trop faire de la route, mais vous avez probablement raison pour Ophélie, admit Clémence, visiblement à contrecœur.

— Bon, tu vois! Dis-toi que c'est simplement partie remise parce que ta sœur doit revenir dans le courant de la semaine prochaine. Juste à temps pour qu'on puisse la rencontrer... En attendant, essaye donc de changer d'allure, parce qu'en fait de face désagréable, t'es dure à battre en sacrifice! Si tu le fais pas pour moi, fais-le au moins pour Justine, qui se fend en quatre pour nous faire plaisir.

— Ben voyons donc, vous ! Voir que Justine se fend le derrière pour nous autres ! J'ai l'impression que vous exagérez un peu, vous là !

— Pantoute. On est traitées comme des princesses.

— Ben pour moi, c'est clair que ça fait plaisir à Justine de nous en mettre plein la vue avec ses repas compliqués. On a juste à la regarder aller pour comprendre qu'elle aime ça faire étalage de sa richesse pis de son savoir. Si j'avais les mêmes moyens qu'elle, c'est sûr que je ferais cuire du filet mignon assez souvent, moi avec.

Léopoldine n'en revenait tout bonnement pas.

— Coudonc toi, tu serais pas jalouse de ta sœur, par hasard ?

Et sans laisser à sa fille aînée la moindre possibilité de s'expliquer davantage, la vieille femme enchaîna :

— Ça serait ton genre de lui en vouloir juste parce qu'elle a eu plus de chance que toi dans la vie... Pauvre Clémence !

Quand Léopoldine était en colère comme en ce moment, les mots fusaient sans égard aux blessures qu'ils pouvaient infliger.

Quitte à ce qu'elle les regrette par la suite !

— En fin de compte, tu vas rester la plus prévisible de mes filles, déclara-t-elle, tout en se relevant. J'aurais donc dû me douter aussi qu'un beau voyage de même, c'était pas fait pour une femme de petite envergure comme toi...

Puis, se penchant au-dessus de la table, elle abattit sa dernière carte.

— Moi qui pensais te faire plaisir en te proposant de venir ici, je me suis ben trompée. Sacrifice que tu peux être décevante, toi, des fois! Non seulement t'apprécies pas ton voyage, mais en plus, tu fais ton air bête à des personnes qui méritent surtout pas ça, tellement sont accueillantes pis gentilles... Si tu continues de même, c'est mon voyage à moi que tu vas finir par gâcher. Va peut-être falloir qu'on y rajoute une couple de semaines pour te donner la chance de réparer ça... C'est de ça que je voulais te jaser, moi, à matin. Que c'est que t'en dis? Penses-y comme il faut, parce qu'on va sûrement en reparler... En attendant, j'vas aller chercher le panier en osier, pis j'vas cueillir les petites fèves jaunes. Justine va pouvoir nous faire une bonne soupe aux fèves pour souper. Avec du pain chaud, il y a rien de meilleur. Comme tu vois, pour quelqu'un qui fait pas juste parler pour parler comme toi, pour quelqu'un qui veut vraiment s'activer pour aider à passer le temps, en fin de compte, il y a toujours plein de petites choses à faire... À bon entendeur, salut!

* * *

L'humeur capricieuse de Clémence n'avait échappé à personne, le contraire aurait été surprenant, mais on avait choisi d'un accord tacite de ne pas en faire un sujet de discussion, même dans les moments en tête-à-tête. On laissait porter, on s'abstenait de solliciter son avis pour éviter les confrontations, et on organisait le cours des journées comme si Clémence n'avait pas été là. En réponse à cette apparente indifférence à son égard, cette dernière s'enfonçait de plus en plus dans son silence boudeur, et la récente conversation qu'elle avait eue avec Léopoldine n'y avait rien changé, sinon que Clémence s'offrait de temps en temps à aider sa sœur qui, en règle générale, préférait agir seule dans sa cuisine.

— Par contre, si tu veux t'occuper du jardin avec maman, ça me rendrait bien service.

Seul Jack, le mari de Justine, se sentait mal à l'aise devant sa belle-sœur, car il était persuadé que s'il y avait quelqu'un sous son toit qui pouvait amener Clémence à terminer son voyage avec un peu plus d'entrain et de joie de vivre, c'était lui.

Mais pour l'instant, il n'avait pas la moindre idée de ce qu'il pourrait dire ou faire pour amadouer cette femme particulière, même si, à certains égards, il se sentait vraiment proche d'elle.

En effet, deux ans auparavant, lorsqu'il avait visité la ville de Québec, Jack Campbell avait compris au premier coup d'œil que cette femme entre deux âges, sans charme ni élégance, ressemblait étrangement à celui qu'il avait déjà été dans sa jeunesse. En une fraction de seconde, il avait su d'instinct que Clémence Vaillancourt était son pendant féminin.

Malheureusement, lors de ce passage à Québec, il n'avait pu façonner à sa guise cette perception intuitive, car Clémence avait brillé par son absence la plupart du temps. À l'exception d'un repas assez ordinaire qu'elle avait elle-même préparé, Clémence avait toujours eu une bonne excuse pour expliquer son absence, chaque fois que Justine et lui se présentaient chez Léopoldine.

Heureusement, deux ans plus tard, la donne avait changé.

Par la force des choses, Clémence n'avait pas le choix de se retrouver en leur présence, à Justine et à lui, jour après jour, puisqu'elle habitait chez eux. Or, sans le moindre doute, cela se faisait à son corps défendant. Jack n'avait pas mis beaucoup de temps à s'en apercevoir.

Mais pourquoi Clémence agissait-elle ainsi ?

Jack l'ignorait totalement, et il était bien déterminé à trouver ce qui rendait sa belle-sœur aussi rébarbative. Si la chose était possible, il aimerait bien être capable de l'aider.

En effet, et peut-être même sans réellement s'en rendre compte, Clémence posait en permanence sur les gens autour d'elle un regard à la fois désabusé et arrogant. Un regard qui n'avait rien de chaleureux ni d'invitant, ce qui avait rapidement intrigué Jack.

Ce fut alors plus fort que lui, et il se mit à observer attentivement cette femme un peu farouche qui venait d'arriver chez lui, vraisemblablement à contrecœur.

Aurait-elle un mal-être, conséquence d'une jeunesse décevante, tout comme lui l'avait jadis connue ?

Effectivement, pendant des années, le mari de Justine avait été ce que l'on pourrait appeler un «indésirable». Du moins, c'était ainsi qu'il se percevait lui-même.

Petit, le visage quelconque, l'allure hésitante, le jeune Jack manquait indéniablement de confiance en lui, car trop souvent, hélas, il suscitait des sourires sardoniques, et parfois même des railleries cruelles.

Et il n'avait pas vraiment d'ami.

Clémence vivait-elle une pareille chose ? Ou l'avait-elle déjà vécue ? À la voir agir, Jack se disait que oui.

En revanche, Jack Campbell était d'abord et avant tout quelqu'un d'intelligent, de travaillant et d'ambitieux, et lorsqu'il était plus jeune, il avait eu la chance de faire des études commerciales.

À défaut d'avoir une vie sociale bien remplie comme tous les jeunes gens de son âge, Jack s'était donc jeté tête première dans le travail dès son embauche à la manufacture.

Il avait compris assez rapidement que ce que la nature lui avait refusé en beauté et en prestance, elle le lui avait rendu au centuple en discernement, en clairvoyance et en sagesse.

Ingénieux et respectueux de l'ordre établi, il n'avait jamais compté ses heures, et petit à petit, à coup de remises en question et de persévérance pour réussir à vaincre sa timidité maladive, le jeune homme avait gravi les échelons de la hiérarchie de l'entreprise où il travaillait à titre de comptable. Tant et si bien qu'avant qu'il n'atteigne ses trente ans, il était devenu le directeur de cette manufacture de textile.

Lorsqu'il avait rencontré Justine, arrivée de Québec pour être engagée à la première *factory* qui voudrait d'elle, Jack avait déjà gagné en assurance et il était respecté par tout un chacun autour de lui, tant par le grand patron que par l'ensemble de ses employés subalternes.

À cette époque, Justine était encore une femme plutôt discrète, et comme elle baragouinait un mauvais anglais et qu'elle n'y comprenait pas grand-chose, la timidité qu'elle éprouvait à l'égard des gens la rendait charmante.

Du moins, aux yeux de Jack, qui l'avait aussitôt mise sur un piédestal.

Tout comme lui, cette jeune femme n'était pas très grande, et elle semblait très complexée. Serait-elle l'âme sœur tant attendue ?

Les espoirs de Jack avaient vogué durant quelques jours sur cette vague attirante, puis ils s'étaient essoufflés d'eux-mêmes, et le jeune directeur s'était rembruni. Il devait quand même être lucide, non ? Physiquement, il n'avait rien pour lui, tandis que Justine naviguait aux antipodes de son univers.

Effectivement, Justine Vaillancourt était belle comme une madone, et elle faisait tourner les têtes. Jack en avait été le témoin silencieux à quelques reprises.

Dès lors, comment une femme aussi jolie pourrait-elle remarquer un gringalet comme lui ?

Par manque d'habitude et par crainte d'être éconduit, ce qui lui serait intolérable, il en était persuadé, l'homme, qui n'était plus dans la prime jeunesse, avait tergiversé avec lui-même durant un bon moment.

Puis, n'y tenant plus, se répétant que celui qui ne risque rien n'a rien, il avait pris son courage à deux mains et il avait invité à souper la plus belle jeune femme que la salle de coupe avait pu connaître depuis les cinquante dernières années. Après tout, ce qu'il s'exposait à essuyer n'était qu'un refus qui ferait mal, certes, mais cette douleur finirait bien par s'estomper avec le temps.

Contre toute attente, Justine avait dit oui!

Le cœur n'avait pas été long à s'en mêler, et en réponse à ses désirs les plus fous, Jack Campbell avait fait un vrai mariage d'amour. Un amour partagé qui avait transcendé le passage du temps.

Aujourd'hui, il était vice-président de l'entreprise, et il aurait très bien pu se vanter d'avoir particulièrement bien réussi dans la vie.

Mais cela n'était pas dans sa nature de faire étalage de sa chance ou de ses biens. Alors, Jack se contentait d'être un bon patron, un bon mari et un bon grand-père, comme il avait été, durant des années, un père aimant et attentif au bien-être de sa famille.

Quand on lui demandait le secret de la réussite, il pouvait dire sans mentir que dans son cas, le travail acharné et le souci de son prochain, dans le respect des uns, des autres et des règles, avaient été les clés du succès.

Voilà pourquoi, lorsque Justine avait reçu la lettre confirmant la venue de Léopoldine, en compagnie cette fois de Clémence, Jack s'était aussitôt empressé de questionner son épouse sur cette femme qu'il connaissait fort peu, qui l'intriguait, et dont Justine ne parlait pour ainsi dire jamais.

C'est ainsi qu'il avait appris à quel point l'aînée des filles Vaillancourt avait été d'une importance capitale dans leur vie familiale.

En effet, à partir du décès de leur père, et malgré son tout jeune âge, Clémence avait été l'un des rouages essentiels au bon fonctionnement de leur quotidien, tandis que Léopoldine multipliait les ménages pour assurer la subsistance de ses quatre filles. Justine se souvenait parfaitement que Clémence s'occupait d'à peu près tout dans la maison, et combien leur mère avait semblé apprécier ce soutien.

— Maman n'arrêtait pas de nous dire de ne pas oublier de remercier notre grande sœur. Et elle ajoutait souvent que sans Clémence, elle se demandait bien comment elle ferait pour arriver à tout faire ! C'est un peu curieux à dire, avait alors souligné Justine, mais à cette époque, et malgré la lourdeur de la tâche, Clémence était plus souriante, et beaucoup plus gentille.

Puis, la jeune fille avait fini par laisser tomber des études qui, selon elle, ne rimaient à rien pour se consacrer entièrement à ses sœurs et à l'entretien du logement qu'elles habitaient.

— Je me souviens que ça a été une belle période dans notre vie de famille. La tristesse engendrée par la mort de papa s'était atténuée avec le temps, et on riait souvent ensemble. Je me souviens aussi que Clémence aimait bien m'aider dans le potager, lorsque j'ai été assez vieille pour en cultiver un, et qu'on faisait les conserves à deux, elle et moi.

Dès que ses sœurs avaient été un peu plus âgées et autonomes, Clémence avait pris le chemin d'une boulangerie pour travailler de nuit, et ainsi ajouter une contribution financière à tout le boulot qu'elle abattait déjà dans une journée, et ce, uniquement pour le bien-être des femmes Vaillancourt.

— C'est alors que les corvées de la maison ont commencé à être partagées entre nous... Seule ma sœur Jeanne d'Arc y a échappé parce qu'elle est entrée au couvent à peu près à la même époque... C'est aussi à ce moment-là que Clémence est devenue plus sévère, plus renfrognée. Je ne me souviens pas de l'avoir vue prendre une seule journée de congé, avait alors précisé Justine à son mari, sur un ton songeur. Quand elle n'était pas à la boulangerie, elle trouvait toujours quelque chose à faire à la maison. Lorsque j'ai quitté Québec pour m'en venir ici, rien n'avait beaucoup changé, sauf peut-être que Clémence avait abandonné la boulangerie pour un travail de jour comme caissière. À la tabagie de la rue des Érables... En fin de compte, à tant se dépenser pour nous, Clémence ne s'est jamais mariée... Plus jeune, quand elle était encore à l'école, elle a eu quelques cavaliers, mais à treize ou quatorze ans, ce n'était pas très sérieux. Quoi qu'il en soit, les fréquentations ne duraient jamais bien longtemps. Sauf pour son dernier cavalier, qui a fini par disparaître comme les autres. On n'a jamais su pourquoi... Il faut dire toutefois que Clémence n'était pas très jolie. Pas plus dans sa jeunesse qu'aujourd'hui. Et elle a toujours eu un caractère plutôt difficile, malgré certains éclats de rire et quelques gentillesses à notre égard. J'ai souvent pensé que cet air bougon n'avait pas joué en sa faveur.

— Pauvre femme.

À partir de ce jour, Jack s'était donc mis, lui aussi, à attendre cette belle-sœur avec une certaine impatience.

Dès le premier soir, il avait compris tout ce que Justine avait tenté de lui expliquer.

Effectivement, malgré une évidente ressemblance physique, Clémence était bien différente de son épouse et d'Ophélie, que l'on pouvait aisément qualifier de jolies femmes, en dépit des rides laissées par l'inévitable passage des années.

En revanche, ce qu'il apercevait dans le regard de cette femme grisonnante ressemblait étrangement à ce qu'il avait perçu chez Ophélie lors de son arrivée : un grand désarroi et une forme de détachement face aux gens, une distance qui s'apparentait à de l'indifférence.

Jack s'était alors dit que cette Clémence devait être aigrie par une vie de sacrifices, sans véritable passion, et il avait ressenti une bouffée de tendresse fraternelle à son égard.

Voilà pourquoi, depuis un mois, il restait vigilant et ne ménageait pas ses sourires à l'intention de sa belle-sœur.

Et c'est ainsi que le mois d'août et le début de septembre avaient passé. Joyeux et conviviaux pour la plupart de ceux qui vivaient sous le toit des Campbell, et particulièrement longs pour Clémence, qui continuait de fuir un peu tout le monde, comme Ophélie l'avait fait du temps qu'elle habitait chez eux.

Pourtant, Jack n'abandonnait pas pour autant.

Il se disait qu'à force de persévérance, il finirait bien par percer la carapace de sa belle-sœur et lui redonner le sourire.

Chapitre 6

*« Hier encore
J'avais vingt ans
Je gaspillais le temps
En croyant l'arrêter
Et pour le retenir
Même le devancer
Je n'ai fait que courir
Et me suis essoufflé
Ignorant le passé
Conjuguant au futur
Je précédais de moi
Toute conversation
Et donnais mon avis
Que je voulais le bon
Pour critiquer le monde
Avec désinvolture »*

~

Hier encore, Charles Aznavour

Interprété par Charles Aznavour en 1964

*Le dimanche 15 septembre 1946,
dans la salle à manger des Campbell,
avec la famille Vaillancourt enfin réunie*

Seule Ophélie, lors de sa visite, n'avait rien ressenti de cette humeur particulièrement capricieuse que Clémence trimballait avec elle depuis son arrivée au Connecticut.

Et pour cause!

Passablement intimidée de se retrouver en compagnie de sa mère et de deux de ses sœurs en même temps, Ophélie semblait attentive à ce qui se disait autour d'elle sans nécessairement chercher à intervenir.

Tout au long du repas, elle avait plutôt anticipé le moment où Clémence lui demanderait pourquoi elle avait quitté sa famille, même si cela faisait de nombreux mois maintenant, et qu'ici, loin du Québec, le sujet avait été vidé depuis longtemps.

Voilà pourquoi, dès que sa sœur ouvrait la bouche pour parler, ne serait-ce que pour réclamer le sel, Ophélie baissait les yeux sur son assiette pour être certaine que leurs deux regards ne se croisent pas.

Toutefois, encouragée par son ami Oscar, qui l'invitait à se prononcer à tout propos, Ophélie s'était quelque peu dégelée, et elle avait raconté sa visite à New York.

— Il n'y a pas à dire, c'est vraiment une belle ville. J'aime bien y retourner de temps en temps.

— Et moi donc !

Justine et Ophélie avaient alors vanté à deux les mérites de cette cité gigantesque. L'Empire State Building, les avenues larges comme des boulevards, les théâtres, les restaurants et les nombreux cinémas...

Léopoldine non plus n'intervenait pas, trop occupée à écouter. Elle n'en revenait pas de voir que deux de ses filles avaient si bien réussi dans la vie. Sans trop comprendre pourquoi, elle s'en attribuait même le mérite, et à ses yeux, c'était amplement suffisant pour se sentir heureuse. Après tout, c'était elle qui les avait élevées, n'est-ce pas ?

Puis, Ophélie avait parlé de Miami avec enthousiasme.

— La plage est tellement belle ! Et la mer, bien plus chaude qu'ici ! C'est un peu pour ça qu'on a décidé de prolonger notre séjour dans le Sud après le congrès d'Oscar. Quelques jours de repos avant de reprendre la route nous ont été très agréables.

— Et vous avez bien fait ! approuva joyeusement Jack. Moi aussi, j'aime bien Miami. C'est une ville vraiment faite pour les vacances.

Mine de rien, Clémence buvait les paroles de ses sœurs, les enviant farouchement. Sa mère n'avait pas eu tort d'insinuer qu'elle était un peu jalouse de Justine. Comment ne pas l'être ? Sa sœur avait traversé la majeure partie de sa vie aux côtés d'un homme qui l'avait aimée, choyée, et qui lui avait offert une existence tellement plus facile que la sienne.

Maintenant, Clémence l'était aussi d'Ophélie qui, de toute évidence, avait su se débarrasser d'un quotidien qui ne lui convenait plus pour en adopter un autre davantage plaisant. Elle ne s'expliquait toujours pas ce qui pouvait pousser une mère à abandonner sa famille, mais comme le disait souvent Léopoldine : on ne peut pas réellement comprendre ou critiquer quelqu'un avant d'avoir chaussé ses souliers.

Malgré cela, rongée par la curiosité, Clémence avait été sur le point de demander à Ophélie comment on se sentait à vivre loin de ses enfants, et pourquoi, après tout, elle était partie.

À la dernière minute, elle n'avait pas osé. Léopoldine risquait de lui en faire le reproche jusqu'à la fin des temps, si jamais cette soif de tout savoir ne lui convenait pas, ou lui semblait malsaine.

Clémence était donc restée silencieuse, avec l'air concentré sur le repas qui, comme toujours, était délicieux. En revanche, elle ne perdait aucun mot de ce qui se disait autour de la table.

La routine de ses sœurs en apparence toute simple et sans contretemps, sauf peut-être pour des petits moments de bonheur occasionnels et planifiés, avait de quoi susciter l'envie de n'importe qui. Surtout celle de Clémence, qui détestait les imprévus, les nouveautés et les extravagances, qu'ils soient bons ou mauvais n'ayant aucune importance à ses yeux.

Pourtant, mais peu de gens s'en souvenaient, Clémence Vaillancourt n'avait pas toujours été aussi déplaisante et obstinée.

Enfant, elle aimait les surprises et les cadeaux, comme tout le monde. Elle goûtait la fantaisie d'une promenade organisée par son père à la dernière minute et le bonheur de manger un cornet quand il faisait trop chaud, même avant le repas.

Malheureusement, le décès d'Hector Vaillancourt avait été le pire des cauchemars pour une gamine d'à peine treize ans, et il avait diamétralement transformé sa façon d'envisager les choses.

Parachutée dans la cuisine de sa mère pour tenir un rôle qui n'aurait jamais dû être le sien, Clémence s'était ainsi refermée sur elle-même, et elle s'était mis en tête que la moindre nouveauté, le plus infime changement, allaient être obligatoirement une corvée pour elle, alors que pour ses sœurs, le quotidien n'avait pas vraiment été modifié par ce décès imprévu. Ce dont Clémence se souvenait le plus clairement, le plus douloureusement, c'était que toute la famille avait beaucoup pleuré et qu'elle avait trouvé incroyablement injuste d'être la seule à qui on avait demandé d'oublier sa peine.

— T'es la plus vieille, Clémence, pis tu vas faire comme moi, lui avait dit Léopoldine. On va se retrousser les manches, pis on va travailler sans compter nos heures, toi pis moi. On aura pas le choix de mettre notre chagrin de côté, si on veut réussir. Il y va du bonheur de tes trois petites sœurs.

Aujourd'hui encore, Clémence estimait avoir été victime d'une injustice sans nom, et elle continuait de l'être. Elle aussi aurait aimé pouvoir s'appuyer sur quelqu'un, se reposer parfois sur l'épaule d'un homme qui aurait été son égal, son compagnon, plutôt que d'avoir été dépendante d'une mère autoritaire qui avait tout régenté dans sa vie, ou presque.

Sans jamais l'avoir avoué à qui que ce soit, se disant que Léopoldine devait bien s'en douter, Clémence aurait souhaité avoir un mari et des enfants. Elle aurait voulu habiter dans un appartement qu'elle aurait pu décorer à sa guise, à défaut de résider dans une immense maison comme celle de Justine.

Alors oui, Clémence enviait Justine et Ophélie.

L'unique défaut qu'elle trouvait à leurs destinées de rêve était qu'elles se passaient ailleurs qu'à Québec. À ses yeux, les plaines d'Abraham, le fleuve Saint-Laurent, et le Château Frontenac avaient autant de charme qu'un bord de mer, et Clémence avait toujours apprécié le changement des saisons, le seul, en fait, qu'elle eut toujours toléré et qu'elle espérait année après année.

Toutefois, au-delà de ces banales considérations, Clémence avait une vie plutôt fade.

Or, depuis qu'elle vivait ici, elle n'avait pu faire autrement que de constater les différences flagrantes entre l'existence qu'elle avait menée et celles de ses sœurs.

Seule Jeanne d'Arc échappait à ce jeu cruel des comparaisons.

Et encore !

Après tout, elle avait choisi elle-même sa destinée en entrant au couvent à tout juste seize ans.

Clémence, elle, n'avait pas décidé grand-chose.

Avec Léopoldine aux commandes, elle avait appris très jeune à obéir sans discuter. Et malgré son peu d'envergure, comme l'avait méchamment souligné Léopoldine, leur petit logement lui manquait et elle avait terriblement hâte de se trouver un emploi afin de recréer un quotidien prévisible, rassurant, et hors du contrôle maternel.

Puis, sans raison apparente, Clémence repensa au mariage de Marjolaine, et elle baissa encore une fois les yeux pour que personne ne puisse voir l'éclat de colère qui devait briller dans son regard à ce moment-là.

Mais quelle sorte de mère Ophélie était-elle pour avoir laissé tomber sa famille et continuer de la bouder comme elle le faisait ? Que sa sœur ait pu refuser d'assister aux noces de sa fille était un affront que Clémence n'arrivait pas à s'expliquer.

Qu'Ophélie puisse avoir été profondément malheureuse ne lui avait non plus jamais traversé l'esprit. Elle-même avait eu droit à une existence monotone, passant d'un emploi routinier sans attrait à un autre machinal et sans défi, et pourtant, elle n'avait jamais songé à abandonner.

Malgré tout ce qu'elle pouvait reprocher à sa mère, qui lui avait fait porter de terribles charges alors qu'elle n'était qu'une enfant, Clémence considérait, encore aujourd'hui, être l'unique responsable d'un quotidien qui n'avait jamais vraiment ressemblé à ses aspirations les plus intimes.

Personne ne lui avait demandé de quitter les études à quinze ans. Pas plus qu'on avait mis de bâtons dans les roues de Jeanne d'Arc lorsque celle-ci avait voulu entrer au couvent.

Mais sachant que sa mère avait besoin d'elle, que personne d'autre ne pouvait la remplacer, et pour aider financièrement Léopoldine par la suite, Clémence n'avait jamais parlé de cette envie qu'elle avait de devenir infirmière. À quoi bon susciter des discussions orageuses et inutiles, n'est-ce pas?

Mais Dieu sait qu'elle en avait rêvé, du bel uniforme blanc et de la coiffe amidonnée.

Quant au mariage, elle avait rapidement abandonné l'idée de la cérémonie en robe blanche. L'image plutôt quelconque que lui renvoyait le miroir tous les matins avait tué les quelques espoirs qu'elle avait pu entretenir à ce sujet.

Des quatre sœurs Vaillancourt, elle était la moins jolie et la plus petite, et, de ce fait, Clémence s'était toujours considérée comme étant aussi la plus négligeable, la plus insignifiante.

Or, présentement, l'insignifiante voulait retrouver son royaume de cinq pièces et demie où elle pouvait régner sur ses casseroles sans compromis, et elle s'ennuyait profondément de Claudette, qu'elle aimait comme si elle avait été sa propre fille.

Au même instant, Justine revenait dans la salle à manger, portant fièrement à bout de bras un magnifique gâteau qui n'avait rien à envier à ceux des grandes pâtisseries.

Son entrée dans la pièce suscita des exclamations de la part des convives, et Clémence en profita pour se recueillir. Savoir ce que l'on voulait était une chose, l'annoncer à une Léopoldine Vaillancourt en était une autre.

Et comme pour l'instant, personne ne se souciait de cette Clémence qui n'avait guère parlé au cours du repas, elle pouvait s'octroyer quelques minutes supplémentaires pour réfléchir.

Dans le fond, qu'aurait-elle pu dire qu'on ne connaissait déjà, n'est-ce pas?

Tout en soupirant, Clémence ferma donc les yeux un bref moment, et elle eut l'impression de se voir, comme si elle s'était retrouvée à la hauteur du plafonnier. Elle était assise entre Jack et Oscar, tout juste devant Léopoldine. Elle se passa la remarque qu'elle avait l'air d'une enfant que sa mère ne devait pas quitter du regard afin de la surveiller.

L'image lui fut aussitôt intolérable.

Que faisait-elle ici au lieu d'être à Québec à tenter de trouver le meilleur emploi possible et où elle pourrait se faire quelques amies avec qui aller au cinéma ou courir les grands magasins dans Saint-Roch, en bas de la côte?

Parce que lors de chaque changement de métier, Clémence avait aussi changé d'amies. Comme si elle ne pouvait être qu'une compagne de convenance, le temps d'un emploi.

Et malgré tout cela, elle se répéta qu'il était grand temps qu'elle reparte pour retrouver l'univers qui lui ressemblait. La comédie avait assez duré. Ici, elle ne se sentait pas à sa place.

Et sa mère n'aurait rien à blâmer ou à critiquer.

Après tout, Clémence avait rempli sa part du contrat, non?

Elle avait accompagné sa mère jusqu'au Connecticut, même si c'était pour elle le bout du monde.

Elle y était restée un mois interminable sans trop se plaindre, quoi qu'on puisse en dire.

Puis, comme Léopoldine le lui avait demandé, elle avait patienté dix jours de plus pour rencontrer Ophélie qui, en fin de compte, ne lui avait pas dit trois mots d'affilée depuis qu'elle était arrivée. Attendre sa venue avait donc été une véritable perte d'énergie.

Alors vraiment, il était grand temps que Clémence Vaillancourt retourne à Québec, avant de devenir complètement folle, à force de ne rien faire d'autre que de cueillir ou peler quelques légumes pour aider Justine, parce que oui, elle avait pris les recommandations de Léopoldine à la lettre, et elle avait tenté de s'occuper le plus possible.

De toute façon, Claudette devait commencer à s'ennuyer ferme, elle aussi, toute seule à l'appartement, et c'était l'argument qu'elle ferait valoir si jamais sa mère bourrassait un peu trop fort.

Dans la même éventualité, Clémence décida par instinct qu'il lui fallait parler tout de suite, malgré son manque d'habitude de prendre la parole devant un groupe et la gêne incontrôlable qu'elle ressentait déjà.

Entourée de ses autres filles et de ses gendres, Léopoldine n'oserait probablement pas lever le ton devant eux pour l'abîmer de bêtises comme cela lui arrivait parfois quand elle jugeait que son aînée avait dépassé les bornes qu'elle-même avait fixées.

Profitant alors d'un moment de silence tandis que les gens commençaient à déguster leur dessert, Clémence se redressa sur sa chaise, jeta un regard à la ronde, puis elle déclara d'une voix ferme :

— C'est ben beau, les vacances, pis je te remercie de m'avoir si bien reçue, Justine, pis vous aussi, Jack, mais je pense qu'il serait temps pour moi de retourner chez nous.

Les deux interpellés tournèrent aussitôt la tête vers elle, sans dire un mot. Visiblement, ils étaient surpris.

Tout en parlant, Clémence avait promené lentement les yeux d'un convive à l'autre une seconde fois. Non qu'elle se sentît très à l'aise d'agir ainsi, elle détestait être le point de mire d'une réunion, mais comme elle voulait voir les réactions de tout le monde, elle n'avait pas le choix. Elle s'arrêta finalement sur Justine, qui avait l'air déçue.

— C'est beau chez toi, ma petite sœur, commenta Clémence sur un ton poli qui pouvait même passer pour chaleureux. La grande maison, les beaux meubles, l'auto, la cour immense... Oui, c'est vraiment très beau. Mais tout ça, c'est pas fait pour moi. Comprends-moi bien, j'veux pas que tu penses que...

C'est à ce moment que Léopoldine, n'en pouvant plus, ne put se retenir. Fourchette en suspens devant elle, la vieille dame fronça les sourcils, et sans attendre ni laisser la chance à Justine de répondre, elle interrompit sèchement Clémence.

— C'est quoi ça, ma fille? Encore une fois, tu vas venir gâcher le repas de tout le monde? Tu parles d'une manie détestable! Pis qu'est-ce que je deviens, moi, dans tout ça?

Si le ton employé par Léopoldine était enflammé, celui de Clémence demeura calme et poli. Presque froid.

— Vous ferez bien ce que vous voudrez, maman. Moi, je pars.

— Ça aurait été gentil de m'en parler avant... J'en reviens juste pas! Pis c'est quoi l'idée de nous lancer une nouvelle pareille en plein souper de famille?

— C'est justement le fait de se retrouver en famille qui m'a fait comprendre que je m'ennuyais de chez nous encore plus que je le croyais. Puis, il y a Claudette. Elle doit commencer à trouver le temps long, toute seule au logement.

Le nom de sa fille emmêlé à la discussion fit sourciller Ophélie. Le geste et l'intention furent spontanés, et elle se glissa dans la conversation.

— Comment va-t-elle, ma fille ?

Un silence de plomb s'abattit sur la pièce où le soleil dardait ses derniers rayons de la journée.

Clémence se tourna vers Ophélie et soutint son regard quelques secondes avant de lui sourire brièvement. Elle venait de comprendre, par instinct, que si sa sœur avait fui sa famille, ça n'avait pas été de gaieté de cœur. En ce moment, les yeux d'Ophélie brillaient de larmes retenues.

— Quand on est parties, maman pis moi, Claudette allait très bien, la rassura Clémence sur un ton doux qu'elle employait rarement.

Cependant, son cœur battait à tout rompre, parce qu'en cet instant, elle se revoyait, il y avait de cela au moins trente-cinq ans. Leur père venait de mourir et Ophélie pleurait à chaudes larmes, désemparée. C'était elle, l'aînée de la famille, qui avait apaisé et consolé la petite fille de cinq ans, parce que Léopoldine, emmurée dans un chagrin intolérable, n'avait eu de paroles gentilles ou réconfortantes pour aucune de ses filles.

— Elle travaille comme secrétaire particulière d'un homme d'affaires assez prospère, poursuivit donc Clémence, pour rassurer Ophélie. On t'en a peut-être déjà parlé ?

— Euh... Non, pas vraiment. Remarque que je n'ai jamais rien demandé à son sujet non plus. Je me disais qu'à vivre auprès de toi et de notre mère, elle ne devait manquer de rien... Comme ça, Claudette est secrétaire ? Je suis heureuse de l'apprendre, même si ça me surprend un peu d'entendre ça... Je... Tu pourras lui dire que si ça lui tente, elle pourrait m'écrire.

— Claudette, écrire ?

Encore une fois Léopoldine était en train d'essayer de prendre le contrôle d'une discussion qui, tout bien considéré, ne s'adressait pas à elle. Certains travers restaient solidement ancrés en elle.

— Je compterais pas trop là-dessus, ma pauvre Ophélie, lança-t-elle vivement, sans égard à l'inquiétude que son intervention pourrait susciter. Claudette est un peu comme moi, c'est pas une « écriveuse » de nature.

Ces quelques paroles qui fermaient la porte à toute forme d'espoir furent celles que Clémence considéra de trop. Tant pour elle que pour Ophélie.

Mais qu'est-ce que c'était que cette manie de se mêler des affaires de tout un chacun ? Depuis leur arrivée au Connecticut, c'était pire que jamais ! Clémence tourna aussitôt les yeux vers sa mère.

— Il faudrait peut-être laisser Claudette en juger par elle-même, déclara-t-elle froidement. Vous pensez pas, vous ? On sait pas ce qu'elle va choisir de faire... Pis dans le fond, ça nous regarde pas une miette. Quant à moi, ma décision est prise : je retourne à Québec. Vous savez très bien que j'ai hâte de me trouver un emploi pis j'avoue que d'avoir rien devant moi, ça vient gâcher mon plaisir d'être ici.

— Imagine-toi donc que j'suis courant, oui... C'est pas la première fois que tu m'en parles. Je dirais même que ça fait un sapré boutte que ça te trotte dans la tête, pas vrai ?

— Vous avez raison, mais je comprends pas ce que vous avez contre ça. Rappelez-vous qu'on avait parlé d'un mois de vacances, et le mois est passé depuis plusieurs jours. À partir de maintenant, le plus vite j'vas partir, le mieux j'vas me sentir.

— Ah ça, je le sais ! Mais est-ce que c'est une raison pour prendre ta décision finale sans au moins aviser le monde autour de toi ?

— Saudit ! Mais c'est en plein ce que j'suis en train de faire. Qu'est-ce que vous voulez de plus ?

— Ce que j'aurais préféré, c'est qu'on en discute dans le privé. C'est ce que t'aurais dû faire si t'avais eu le moindrement un peu de considération pour moi pis pour Justine. En agissant comme tu le fais en ce moment, c'est mon plaisir personnel que tu viens gâcher.

— C'était pas le but recherché.

— Ben c'est ce qui se passe, imagine-toi donc ! Comment peux-tu croire que j'allais prendre ça autrement ? Sacrifice, Clémence, tu le sais que j'aime ça ben gros vivre ici...

— J'en doute pas une minute, coupa Clémence qui, cette fois, n'avait pas du tout le goût de plier devant sa mère. Mais maintenant que c'est dit, on peut toujours ben pas vivre ici jusqu'à la fin de nos vies !

— C'est ben niaiseux de penser ça... Ben non, j'ai pas l'intention de prendre racine chez ta sœur. Mais le jour où j'vas être obligée de repartir, par exemple, ça va me faire de la peine. Surtout si j'ai pas eu le temps de me faire à l'idée que mes vacances sont finies. C'est ça que tu veux, Clémence ? En plus, si on s'en va dans quelques jours, ça va probablement m'enlever l'occasion de revoir Ophélie.

Léopoldine, qui avait toujours su garder la maîtrise de ses émotions en public, sentait que les larmes n'étaient pas loin. Même si on était en famille, comme Clémence l'avait souligné elle-même, il n'était pas question que Léopoldine Vaillancourt se mette à pleurer comme une Madeleine devant ses filles et ses gendres.

De quoi aurait-elle l'air ?

À son âge !

Toutefois, avant que la vieille dame n'ait pu reprendre son calme, Jack leva la main pour imposer le silence, comme il le faisait dans une assemblée quand les esprits s'échauffaient, alors que l'harmonie, la retenue et le gros bon sens commençaient à s'effriter.

Il jeta un regard en coin vers sa belle-mère, qui fixait son assiette, puis le fit glisser vers Clémence, qui triturait nerveusement sa serviette de table. Jamais, de toute sa vie, Jack Campbell n'avait vu deux solitudes s'affronter ainsi. Et Dieu sait qu'il en avait désamorcé des disputes et des chicanes, et qu'il avait contrôlé bien des foires d'empoigne et des engueulades, à titre de directeur de manufacture.

La situation qui se vivait présentement autour de leur table lui sembla tout à coup intolérable.

— Holà! On ne va pas empoisonner un aussi bon repas par une petite querelle inutile à propos d'une date de départ, n'est-ce pas?

Personne ne répondit.

Alors, Jack poursuivit avec ce calme olympien qui lui était inné, en même temps qu'il tendait le bras pour envelopper la main de Justine dans la sienne. Il savait qu'en ce moment, sa femme devait être malheureuse comme les pierres devant cette situation regrettable qui n'aurait jamais dû se produire.

— Si vous n'y voyez pas d'inconvénient, mesdames, nous reparlerons de tout ça demain, à tête reposée.

— Bien d'accord avec vous, Jack...

Ce bref intermède avait permis à Léopoldine de se ressaisir. Elle jeta cependant un regard désapprobateur vers Clémence, qui fixait toujours son assiette comme une enfant que l'on réprimande, puis elle revint à son gendre.

— Avant de clore la discussion, je vous ferais remarquer, en passant, que c'est pas moi qui ai commencé la dispute. Pis je comprends pas que ça aye pu virer au vinaigre à ce point-là. Je m'en excuse. Dans le fond, le seul problème que je vois dans tout ça, c'est que j'ai pas pantoute envie de partir tout de suite, pis chaque fois que Clémence me remet ça dans la face, ça provoque des flammèches.

— Qui vous parle de partir, belle-maman ?

— Ben là...

Léopoldine regarda autour d'elle pour vérifier si elle était la seule à avoir compris que si sa fille s'en retournait maintenant, elle devrait la suivre à Québec.

Ophélie fut la seule à lui sourire. Tristement. Ce fut cependant suffisant pour lui confirmer sa perception, et la vieille dame se tourna instantanément vers son gendre.

— C'est Clémence, voyons donc ! Il me semble que c'était clair que ma fille veut s'en aller le plus vite possible, non ?

— Oui, mais...

— Laissez-moi finir, Jack !

— D'accord.

— C'est ben certain que si Clémence s'en va, j'aurai pas le choix de partir moi avec. Je vois pas comment ça pourrait se passer autrement.

— Pourquoi ?

— Sacrifice ! Il y a deux ans, je vous l'ai écrit en long pis en large, à quel point j'ai trouvé ça dur de voyager toute seule. Vous l'avez oublié ?

— Non.

— Pourquoi faire, d'abord, que vous comprenez pas ce que j'essaye de vous expliquer ?

— Parce que vous pourriez rester aussi longtemps que vous le voulez, sans pour autant demander à Clémence de rester.

— Ben là, je vois pas comment ce serait possible.

— Et si Justine faisait la route avec vous ?

Devant cette proposition inattendue, Léopoldine en retint son souffle. Elle dévisagea Jack durant un long moment, puis elle demanda, sur un ton incrédule :

— Justine viendrait me mener jusqu'à Québec en char ?

— En char, comme vous dites, sûrement pas, non ! Ce serait un peu épuisant pour une femme de conduire toute seule tout ce chemin. Et je serais trop inquiet de vous savoir toutes les deux sur la route... Mais Justine pourrait prendre l'autobus avec vous, cependant. Ou le train, si vous préférez.

Comme le mot « train » avait un certain charme pour la vieille dame, cette dernière esquissa un vague sourire. De toute évidence, Léopoldine commençait à se détendre.

— C'est sûr que le train, c'est pas mal plus confortable, apprécia-t-elle en hochant la tête. Surtout s'il y a quelqu'un pour m'aider à passer d'un wagon à l'autre... J'y avais pensé pour nous en venir, vous savez ! Pour une vieille femme comme moi, avoir la chance de se dégourdir les jambes de temps en temps, ça vaut de l'or ! Mais c'était trop cher pour nos moyens, à Clémence pis moi... Comme ça, je pourrais rester pour un boutte encore ?

— Certainement ! s'exclama Justine, qui ne demandait pas mieux que d'avoir du temps seule avec sa mère.

L'expérience de la vie commune avec Clémence avait été plutôt décevante, pour ne pas dire éprouvante.

— On pourrait faire les conserves ensemble, comme il y a deux ans... Si ça vous tente, bien entendu.

— Et comment, si ça me tente ! Ça me rappelle mes jeunes années avec ton père et rien pourrait me faire plus plaisir.

Soulagée au-delà des mots pour le dire, Léopoldine avait retrouvé le sourire et son bagou habituel.

— Dans le fond, il y a rien que j'aime plus que d'avoir des projets avec mes filles. Ouais... Ça me donne l'impression de rattraper tout le temps perdu quand vous étiez plus jeunes pis que je devais faire des ménages de l'aube au crépuscule, six jours par semaine, pour arriver à vous loger pis à vous nourrir... Bon ben, maintenant que tout est arrangé, j'vas finir de manger mon morceau de gâteau ! C'est un peu fou de dire ça, mais il me semble que je viens de retrouver l'appétit.

— Tant mieux !

— C'est pas trop difficile d'avoir faim quand je vis ici. C'est pas mêlant, Justine, ton gâteau au chocolat, c'est le meilleur que j'ai jamais mangé ! Va falloir que tu me donnes ta recette.

La soirée se termina dans une apparente bonne humeur. Après tout, chacun y avait trouvé son compte, n'est-ce pas ?

Léopoldine ne serait pas obligée de partir tout de suite, à son grand soulagement, tandis que Clémence retournerait à Québec comme elle le réclamait depuis près de trois semaines.

Pourtant, cette dernière n'arrivait pas à se réjouir comme cela aurait dû être le cas.

Elle écoutait sa mère et ses deux sœurs comparer leurs recettes et elle avait le cœur gros, en constatant que personne n'avait songé à l'inclure dans la conversation. Pire ! Elle avait la sensation que si elle tentait de se joindre à elles, son intervention poserait un éteignoir sur la joyeuse discussion, et que tout le monde en souffrirait. Ce n'était qu'une impression, certes, mais elle était tenace et douloureuse.

Alors, sans dire un mot, elle se leva de table, et, comme pour lui donner raison, personne ne chercha à la retenir. Il n'y eut que Jack qui la suivit des yeux, comprenant fort bien ce que Clémence devait ressentir.

En revanche, comme il ne savait trop quoi dire pour l'empêcher de quitter la pièce, il la laissa partir, puis il se tourna vers Oscar pour lui offrir un digestif à prendre au salon.

Partie 3

Automne 1946

Chapitre 7

« Tu me fais tourner la tête
Mon manège à moi c'est toi
Je suis toujours à la fête
Quand tu me tiens dans tes bras
Je ferais le tour du monde
Ça ne tourn'rait pas plus qu'ça
La Terre n'est pas assez ronde
Pour m'étourdir autant qu'toi »

~

Mon manège à moi,
Jean Constantin / Norbert Glanzberg

Interprété par Édith Piaf en 1958

Le vendredi 20 septembre 1946,
dans la cour des Goulet, en compagnie
de madame Béatrice et de Marjolaine

Pour cette ultime journée des rénovations, Marjolaine avait demandé à son supérieur la permission de prendre congé. Non seulement voulait-elle remercier elle-même monsieur Bolduc qui, selon sa belle-mère, avait effectué un travail remarquable, mais comme son mari et elle dormaient chez les O'Brien, depuis quelques semaines déjà, elle n'avait pas eu l'occasion de le rencontrer souvent ni de constater par elle-même l'avancement des travaux. Le contremaître du chantier s'y refusait.

« Trop dangereux ! », était l'unique réponse qu'il savait donner, et en ce sens, il était approuvé par son patron, Germain Bolduc.

De plus, Marjolaine sentait le besoin d'avoir un petit répit, ne serait-ce que d'une seule journée, parce qu'elle était épuisée au point d'en avoir les larmes aux yeux pour un oui ou pour un non, et qu'elle anticipait le fait que dès ce soir, toutes ses petites sœurs reviendraient à la maison, avec le surcroît de travail que cela impliquerait.

Malgré le grand soulagement qu'elle ressentait à reprendre un rythme de vie plus normal et prévisible, la jeune femme se demandait où elle pourrait puiser une énergie qui, pour l'instant, lui faisait nettement défaut.

En effet, jamais un été ne lui avait paru aussi long ni aussi pénible que celui qu'elle venait de passer, à travers la poussière, les coups de marteau, le chambardement des pièces et les différents déménagements des enfants. Car, au fur et à mesure des dégâts causés par la démolition qui envahissaient tout l'espace, il avait bien fallu trouver une solution de rechange pour loger les filles, du moins temporairement.

Les plus vieilles avaient donc fait un séjour chez leur frère Henry et les plus jeunes, incluant les jumeaux, s'étaient retrouvés chez les O'Brien.

Quant aux Goulet, mère, fils et belle-fille, dans un premier temps, ils avaient pris les deux plus grandes chambres du rez-de-chaussée, tandis que Ferdinand, en compagnie de Neil, préparait le chantier pour l'entrepreneur, en abattant tout ce qui devait l'être à l'étage, un peu chaque soir, beau temps mauvais temps. Henry, lui, aidait Marjolaine à s'occuper des enfants.

Puis, lorsque la construction avait débuté pour de bon, il était vite devenu évident qu'il faudrait prolonger les changements d'adresse, et continuer de loger tout ce petit monde ailleurs que chez Béatrice.

Et cela pour une période indéterminée!

En effet, si monsieur Bolduc s'avérait être un artisan minutieux dans tout ce qu'il entreprenait, il n'était pas un modèle de rapidité.

Henry s'était alors proposé d'accueillir tous les enfants chez lui. Il transformerait son salon en aire de camping pour le temps où cela serait nécessaire.

Ce pis-aller avait duré des semaines, c'est-à-dire pendant une bonne partie de l'été.

Il n'en demeurait pas moins qu'à la fin du mois d'août, Marjolaine n'en pouvait déjà plus de vivre dans les valises et les baluchons improvisés, de se rendre chez son frère tous les matins avant de partir pour le travail et d'y retourner chaque jour en fin d'après-midi pour aider Delphine et Darcy à préparer le souper. Elle en avait assez de voir les enfants dormir à même le plancher sur des matelas de fortune, parfois chez l'un et parfois chez l'autre quand une crise d'ennui se manifestait et qu'elle devait emmener avec elle l'une des petites passer un jour ou deux chez Kelly, qui s'occupait déjà des jumeaux à temps plein. Et tout cela sur fond de tristesse, chaque fois qu'elle constatait qu'elle n'était toujours pas enceinte. Le temps de quelques larmes, puis Marjolaine serrait les dents, oubliait sa déception, et continuait de courir à droite et à gauche.

Comment agir autrement?

En attendant le jour tant espéré de la fin des travaux, la maison de Béatrice avait l'air d'une zone sinistrée, et la rentrée des classes s'était faite «un peu tout croche», comme l'avait souligné le plus sérieusement du monde la petite Adèle, qui entrait « enfin » en première année.

Dans les faits, ce grand remue-ménage avait commencé sitôt l'école terminée, parce que oui, malgré une bonne volonté évidente, l'entrepreneur ne voyait pas comment il pourrait se libérer avant la dernière semaine de juillet.

— Pis ça, c'est dans le meilleur des cas, avait-il annoncé à Béatrice, qui en avait blêmi, devinant facilement que Marjolaine ne serait pas très contente de la tournure des événements.

Nous étions à ce moment-là à la mi-juin.

— Par contre, si la démolition est déjà faite, ça devrait aller rondement pis le chantier devrait être terminé avant la rentrée des classes.

Exactement le contraire de ce que Béatrice avait souhaité en visant la fin des travaux avant les vacances !

Mais que pouvait-elle y changer ? Germain Bolduc n'était certainement pas en mesure de se diviser en deux !

— Et selon vous, que devrait-on démolir pour vous faciliter la tâche ?

— Ça, madame, ça dépend juste de vous. Où c'est que vous le voulez, votre escalier ? Pis allez-vous garder deux cuisines ?

Deux cuisines ?

À ces mots, Béatrice avait grimacé parce qu'elle n'y avait pas vraiment songé, mais effectivement, il y en aurait une de trop.

Aussitôt, elle s'en était remise à monsieur Bolduc, un colosse d'au moins six pieds, au crâne luisant comme une boule de billard. Toutefois, en dépit de sa carrure impressionnante qui en imposait à plus d'un et de ses mains larges comme des rames, le grand homme avait un regard bienveillant et pétillant d'intelligence.

— On pensait justement que vous pourriez nous conseiller, avait donc suggéré Béatrice, parce que je vous avoue qu'on n'y connaît pas grand-chose, mon fils, ma belle-fille et moi !

— Ouais... Dans ce cas-là, va falloir me donner une bonne semaine, sinon deux, pour que je vous revienne avec un plan qui a de l'allure.

— Ah oui ? Ça prend deux semaines pour faire un plan ?

— Dans les conditions actuelles, oui... Je suis comme une queue de veau depuis la fin de l'hiver ! Qu'est-ce que vous voulez que je vous dise de plus ? Avec la fin de la guerre pis nos jeunes qui reviennent au pays les uns après les autres, on a besoin de mes services un peu partout dans le quartier. C'est pas mêlant, je sais plus où donner de la tête tellement j'suis débordé. Malheureusement, j'ai une couple de contrats à compléter avant d'être disponible pour vos travaux... Pis ça, c'est si mes gars tombent pas malades ou se blessent pas sur le chantier. Ça arrive, vous comprenez, pis plus souvent qu'on pourrait le penser.

Le soir même, Béatrice avait donc discuté de l'échéancier avec Ferdinand et Marjolaine. Tous les deux, ils avaient soupiré à l'unisson.

— Tabarnouche, moman! Au début, on parlait de faire ça avant les vacances. On voyait un gros chantier, c'est sûr, mais vite fait bien fait. Par après, monsieur Bolduc a estimé être capable de venir ici vers la fin de juin, comme il vous l'avait mentionné au téléphone ; pis là, nous v'là rendus au mois d'août, pis en plus, c'est moi qui vas devoir m'attaquer à la démolition. Laissez-moi vous dire que ça me tente pas pantoute d'ajouter ça à mon horaire... Savez-vous au moins ce qu'il faut démolir ?

— C'est la question que j'ai justement posée, imagine-toi donc! On devrait être fixés d'ici deux semaines.

— Deux semaines de plus ? Ça veut dire que le chantier va commencer en plein durant les vacances des enfants! Tabarnouche de tabarnouche, moman! Dans quelle sorte de guêpier vous nous avez embarqués, vous là ?

En fin de compte, selon le plan approximatif que monsieur Bolduc avait remis à Béatrice, l'escalier se situerait au cœur de la maison.

— Sinon, on perdrait trop de pièces, avait-il expliqué. Pis c'est pas ça que personne a en tête, rapport que vous êtes nombreux à vivre ici. Comme vous pouvez le voir sur mon plan, l'escalier va partir du petit vestibule pour monter tout droit jusque dans la cuisine d'en haut qu'on aura pas le choix de démolir, bien entendu. M'en vas essayer de récupérer une couple d'armoires pour vous ajouter du rangement en bas. On garde la porte qui donne dans la cour, par exemple, plus le balcon avec l'escalier de dehors. En cas de feu, ça va être ben apprécié.

— Monsieur Bolduc! Ne faites pas votre oiseau de malheur!

— Ben non... C'est juste au cas où... Comme on dit, vaut mieux prévenir que guérir! Ensuite, il va falloir penser à agrandir la cuisine d'en bas.

— Pourquoi?

— Pour la même raison qu'on met l'escalier au beau milieu de la maison : parce que vous allez être toute une trâlée à vouloir vivre ensemble pis manger en même temps... J'suis pas sûr pantoute, moi, que madame Marjolaine aimerait ça être obligée de faire deux services à chaque repas.

— Vous avez tout à fait raison... Voyez-vous, je n'avais pas pensé à ça.

— C'est pas grave, madame Goulet, je comprends ça. Il faut ben que ça serve à quelque chose, engager un contracteur. Mais au final, par exemple, ça va vous faire une belle grande maison avec quatre chambres à l'étage, parce que vous aurez plus besoin du salon d'en haut. Vous allez aussi avoir deux salles de bain, une en haut pis une en bas, plus deux autres grandes chambres au rez-de-chaussée, celle que vous occupez déjà pis celle qui donne dans la cour, si jamais vous sentez pas la nécessité d'avoir un salon, comme de raison. Quant à la plus petite chambre du rez-de-chaussée, celle qui vous sert de boudoir, j'avais l'intention de l'utiliser pour faire une dépense de bonne dimension. Qu'est-ce que vous en pensez?

Sans répondre immédiatement, la vieille dame avait froncé les sourcils.

— Comment ça, on n'aurait pas de salon? demanda-t-elle avec un évident reproche dans la voix. Chaque fois qu'on a parlé des travaux ensemble, je n'ai jamais dit que je voulais sacrifier mon salon!

— Je le sais ben, mais on aura pas le choix, ma pauvre vous! Si on veut agrandir votre cuisine, pis je vous le conseille fortement, c'est en utilisant cette pièce-là que le projet va pouvoir se réaliser à moindre coût... À moins de prendre la moyenne chambre, mais pour faire ça, il faudrait installer une poutre au plafond pour que l'étage du haut vous tombe pas sur la tête, pis après, on devrait refaire au grand complet la cuisine du bas. Là c'est vrai que ça deviendrait un fameux chantier, pis que ça risquerait ben gros d'augmenter le coût d'une facture déjà passablement salée. Juste en matériaux, je pense que...

— J'en parle à mon garçon, avait coupé Béatrice, tout étourdie par les proportions inattendues que prenait son idée toute simple d'ajouter un escalier à l'intérieur de sa maison.

«Une simple volée de marches, ce n'est pas la mer à boire», avait-elle répété *ad nauseam* à son fils.

— Prenez tout votre temps pour réfléchir à ça, lui avait alors conseillé monsieur Bolduc, voyant que la vieille dame semblait affolée. *Je vous laisse les plans. Comme ça, vous pourrez les regarder avec votre garçon. Après tout, comme on dit, c'est vous le boss. De toute façon, c'est pas demain matin que j'vas pouvoir me pointer chez vous. Astheure, vous allez devoir m'excuser, il faut que je retourne sur la rue Wellington, mes ouvriers doivent m'attendre.*

En fin de compte, on avait fait exactement ce que l'entrepreneur avait conseillé, et le jour tant espéré était enfin arrivé.

Monsieur Bolduc et ses hommes étaient en train de mettre la dernière main aux quelques retouches de peinture avant de faire un beau grand ménage pour effacer toutes les traces de leur passage chez les Goulet.

— J'ai jamais quitté un chantier sans faire le ménage. Je le sais ben que vous êtes tous pressés de regagner vos quartiers, mais j'ai quand même pas l'intention de modifier mes habitudes. De toute façon, c'est pas deux heures de plus ou de moins qui vont changer quelque chose à votre hâte de rentrer enfin chez vous, hein ?

C'est ainsi que Marjolaine et Béatrice se retrouvaient debout, à faire le pied de grue dans la cour de la maison, tandis que les enfants étaient soit à l'école, soit chez Kelly, et que Ferdinand était à la caserne.

Les deux femmes attendaient avec impatience le feu vert de l'entrepreneur avant d'entrer. Seule la vieille dame avait une bonne idée du résultat final, puisque malgré l'ampleur des travaux, elle avait catégoriquement refusé d'aller dormir ailleurs que chez elle.

— Au diable la poussière et le bruit ! Je planifierai mon horaire en fonction du vôtre, c'est tout. Ça fait plus de quarante ans que je dors dans ce lit-là, ce n'est sûrement pas aujourd'hui que je vais commencer à découcher. Vous allez être obligé de m'endurer, monsieur Bolduc.

— D'accord... Mais défense de monter à l'étage tant que c'est pas entièrement fini. Même quand l'escalier tout neuf va être en place. Promis ?

Béatrice avait donc promis et elle avait tenu sa parole : elle n'avait absolument pas triché, pas même pour un tout petit coup d'œil rapide en cachette.

Pas plus qu'elle n'avait parlé de ce qui prenait joliment forme derrière les murs de sa maison.

Inutile de dire, cependant, qu'elle avait très hâte que Ferdinand et Marjolaine puissent enfin contempler tout ce qui s'était fait.

— C'est fou, analysa cette dernière à voix haute, faisant sursauter Béatrice qui, depuis un bon moment, était plongée dans ses pensées. Mais vu de l'extérieur comme ça, rien n'a l'air d'avoir changé... Même la corde à linge de l'étage est encore là... Une chance, parce que du lavage, on en fait au moins deux à trois fois par semaine.

Puis, le silence retomba sur la cour, brouillé uniquement par le bruit assourdi de la ville qui leur parvenait depuis la rue.

Quelques minutes plus tard, monsieur Bolduc n'eut aucun besoin de leur faire signe d'approcher.

Il n'avait pas sitôt entrouvert la porte que les deux femmes se dirigeaient vers lui, aussi rapidement que le permettaient les jambes de Béatrice, un bras fermement soutenu par la main de Marjolaine.

— Si vous saviez à quel point mon cœur bat fort, Béatrice ! glissa alors Marjolaine. Quasiment aussi fort qu'au matin de mon mariage avec votre garçon, murmura-t-elle tout en attaquant les quelques marches qui menaient à la galerie.

Elle souhaitait que le résultat soit à la hauteur de ce qu'elle avait imaginé. Et Dieu sait le nombre de fois où, le soir avant de dormir, Ferdinand et elle en avaient parlé, de cette maison qui deviendrait la leur bientôt, essayant tant bien que mal de se figurer à quoi ressemblerait ce qui n'était encore qu'un simple chantier.

— C'est tout un cadeau que ta mère nous a fait là, en pensant à joindre les deux logements.

— C'est vrai... Même s'il va falloir se serrer un peu la ceinture pour arriver à payer tout ça... Mais c'est finalement une bonne chose que ma mère se soit sentie isolée, à vivre toute seule en bas. Elle avait raison de croire que tout le monde allait en profiter. Mais j'ai bien hâte de voir le résultat, par exemple... Maintenant, on va dormir. On a encore une autre grosse journée qui nous attend.

Et l'été avait fini par passer. L'automne arriverait dans quelques jours et c'était dans leur nouvelle maison que les Goulet-Fitzgerald célébreraient l'événement.

Monsieur Bolduc tenait toute grande ouverte la porte munie d'une moustiquaire, et de toute évidence, il était très fier de lui. En arrivant à sa hauteur, Marjolaine ferma les yeux un instant et elle prit une très longue inspiration.

Puis, elle entra.

De l'ancienne cuisine de Béatrice, il ne restait pas grand-chose, si l'on faisait exception du réfrigérateur et de la cuisinière, qui avaient tout de même été nettoyés et longuement frottés, car les deux appareils brillaient comme des sous neufs.

La grande pièce qui englobait maintenant l'ancien salon avait été peinte d'un jaune tendre qui s'harmonisait fort bien au laqué blanc des armoires. Des rideaux à carreaux rouges et blancs tendus devant chaque fenêtre égayaient le tout.

Devinant que sa belle-mère y était pour quelque chose dans ce choix des coloris, Marjolaine lui serra affectueusement le bras.

— Vous vous êtes souvenue que j'aimais les couleurs douces mais lumineuses, n'est-ce pas ?

— En effet. Et Ferdinand, lui, il m'a précisé que tu parlais souvent de rouge pour les accessoires et pour le comptoir en *arborite*... C'est justement pour cette raison s'il est rentré plus tard chez les O'Brien, hier soir. Après son travail, mon garçon m'a aidée à finaliser tout ça en suspendant les rideaux. Il voulait que tu aimes la maison dès le premier coup d'œil.

— Comment voulez-vous que je n'aime pas ça? C'est magnifique! Et bien au-delà de ce que je souhaitais... Et avez-vous vu la table? Elle est immense. Exactement ce dont on a besoin!

— Oui... Ça, en revanche, c'est à moi qu'on le doit, enchaîna une Béatrice toute souriante, et visiblement très satisfaite de constater la réaction enthousiaste de Marjolaine. Avant de me lancer dans de gros frais, ou de rabouter nos deux tables ensemble, ce qui n'aurait pas été tellement joli, j'ai eu l'idée de demander à la supérieure du couvent où elle se procurait les longues tables du réfectoire. Comme elle en avait une qui dormait au fond d'un hangar, elle me l'a cédée à bon prix. Et Ferdinand a déniché des chaises pour compléter celles qu'on avait déjà, toi et moi.

— C'est magnifique! répéta Marjolaine, à court de mots. Comment voulez-vous, maintenant, qu'on ne soit pas heureux ici?

— Pis vous avez encore rien vu, parce que l'important, c'est pas juste la cuisine! s'écria monsieur Bolduc, manifestement pressé de montrer le bel escalier en chêne verni qui montait à l'étage. Suivez-moi, j'vas vous présenter le chef-d'œuvre!

— Un chef-d'œuvre? Vous n'y allez pas avec le dos de la cuillère! lança malicieusement Marjolaine.

— Attendez avant de vous moquer!

— Allons donc voir la merveille!

Germain Bolduc n'avait pas exagéré.

Tout juste en retrait derrière un mur, un majestueux escalier trônait dans l'entrée de la maison.

Impressionnée, Marjolaine s'arrêta avant de promener les yeux de l'entrepreneur à sa belle-mère, en hochant la tête dans un geste d'appréciation. Puis, elle monta les marches une à la fois, ses doigts frôlant doucement la rampe en bois verni. «Au bout du compte, songea-t-elle, particulièrement émue, ça a vraiment valu la peine d'attendre toutes ces longues semaines.»

Toutefois, l'émotion de la jeune femme fut à son comble quand elle parvint à la chambre qu'elle partageait avec Ferdinand.

À première vue, rien n'avait été touché. Pas même le carré de soie fuchsia qu'elle avait oublié sur un coin de la commode, dans sa précipitation à partir s'installer chez Kelly. Elle apprécia ce détail, qui dénotait un grand respect. De plus, il n'y avait pas l'ombre d'un grain de poussière sur les meubles. C'était clair que quelqu'un y avait vu.

Touchée, Marjolaine regarda l'entrepreneur.

— C'est tellement beau tout ça que j'ai l'impression d'être devenue une reine.

— Non, rétorqua d'emblée Germain Bolduc. À mon avis, la reine ici, c'est madame Béatrice...

À ces mots, il se tourna vers la vieille dame.

— Vous acceptez que je vous appelle comme ça, n'est-ce pas? Parce qu'avec deux «madames» Goulet devant moi, ça devient compliqué.

— Bien sûr, monsieur «Germain», répliqua malicieusement Béatrice. Depuis toutes ces semaines qu'on se côtoie tous les jours, on ne commencera pas à faire des manières maintenant.

— C'est ben tant mieux.

Ensuite, le grand homme se tourna vers Marjolaine.

— Non, madame Marjolaine, répéta-t-il, sauf votre respect, vous êtes pas la reine de la maison, mais vous êtes un ange, par exemple. Un ange de bonté, pis de générosité pour voir à toutes vos sœurs comme ça... C'est comme rien que vous devez être un exemple de patience aussi. Ça, c'est sûr! Ma femme pis moi, on a juste deux galopins, et laissez-moi vous dire que des fois, ça prend tout notre petit change pour pas lever le ton ou se choquer après eux autres... Bâtard que ça mène du train par bouttes, les enfants. Ça fait que oui, vous avez toute mon admiration... Bon ben... Astheure, m'en vas vous laisser faire le tour de la place à votre guise, pis je reviendrai la semaine prochaine pour rencontrer monsieur Ferdinand. On finira de régler nos comptes à ce moment-là.

Ce soir-là, dans la maison des Goulet, il n'y eut que des exclamations de joie et de surprise.

On allait de pièce en pièce, on ouvrait armoires et garde-robes, on appréciait le fait de pouvoir utiliser maintenant deux salles de bain à grands coups de «As-tu vu?» et de «Mais c'est ben beau!». On monta et descendit l'escalier à maintes reprises, et on s'extasia devant la grande cuisine.

Adèle retrouva les poupées qu'on avait entreposées à la cave et les livres d'histoires qu'elle préférait, ceux qu'elle exigeait qu'on lui raconte régulièrement, en attendant d'être capable de les lire toute seule. Nul doute que la gamine allait marcher sur les traces de sa sœur aînée Delphine et qu'elle aimerait les études.

Quant à Patricia, elle fut ravie de revoir son lit et la petite table de travail où elle faisait ses devoirs tous les jours.

— Enfin! Je vais pouvoir travailler en paix!

En revanche, celle qui remporta la palme pour le plus grand cri de joie, ce fut Delphine.

— Oh wow! Tu es certaine que c'est pour moi, Marjo?

Ces quelques mots furent aussitôt suivis par une ondée de larmes lorsque Marjolaine lui confirma qu'à partir de ce soir-là, elle aurait le droit d'occuper la seconde grande chambre du rez-de-chaussée et qu'elle y dormirait dorénavant toute seule.

— Parce que tu le mérites bien.

— Voyons donc! Je n'ai rien fait de spécial pour mériter une belle chambre comme celle-là.

— Détrompe-toi! Sans ton aide précieuse, ma douce Delphine, depuis le jour où notre mère a accouché des jumeaux jusqu'à maintenant, toute la famille Fitzgerald n'aurait jamais pu s'en sortir aussi bien, crois-moi!

— Mais je n'ai rien fait de plus que ce qu'il fallait que je fasse! C'était tout à fait normal de voir aux plus jeunes.

— Ça, c'est toi qui le dis, et ça montre à quel point tu as un grand cœur.

— Quand même... Je n'aurais jamais pu agir autrement.

— Delphine! Rappelle-toi... Il y a trois ans, tu étais encore bien petite pour accepter de prendre la charge de notre grosse famille.

— Je sais... Je n'avais pas tout à fait onze ans. Mais les jumeaux étaient si petits, tellement sans défense. Ça a été plus fort que moi, il fallait que je m'en occupe. De toute façon, qui aurait pu le faire à ma place? Notre mère n'était plus elle-même, alors que Claudette et toi, vous étiez déjà parties.

Devant tant d'abnégation, Marjolaine ne put se retenir, et elle passa un bras affectueux autour des épaules menues de Delphine.

— Je t'aime, petite sœur.

— Moi aussi, je t'aime, murmura alors cette dernière d'une voix tremblotante. Comme j'aime Darcy de tout mon cœur, et toute ma famille aussi.

Et après un court silence rempli d'émotion, elle ajouta:

— Vois-tu, Marjolaine, je ne me suis jamais sentie être une petite fille comme les autres. Je ne sais pas pourquoi... Peut-être parce que je suis celle du milieu. Entre les grandes et les petites, je n'ai jamais vraiment su où était ma place... Mais quelle importance ? J'ai trouvé mon bonheur dans les études et dans les livres, c'est certain ! Et je l'ai connu aussi par le fait qu'on m'a prise au sérieux en me confiant le soin des bébés. Quand je regarde derrière moi, je ne regrette rien... Non, c'est plutôt toi qui mériterais notre admiration à tous. C'est toi qui as réussi à réunir la famille ici, à Montréal. Toi et Henry, même si je sais que ton jumeau n'a pas décidé grand-chose et qu'il t'a emboîté le pas plus souvent qu'autrement. En revanche, sans vous deux, nous serions tous encore à Sherbrooke, avec notre père, et je me demande bien ce que nous serions devenus.

*　*　*

Tout compte fait, ce fut Henry qui fut le plus soulagé de ce retour à une vie plus normale.

En deux petits mois qui lui avaient paru durer une éternité, il avait compris qu'il n'était pas fait pour vivre entouré d'une ribambelle d'enfants. Il laissait cela à sa jumelle, qui resplendissait lorsqu'elle était en présence de leurs sœurs et des jumeaux, qui auraient bientôt trois ans. Pendant les derniers mois, Henry s'était souvent répété qu'heureusement, il y avait moins de garçons dans la famille et qu'ils étaient presque tous en âge de voir à eux-mêmes. Jusqu'à un certain point, il en était conscient. Même s'il devait continuer de les guider, il n'en demeurait pas moins qu'ils étaient loin de demander autant de soins et d'attentions que de tout jeunes enfants.

En revanche, il ne regrettait en rien d'avoir suivi Marjolaine dans toutes les décisions qu'elle avait prises au cours des dernières années ni ce choix qu'il avait fait de quitter Sherbrooke avec ses jeunes frères, sans savoir ce qui les attendait à Montréal. Par bonheur, la chance lui avait souri, car Ruth, qui allait devenir son amie de cœur, et Suzanne, une bonne compagne de travail de Marjolaine, avaient trouvé la perle rare : un quatre et demie situé à proximité de la maison des O'Brien, et miraculeusement libre en plein hiver. Ainsi, en janvier 1945, les membres de la famille Fitzgerald avaient enfin été réunis.

Et Henry en remerciait le Ciel, même si personnellement, il était prêt à passer à autre chose, car sa patience avait été mise à rude épreuve tout au long de l'été.

Et celle de Darcy aussi, malgré son caractère plutôt accommodant.

— Veux-tu que je te dise, Henry ? Je pense que je commence à en avoir assez de jouer les cuisiniers, les femmes de ménage et les gardiennes d'enfants, avait-il confié à son frère en plein mois de juillet, alors qu'il tombait une pluie endémique depuis quelques jours, et que les jeunes garçons étaient confinés à l'intérieur.

Deux semaines plus tard, lorsque la marmaille des Fitzgerald, comme Darcy appelait ses jeunes sœurs, avait envahi leur petit logement, augmentant considérablement par le fait même sa charge de travail, le pauvre garçon avait pressenti que les rares moments de détente qu'il pouvait s'octroyer de temps en temps afin d'assouvir sa perpétuelle envie de lecture tiraient à leur fin, et son humeur s'en était aussitôt ressentie. Il s'était confié à Henry, alors que les deux frères se préparaient à dormir dans la chambre qu'ils partageaient.

L'été battait son plein de chaleur et d'humidité, et la fenêtre de la pièce qui donnait sur la rue était ouverte sur les cris stridulants des criquets et sur le bruit du tramway glissant sur les rails.

— Là c'est vrai qu'on vit littéralement entassés les uns sur les autres, avait admis l'aîné.

— Entassés, tu dis! Depuis que les filles sont ici, c'est pas mêlant, on se marche sur les pieds et on ne s'entend plus respirer.

— Ce n'est sûrement pas l'idéal pour un garçon qui aime la lecture comme toi! avait constaté Henry, compatissant à la déception de son frère.

— Oh non! Laisse-moi te dire que c'est au prix d'un gros effort que je ne me mets pas à crier moi aussi, pour enterrer le vacarme permanent que font les jeunes. Quand ils sont tous ensemble, c'est très rare que nos frères et sœurs soient calmes.

— Bien d'accord avec toi. Depuis l'arrivée des filles, c'est pire que jamais. Mais pour l'instant, on n'a pas vraiment le choix d'endurer tout ce petit monde-là, n'est-ce pas? Dis-toi bien que Marjolaine fait son gros possible pour nous faciliter la tâche... En plus d'aider Kelly avec les jumeaux. Pour elle non plus, ça ne doit pas être simple tous les jours.

— N'empêche... J'ai hâte en s'il vous plaît que l'école recommence! Mais ne crains pas, Henry... En attendant ce jour béni, je vais m'occuper des jeunes du mieux que je le peux.

— Je n'ai aucun doute là-dessus. C'est dans ta nature de bien faire les choses. Quand tu trouveras ça trop pénible, dis-toi que nous, au moins, on ne se fait pas réveiller par des pleurs de bébés tous les matins, et on a la chance de dormir dans notre lit.

— C'est vrai... Mais selon moi, c'est une piètre consolation devant le genre de vie qu'on est obligés de mener.

Surpris, Henry avait tourné la tête vers son jeune frère. Il était très rare que Darcy, si doux et si gentil, se plaigne de quoi que ce soit. Or, depuis le début de l'été, il trouvait souvent matière à récriminer.

— Qu'est-ce que tu veux dire par là?

— C'est bien simple! Si on avait eu des parents normaux, des parents soucieux du bien-être de leurs enfants, on n'en serait pas là. Tout ce chambardement ne serait jamais arrivé.

Le ton employé par Darcy était à ce point différent de celui qu'il utilisait d'habitude qu'Henry en avait été médusé. Fallait-il que son jeune frère en ait vraiment par-dessus la tête pour se plaindre ainsi.

— Peut-être bien qu'on n'aurait pas déménagé, mais tu n'irais probablement plus à l'école, avait alors rétorqué Henry, plus pragmatique, mais tout de même exaspéré, parce que lui aussi avait l'impression de vivre un très mauvais été, n'ayant que très peu de temps à consacrer à Ruth. Souviens-toi de ce que notre père avait dit, lors du dernier Noël passé à Sherbrooke ! Il te menaçait de te retirer de l'école dès le mois de janvier suivant !

— Ouais... Tu as bien raison. *Dad* me voyait déjà à la manufacture. C'est surprenant de constater comment notre cerveau parfois se dépêche d'oublier les moments désagréables.

— Pour ça, je crois bien que ça dépend plus des gens que de leur cerveau, avait analysé Henry. Tu n'as jamais été rancunier, Darcy ! C'est une de tes belles qualités. Ça doit être pour ça que tu oublies les événements qui pourraient te pousser à en vouloir à quelqu'un...

— Là-dessus, tu as raison. J'ai toujours été comme ça. Je ne sais pas pourquoi, mais j'ai vite compris, quand j'étais plus petit, que d'en vouloir à quelqu'un, c'est moi que ça rendait malheureux. Maintenant que je suis plus vieux, je me dis que la vie est trop courte pour s'encombrer de rancœurs qui finissent tout le temps par gâcher nos journées.

— Ouf ! Ma parole, tu es un vrai philosophe... Mais pour en revenir à notre discussion, si nous étions restés là-bas, avec de bons parents et une vie plus normale, les cris, les pleurs, et les « chamaillages » seraient toujours au programme, crois-moi !

— C'est vrai. D'aussi loin que je me souvienne, ça a toujours parlé fort chez nous. En fin de compte, je me plains pour trois fois rien. Je m'excuse.

— Mais non ! Tu n'as pas à t'excuser, voyons ! Tu as raison quand tu dis qu'on ne l'a pas eu facile... Et que ça continue de plus belle pour le moment, avec toute la famille sous un même toit. Heureusement, ça ne durera pas. Encore un mois, et tout va rentrer dans l'ordre... Et maintenant, au dodo ! Je dois être au port à l'aube demain.

En effet, le logement, pas très grand au départ, avait l'air en ce moment d'un véritable capharnaüm avec les lits improvisés dans le salon, et les piles de vêtements qui jonchaient les tables d'appoint et les bras des fauteuils. Les proportions de ce logement par ailleurs convenables pour quatre garçons habitués de cohabiter les uns avec les autres semblaient avoir rétréci comme une peau de chagrin avec l'ajout des quatre filles, et son allure durant l'été avait de quoi en décourager plus d'un, dont Darcy, qui avait toujours été un ardent défenseur de l'ordre et du calme.

— Je suis loin d'être certain que je vais avoir envie de me marier un jour ! avait-il donc confié à sa sœur Delphine, peu après l'arrivée des filles. Les cris, les courses à travers la maison et les pleurnichements pour des insignifiances me tapent pas mal sur les nerfs.

— Je suis heureuse de te l'entendre dire, parce que moi aussi, je commence à en avoir assez.

De s'être retrouvés aux commandes de la cuisine l'un avec l'autre était bien le seul beau côté que

Delphine et Darcy avaient trouvé à cet été désagréable à bien des égards.

— Le silence me manque, tu sais, avait ainsi déclaré Delphine, sur un ton de confidence. Et la lecture, encore plus... Ça me rend impatiente.

— Et moi donc !

— Et si on se faisait une sorte d'horaire assez flexible, où l'on pourrait lire à tour de rôle ?

Darcy s'était alors immobilisé, un linge à vaisselle à la main.

— L'idée n'est pas mauvaise en soi, avait-il accordé. Elle est même excellente. Mais où nous installer ? Il y a du bruit partout. Tant à l'intérieur du logement que dans la cour.

— Et si nous allions nous asseoir à l'église ? avait proposé Delphine, qui n'avait pas lancé cette idée à la légère.

Cela faisait des jours qu'elle y réfléchissait.

— J'adore aller à l'église quand il n'y a que quelques personnes qui prient. Surtout en été ! Il fait toujours un peu plus frais que dehors, et avec les portes ouvertes, il y a un agréable courant d'air.

Le sourire éclatant de Darcy fut la plus éloquente des réponses. Laquelle fut suivie dans l'instant par une accolade fraternelle.

— Tu es un génie, Delphine... Comment se fait-il que je n'y aie pas pensé avant toi ?

La jeune fille avait levé une épaule moqueuse, tout en décochant un clin d'œil malicieux.

— Ça a toujours été un peu comme ça, entre nous ! J'ai souvent de bonnes idées que tu aménages à ton goût, ou que tu complètes.

De toute évidence, la belle complicité qui avait existé entre eux durant les mois les plus sombres de leur vie familiale était restée intacte, et cela lui avait fait chaud au cœur.

Bien qu'elle soit proche de Marjolaine, la jeune fille se sentait encore plus d'affinités avec ce frère qui avait partagé toutes les corvées avec elle depuis le jour où leur mère avait mis au monde les petits jumeaux.

— Et pas besoin d'en parler aux autres, n'est-ce pas ? avait-elle alors souligné, toujours à voix basse.

— Il ne faut SURTOUT pas le dire aux plus jeunes, avait renchéri Darcy sur le même ton feutré. Des plans pour qu'ils viennent nous déranger à tour de rôle pour des niaiseries.

— Bien d'accord avec toi... On commence quand ?

Darcy avait fait mine de réfléchir, même s'il savait déjà ce qu'il allait répondre à Delphine.

— Demain, en début d'après-midi, tout de suite après avoir fini la vaisselle, avait-il déclaré, catégorique. Ça nous donnera deux bonnes heures de tranquillité... Et comme c'est toi qui as eu l'idée, je te laisse y aller la première.

Les deux jeunes gens avaient échangé un regard intense, un regard qui en disait long sur leur complicité. Puis, se haussant sur la pointe des pieds, Delphine avait déposé sur la joue de son frère un baiser aussi léger que le frôlement d'une aile de papillon.

— Tu n'as pas changé, Darcy, avait-elle murmuré, attendrie. Tu es toujours aussi gentil.

C'est ainsi que le mois d'août était passé ; que Delphine et Darcy s'étaient soutenus mutuellement ; que la rentrée des classes avait eu lieu ; et que la maison des Goulet avait été enfin prête.

Henry avait donc regardé partir les filles avec soulagement ; il les avait aidées à déménager leur barda pour une dernière fois ; il s'était retroussé les manches pour faire un grand ménage de son logement en compagnie de Darcy ; et il avait commencé à repenser sérieusement à Ruth, qu'il avait beaucoup négligée au cours des derniers mois, après avoir essuyé un refus catégorique lorsqu'il avait cherché à revoir Clotilde, la contactant par l'intermédiaire de Suzanne.

Et pas question, cette fois-ci, de se faire éconduire lorsqu'il demanderait une rencontre avec la mère de Ruth. Il fallait que cette dame échaudée par une très mauvaise expérience admette, une bonne fois pour toutes, que tous les hommes ne logeaient pas à la même enseigne et que la sécurité de sa fille ne serait pas mise en péril en fréquentant un homme comme lui et, éventuellement, en le mariant.

Chapitre 8

« J'aime les nuits de Montréal
Pour moi ça vaut la place Pigalle
Je ris, je chante
La vie m'enchante
Il y a partout des refrains d'amour
Je chante encore, je chante toujours
Et quand je vois naître le jour
Aux petites heures
Vers ma demeure je vais heureux
À Montréal c'est merveilleux »

~

J'aime les nuits de Montréal,
Jean Rafa / Émile Prud'homme

Interprété par Jacques Normand en 1949

Le dimanche 22 septembre 1946, à Québec, dans le logement de la rue D'Aiguillon, en compagnie de Clémence, qui revient de voyage

Quand elle était finalement arrivée à Québec, un peu plus tôt en matinée, Clémence était fourbue, bien sûr, mais ô combien heureuse d'être enfin de retour dans sa ville !

Le nez à la portière du taxi la menant du terminus d'autobus au logement, elle avait soupiré de contentement lorsqu'elle avait reconnu les commerces qu'elle fréquentait régulièrement, puis elle n'avait pu s'empêcher de sourire en arrivant au coin de la rue D'Aiguillon. Et de nouveau quand le véhicule avait dépassé le relais des autobus de la ville, à deux rues de l'appartement où elle avait toujours vécu.

Enfin !

Enfin chez elle !

Depuis le Connecticut, jamais trajet ne lui avait paru aussi long. Interminable. Mais Clémence ne pouvait s'en prendre qu'à elle-même. Malgré les recommandations de Jack, elle avait tenu mordicus à monter dans le premier autobus en partance pour le Canada, même si celui-ci devait faire de nombreux arrêts tout au long du chemin allant vers le nord.

Or, l'autobus faisait un intolérable bruit de moteur en fin de vie, et elle n'avait pas fermé l'œil de la nuit, s'accrochant à l'idée que chaque tour de roue la rapprochait de chez elle.

Il n'en demeurait pas moins qu'elle se souviendrait longtemps de ce voyage qui avait commencé sous de mauvais augures, par un pépin mécanique. Il avait par la suite été plutôt décevant, et l'absence qui devait durer un mois s'était étirée jusqu'à sept semaines, avant de se terminer par quinze heures abominables d'inconfort et d'impatience, coincée qu'elle était entre l'accoudoir, l'allée et une grosse femme qui sentait l'ail à plein nez.

Heureusement, tout cela était maintenant chose du passé, et l'air vif et frais de l'automne québécois avait suffi à lui rendre le sourire.

Le taxi s'arrêta devant la maison de briques brunes qui lui sembla encore plus jolie, plus invitante que dans les souvenirs qu'elle avait caressés tout au long de son séjour chez les Campbell.

Le temps de payer le chauffeur et de prendre sa valise à deux mains pour la monter sur le perron, puis Clémence glissa sa clé dans la serrure, rêvant de l'instant où elle ôterait ses chaussures et son chapeau et qu'elle se laisserait tomber dans son bon vieux fauteuil de velours côtelé tout râpé.

Ce qu'elle ne savait pas, cependant, c'était que la détente devrait patienter un peu, car deux surprises l'attendaient.

Une première, plutôt agréable, malgré les frais occasionnés.

Et une seconde, dès le lendemain, qui lui donnerait froid dans le dos.

En effet, au moment où Clémence passa le pas de la porte d'entrée, elle entendit la voix de Claudette qui résonnait haut et fort depuis la cuisine. Laquelle fut suivie de près par un grand éclat de rire.

Sa nièce n'était donc pas seule ?

Pourtant, Léopoldine avait bien spécifié qu'elle apprécierait fortement que la jeune femme évite les visites en tous genres à la maison, pendant le temps que durerait son voyage.

— Ça me tente pas vraiment que t'ouvres ma porte à des étrangers, Claudette. On sait jamais ce qui pourrait leur passer par la tête, si jamais c'étaient des voleurs. Pas que j'aye ben des bibelots précieux, mais quand même...

Claudette s'était alors détournée pour que sa grand-mère ne voie pas le sourire ironique qui avait spontanément fleuri sur son visage. Pour éviter les questions, elle avait plutôt répliqué sur un ton neutre :

— Je peux même pas inviter mes amies de fille ?

— Même pas !

— Pourquoi ?

— Pour la simple et bonne raison que t'as jamais cru bon de me les présenter, ma pauvre toi. Pis c'est pas faute de ma part de te l'avoir régulièrement demandé !

— Ouais...

— Tout ça pour dire que j'haïrais ben gros apprendre que des inconnus sont venus chez moi pendant mon voyage. Pis tu connais ma voisine d'en haut, n'est-ce pas ? Il y a pas plus commère qu'elle dans tout le quartier. Comme ça, si jamais tu décidais de faire à ta tête, j'vas le savoir dans l'heure qui va suivre mon retour. Selon moi, je pense que tu ferais pas mal mieux de t'en tenir à mes désirs.

Or, de toute évidence, Claudette n'avait pas tenu compte de la demande de sa grand-mère, et la menace d'une voisine écornifleuse n'avait pas eu l'effet escompté, puisqu'elle parlait présentement avec quelqu'un.

Clémence laissa tomber bruyamment sa valise sur le plancher du vestibule en fronçant les sourcils.

Mais que s'était-il passé ici durant leur absence ?

Enjambant la malle de carton bouilli qui encombrait l'entrée, Clémence regagna le corridor pour le remonter de son petit pas rapide jusqu'à l'arrière de l'appartement. L'humeur belliqueuse qu'elle avait affichée lors de son séjour chez Justine, devenue désormais inutile, avait peut-être jeté du lest durant le trajet de retour pour céder sa place à une impatience d'arriver dévorante, mais devant la situation présente, toute la frustration qu'elle avait vécue pendant de trop longues semaines d'inaction venait de refaire surface à la vitesse de l'éclair.

Tout en martelant les lattes de bois avec ses talons, Clémence fonça droit vers la cuisine, en lançant d'un ton qu'elle espérait sévère, malgré l'incommensurable fatigue qui la harassait.

— Veux-tu ben me dire à qui tu parles de même, Claudette ? Me semblait que t'avais pas la permission d'inviter du monde chez nous, toi ?

Au son de la voix nasillarde de sa tante qu'elle n'attendait pas de sitôt, surtout pas en ce beau samedi midi, puisque sa grand-mère lui avait écrit que le voyage serait prolongé, Claudette sursauta, et elle se retourna promptement à l'instant précis où Clémence arrivait dans la pièce.

Les deux femmes se dévisagèrent et se jaugèrent un moment, interdites.

De son côté, Clémence avait écarquillé les yeux, car non seulement Claudette était toute fin seule, ce qui la surprenait tout de même un peu, mais de plus, elle avait à la main le combiné d'un téléphone mural, qu'on avait installé tout à côté de la porte de sa chambre, ce qui la laissa bouche bée.

De quel droit Claudette avait-elle pris cette initiative qui devait coûter les yeux de la tête ?

Quant à celle-ci, elle se sentit rougir comme une tomate au soleil, bêtement persuadée que sa tante avait pu entendre la voix de l'homme qui était au bout de la ligne, alors qu'il lui débitait des grivoiseries, question de préparer le terrain pour sa visite de l'après-midi, comme il le faisait chaque fois que Claudette et lui se rencontraient.

Sans terminer sa conversation, la jeune femme raccrocha précipitamment.

Le temps de reprendre contenance de part et d'autre, ce qui ne dura en fait qu'une poignée de secondes, puis les deux femmes lancèrent au même instant :

— Ben voyons donc ! Veux-tu ben me dire ce que ce téléphone-là fait dans notre cuisine, toi ?

— Ben voyons donc ! Voulez-vous ben me dire, ma tante, ce que vous faites là, à matin, vous ?

Les explications suivirent dans l'heure, devant un café et des tartines à la confiture, car Clémence mourait de faim.

Au récit du voyage que sa tante lui fit, Claudette comprit facilement que cette dernière ait pu s'ennuyer, loin de son univers habituel, surtout lorsqu'elle mentionna qu'en fin de compte, une fois la visite des lieux terminée, il n'y avait pas grand-chose à faire dans ce coin du monde, sinon perdre son temps sur une plage bondée, parce que, de surcroît, il faisait terriblement chaud.

— Même rendue au mois de septembre ! C'est pour ça que tu me vois ici à matin après un saudit voyage en autobus qui en finissait plus de finir. Ta tante Justine est ben fine, pis son mari avec, mais moi, j'étais pas mal tannée de rien faire de mes dix doigts, tandis que ta grand-mère semble adorer ça...

— Après toute une vie passée à effectuer des travaux ménagers, c'est peut-être normal, non ?

— Peut-être, oui, mais elle pourrait rien faire ici, dans sa maison, au lieu d'aller faire ça chez Justine, qui demeure assez loin merci ! Non, je comprends pas que quelqu'un comme Léopoldine Vaillancourt, qui a passé son temps à nous dire d'économiser pour nos vieux jours, qui a toujours compté les sous noirs qui restaient au fond de son porte-monnaie, soye à ce point entichée de la plage pour aller jusqu'à dépenser pas mal d'argent à rien faire à l'autre bout du monde. Voyons donc! Ça a juste pas d'allure, ça là! En tout cas, moi, j'suis pas faite pour voyager, surtout dans le Sud, pis ta grand-mère ferait ben mieux de pas insister l'année prochaine. Je l'aime ben, ma mère, mais il est pas question que je parte encore de chez nous pour l'accompagner loin de même... Oh non, j'veux même pas en entendre parler! Pour moi, c'est une bonne chose de réglée, pis les voyages, c'est terminé... Mais dis-moi donc, toi, qu'est-ce qu'un téléphone fait dans notre cuisine?

— Ah ça... C'est une surprise que je voulais vous faire! C'est un peu ridicule, je le sais, mais quand vous êtes parties, je me suis vite rendu compte que j'avais peur toute seule ici. Surtout la nuit. C'est là que je me suis dit qu'avec un téléphone, je me sentirais plus en sécurité...

Vue sous cet angle, la surprise sembla tout à coup moins étonnante, et Clémence l'apprécia, même si elle détestait la plupart des changements à ses habitudes dès qu'elle n'était pas partie prenante de la décision. Elle l'apprécia d'autant plus que Claudette avait ajouté d'emblée qu'elle s'occuperait toute seule des frais mensuels occasionnés par l'utilisation dudit téléphone.

— Pis c'est pas tout ! J'ai aussi demandé à mon amie Estelle de venir vivre ici, avec moi... C'est long en s'il vous plaît, passer ses grandes journées toute seule quand je travaille pas. À deux, tout me paraissait moins épeurant la nuit, pis plus agréable le jour.

— Ouais...

Mi-figue, mi-raisin, Clémence ne savait trop quelle attitude adopter. Respecter les volontés de sa mère ou se montrer compréhensive vis-à-vis sa nièce ? Mais avant qu'elle n'ouvre la bouche pour répondre, Claudette termina sa confession par une supplique.

— La présence d'Estelle, par contre, j'aimerais que ça reste entre nous deux... Grand-mère a pas vraiment besoin de le savoir... Hein ?

Clémence secoua la tête en soupirant. Cinquante ans d'obéissance absolue lui semblaient tout à coup bien difficiles à renier.

— Tu le sais que j'haïs ça, les cachotteries.

— Je le sais bien... Mais pour une fois... S'il vous plaît ! Ça serait gentil de faire ça pour moi, ma tante !

Le ton suppliant de Claudette eut un effet particulier, à la fois étonnant et convaincant. Maltraité par la visible connivence entre sa mère et sa sœur, ce dont elle avait été le témoin attristé durant plus d'un mois, le cœur meurtri de Clémence avait entendu dans la voix de sa nièce un écho favorable, un écho bienvenu.

En moins de deux, la quinquagénaire fit une volte-face qui la prit elle-même au dépourvu et elle accepta la demande de Claudette sans la moindre argumentation.

— Pourquoi pas ? Ce sera notre petit secret.

— Merci. Vous êtes ben fine.

Ce soir-là, Clémence se coucha donc satisfaite d'être de retour à la maison et heureuse de la tournure que prenaient les événements. Désormais, elle aussi aurait une relation privilégiée avec quelqu'un, et gare à quiconque voudrait y mettre un terme, ou un simple bémol.

Quant à Estelle, gentille comme tout, elle avait eu droit à toutes les indulgences de la part de Clémence. Avoir demandé à Claudette de vivre comme une nonne était une aberration. Encore une fois, Léopoldine avait exagéré en exigeant de sa petite-fille qu'elle reste seule durant tout ce temps.

— Par contre, ça serait bien que ton amie reparte, maintenant que je suis revenue, avait toutefois souligné Clémence. Elle doit bien demeurer quelque part, non ?

— C'est sûr !

— Pis pour le téléphone, on va attendre que ta grand-mère soye de retour pour lui en parler. T'as ben raison de croire que garder ça secret pour l'instant serait la chose à faire. À distance de même, j'suis pas vraiment certaine que ma mère apprécierait ton idée à sa juste valeur.

— C'est bien ce que je me disais, aussi. C'est exactement pour ça que je vous ai pas appelées au

Connecticut pour vous mettre au courant. Mais c'est pas l'envie qui manquait, par exemple !

— Je peux comprendre, oui.

— Pis promis, Estelle va s'en aller dès demain matin. Si ça vous dérange trop qu'elle dorme dans la même chambre que vous, elle prendra mon lit, pis moi, je coucherai dans celui de grand-mère.

— On verra à ça tantôt ! Astheure, qu'est-ce que ça te tente de manger pour souper ? J'suis contente en saudit de retrouver ma cuisine !

Clémence n'avait plus qu'à se dénicher un bon emploi, et sa vie reprendrait un cours paisible et agréable.

Tout aurait très bien pu en rester là, et Clémence n'aurait jamais su ce qui s'était réellement passé dans la chambre de Claudette, jour après jour, si un certain Jean-Louis Breton, furieux et déchaîné, ne s'était pas présenté le dimanche après-midi, pour demander des comptes à son ancienne protégée avant d'imposer de nouvelles règles à leur entente.

Et manifestement, la présence de la tante Clémence n'avait en rien modifié ses intentions bien arrêtées de mettre les choses au clair.

Deux heures à peine après le départ d'Estelle, le bellâtre entrait par la porte de la cuisine sans frapper. Clémence, qui avait toujours eu un faible pour le galant homme, n'osa pas riposter devant un tel sans-gêne.

— C'est quoi, ça ? cracha Jean-Louis à la seconde où il aperçut Claudette, assise à la table, en train de feuilleter une revue tout en sirotant un Pepsi.

Cette dernière, qui savait fort bien où voulait en venir celui qui profitait d'elle depuis trop longtemps, sentit son cœur battre comme un fou. Elle referma promptement le magazine, car ses mains s'étaient mises à trembler, et elle refusait de se donner une allure misérable devant Jean-Louis.

Elle prit alors une grande inspiration qui l'aida à se ressaisir suffisamment pour adopter un ton ingénu quand elle répondit enfin.

— Je comprends pas...

La jeune femme avait la sensation éminemment désagréable de marcher sur des œufs. Qu'est-ce qui lui avait pris de croire que Jean-Louis ne s'apercevrait de rien ? La conviction qu'elle ne s'en sortirait pas sans y laisser quelques plumes traversa sournoisement son esprit.

Et en plus, la mise au point, aussi pénible puisse-t-elle être, allait se passer devant sa tante !

C'était le pire des scénarios possibles ! Mais avait-elle le choix ? C'était sa tante ou tous les voisins !

Claudette avala laborieusement sa salive.

— De quoi tu parles au juste, Jean-Louis ? demanda-t-elle d'une voix candide, espérant ainsi apaiser la rage qu'elle voyait luire dans le regard d'un homme visiblement hors de lui.

Malheureusement, ce fut comme si Claudette venait de tourner le fer dans la plaie !

Jean-Louis bouscula une chaise pour s'approcher de la table, où il assena un coup si violent qu'il fit sursauter les deux femmes. Ce qu'il avait tout juste appris de la bouche d'Estelle avait provoqué une colère froide qu'il n'avait pas du tout envie de contenir.

— Je parle de quelqu'un qui m'a joué dans le dos !

Un rictus sinistre déformait les traits de celui qui, en temps normal, pouvait prétendre à une certaine beauté, même si ses allures de beau Brummell frôlaient parfois le ridicule.

— Je parle d'une ingrate qui va se faire mettre au pas. Et pas plus tard que tout de suite !

S'approchant de Claudette, Jean-Louis la saisit par un bras et il y enfonça furieusement les doigts.

— Après tout ce que j'ai fait pour toi !

Claudette retint son souffle. Jean-Louis venait d'employer exactement la même phrase que celle que son père lui lançait lorsqu'il n'avait plus d'arguments à lui opposer. Malgré la douleur, elle fixa Jean-Louis d'un regard impassible et froid. Elle avait déjà joué cette mauvaise scène et elle avait parfois gagné.

Alors...

— Et qu'est-ce que t'as fait tant que ça ? demanda-t-elle sur un ton méprisant.

— Pauvre Claudette. Irène a tout à fait raison : t'es peut-être belle, mais t'es pas brillante plus qu'il faut... Tout ce que t'as, ma pauvre fille, c'est à moi que tu le dois.

— Ah oui ?

— Oh oui ! À commencer par tes clients, qui sont les miens, d'abord et avant tout. Sans moi, il y aurait personne pour te faire vivre, personne qui s'intéresserait à une insignifiante comme toi... Astheure, tu prends tes cliques pis tes claques pis tu me suis.

Incapable d'articuler le moindre son, Clémence, estomaquée, assistait à la scène sans pouvoir intervenir. Elle tremblait de tout son corps, et en même temps, aussi paradoxal que cela puisse paraître, elle se sentait de marbre. Dans sa tête, comme une ritournelle qui tournoyait à n'en plus finir, elle n'arrêtait pas de se demander ce qui avait bien pu se passer durant son absence pour transformer un homme aussi charmant en un être démoniaque. Car c'était là le seul mot qui lui venait à l'esprit pour qualifier celui qui brutalisait sa nièce ainsi, en la couvrant d'injures.

Et qui donc étaient ces clients dont Jean-Louis parlait ? Une secrétaire de direction n'avait pas de clients, sinon ceux de son patron...

À moins que...

Clémence eut alors l'impression qu'une brèche était en train de s'ouvrir devant elle, celle qui menait à la véritable existence de Claudette.

Claudette qui travaillait à des heures impossibles.

Claudette qui s'habillait avec des robes osées.

Claudette qui avait de l'argent, même si elle avait laissé tomber son travail à l'Arsenal avant la fin de la guerre.

Mais que s'était-il réellement passé ici ?

Pendant ce temps, le cœur de Claudette valsait entre colère et déception, et si elle semblait de marbre, c'était qu'elle était une excellente comédienne, car elle se retenait pour ne pas éclater en sanglots.

Elle était en colère envers ce goujat qui se croyait tout permis.

Et elle ressentait aussi une cruelle déception envers une amie qui n'en était pas véritablement une.

Quoi d'autre ?

Probablement qu'Estelle avait profité de son retour chez madame Irène pour se gagner quelques privilèges en avouant avoir rencontré des clients sans le dire à qui que ce soit, et en lui faisant porter le blâme.

Quoi d'autre ?

Claudette respirait à tout petits coups pour retenir le chagrin qui menaçait de la submerger et de se manifester par des larmes qu'elle ne voulait surtout pas verser devant Jean-Louis.

Pour l'instant, alors qu'elle était assise dans la cuisine de sa grand-mère, terrorisée par Jean-Louis, qui n'était rien d'autre qu'un proxénète sans foi ni loi, l'expérience de vie de Claudette se résumait à ces deux émotions.

Colère et déception.

Avec un certain plaisir au passage, la jeune femme l'admettait sans difficulté, mais cela, personne n'avait vraiment besoin de le savoir. Ni Jean-Louis ni les autres, parce que certaines personnes risquaient de ne pas comprendre ce qu'elle pouvait ressentir.

Quoi qu'il en soit, ce n'était pas l'important pour l'instant.

En ce moment, Claudette préférait entretenir sa rage envers ce salaud. Cela lui donnait du courage. Elle le détestait autant qu'elle l'avait jadis idolâtré.

Elle regarda subrepticement autour d'elle, et ce fut la cuisine de son enfance qu'elle revit.

Alors, elle se mit à en vouloir à la vie elle-même, celle qui l'avait fait naître trop tôt, faisant d'elle une indésirable dans sa propre famille, et ce, dès son premier souffle.

Quant à la désillusion, elle englobait l'ensemble de son existence, si décevante qu'elle l'avait poussée à se tourner vers les premières personnes qui s'étaient montrées gentilles à son égard.

Jean-Louis, Irène, Estelle...

Mais aussi sa grand-mère et sa tante Clémence, bien avant eux.

À cette pensée, Claudette sentit un immense regret l'envahir.

Elle aurait donc dû écouter sa grand-mère, aussi. La vieille femme avait flairé un danger qu'elle-même se refusait de voir, trop heureuse de se pavaner au bras de Jean-Louis, suscitant des regards brûlants de désir qui la flattaient.

Quant à Clémence, elle était beaucoup trop naïve pour que Claudette puisse lui en vouloir pour quoi que ce soit.

Même pour son silence actuel, alors qu'elle aurait tant besoin de soutien.

À tout juste vingt et un ans, amère et désabusée, la jeune femme dressait un bilan plutôt négatif de son existence. À l'exception de quelques rares personnes, Claudette Fitzgerald était entourée d'êtres égocentriques et profiteurs.

Et probablement que le pire d'entre eux se tenait présentement à côté d'elle et lui enfonçait ses ongles dans le bras à lui donner envie de crier de douleur.

Mais Claudette ne donnerait pas cette satisfaction à Jean-Louis. Elle avait déjà caché ses larmes à son père, elle les retiendrait ici aussi.

En revanche, elle ne se faisait aucune illusion : elle sortirait écorchée de ce mauvais moment qu'elle était en train de passer. Toutefois, elle ne se laisserait pas terrasser sans avoir combattu.

La jeune femme redressa imperceptiblement les épaules, et le regard qu'elle jeta sur Jean-Louis était chargé de fiel et de détermination. Elle jouerait le tout pour le tout, car elle n'avait plus rien à perdre.

Et tant pis si sa tante Clémence assistait à cette altercation ! De toute manière, il fallait bien que le chat sorte du sac un jour ou l'autre, n'est-ce pas ?

Ce fut à cet instant que Claudette comprit qu'elle en avait plus qu'assez de ce chassé-croisé épuisant entre vérité et mensonge.

Elle dégagea donc son bras d'un petit mouvement vif. Une goutte de sang perla sur la chair rose. Elle la cueillit du bout de l'index et elle la fit disparaître en suçant son doigt, comme une enfant. Puis, elle se mit à masser lentement son bras, tout en soutenant le regard de Jean-Louis qui accusa une certaine surprise devant le geste qu'elle venait de poser.

— Ben là, Jean-Louis, t'es allé un peu trop loin. Ta *sweettie* commence à en avoir assez.

C'était le gentil sobriquet que le prétendu homme d'affaires avait utilisé pour appâter la jeune Claudette, qui espérait de toute son âme, en ce moment, que de l'entendre prononcé rappellerait quelques beaux souvenirs à Jean-Louis et que cela suffirait à le calmer, ramenant une certaine complicité entre eux.

Ce surnom flotta un instant dans l'atmosphère chauffée à blanc de la cuisine, mais malheureusement, il eut l'effet contraire.

— Lâche-moi le *sweettie* icitte, toi! articula froidement Jean-Louis.

Devant la résistance de Claudette, le bellâtre en perdait ses bonnes manières, comme un vernis trop mince qu'un rien faisait craqueler.

— Elle est morte, la gentille *sweettie*, devant ce que tu viens de faire. Personne, tu m'entends? Personne m'a joué dans le dos jusqu'à maintenant, pis c'est pas toi qui vas commencer. Oh! J'avais quand même des doutes. J'suis quand même pas né de la dernière pluie. Mais tant que j'avais pas vraiment de preuves, je préférais rien dire... Mais là... Estelle a confirmé mes doutes, et crois-moi, elle est pas à la veille de te pardonner de l'avoir débauchée comme tu l'as fait, en lui faisant miroiter des profits faciles... Astheure, Claudette, la récréation est finie. Tu ramasses tes «cossins» pis tu me suis sans un mot. C'est aujourd'hui que tu déménages.

— Pis si je veux pas?

— Mais t'as rien compris, sacrament d'imbécile! Qu'est-ce qu'il faut que je dise de plus pour que t'arrêtes de m'obstiner? Tu gagneras pas à ce petit jeu-là, Claudette, parce que c'est moi qui ai tous les atouts dans mon jeu. Tes clients, c'est d'abord et avant tout les miens, quoi que tu puisses en penser... Pis compte-toi chanceuse que je soye aussi gentleman.

— Gentleman? Tu te crois gentleman? Mais t'as du front tout le tour de la tête, mon pauvre Jean-Louis. Va falloir que tu te montres plus convaincant que ça pour que j'accepte de...

La gifle qui s'abattit sur le visage de Claudette la fit taire instantanément. Elle porta aussitôt la main sur sa joue en feu, sans rétorquer quoi que ce soit.

Aussitôt le coup reçu, la peur lui était revenue. Elle s'était insinuée jusque dans son âme, et Claudette savait que désormais, toute riposte de sa part serait impossible.

Comme jadis lorsqu'elle tentait de tenir tête au grand Connor jusqu'à lui faire perdre patience, il était plus que temps pour elle de se taire afin de sauver le peu d'estime de soi qu'il lui restait. Claudette se connaissait bien, et si elle s'entêtait, ce seraient les mots qui refuseraient de l'aider et on finirait par se moquer d'elle.

Alors, elle plierait, encore une fois...

Comme trop souvent, hélas, Claudette Fitzgerald cacherait sa douleur, son chagrin et son désespoir derrière un mur de silence, un mur de supposée indifférence.

Au même instant, une main sur la bouche et les yeux exorbités, Clémence s'était recroquevillée sur sa chaise, encore aussi incapable de la moindre ingérence. Sa mère avait peut-être été une femme froide et sans grande empathie, le quotidien n'avait pas toujours été joyeux ni facile sous sa tutelle, soit, mais les coups et les grossièretés n'avaient jamais été tolérés sous son toit.

Le temps d'une inspiration silencieuse, Clémence se surprit à regretter la présence de sa mère. Et celles de Justine et d'Ophélie.

Maintenant que tout avait été dit, Jean-Louis se tira une chaise et s'installa directement en face de Clémence, comme s'il voulait l'avoir à l'œil, elle aussi. Il lui fit même un petit sourire qui rendit la pauvre femme terriblement mal à l'aise. Les apparences indiquaient qu'elle était de connivence avec lui, alors qu'elle aurait tant espéré avoir le courage de se lever pour lui montrer la porte.

Mais Clémence n'avait jamais été courageuse. Elle n'avait jamais connu ce genre de courage-là.

Un petit frisson secoua ses épaules, tandis que Jean-Louis se tournait maintenant vers Claudette.

— Astheure, ma belle *sweettie*, va faire tes bagages!

Le ton était mielleux, condescendant, arrogant. Le mot «*sweettie*» lui avait roulé dans la gorge comme une insulte longuement préparée, et Jean-Louis sembla s'en délecter.

— Je te donne quinze minutes, pas une de plus, pis je t'attends ici, précisa-t-il négligemment. T'es mieux d'obéir parce que tu pourrais subir bien pire qu'une gifle, ou un changement de maison... Envoye, grouille-toi, j'ai pas juste ça à faire aujourd'hui, ramener une brebis perdue dans le droit chemin ! En plus, madame Irène est en train de te *booker* des clients pour tout l'après-midi. C'est pas poli de faire attendre des clients. Il est temps que tu comprennes que c'est pas toi qui mènes le bal, Claudette. C'est plate à dire, mais dans la vie, il faut toujours payer pour ses erreurs.

Ce fut à ce moment-là que la jeune femme rendit les armes pour de bon.

Sans prononcer une seule parole, elle se leva de table, et la tête haute, sans un regard ni pour Jean-Louis ni pour sa tante, qui devait bien commencer à se douter du genre de travail que sa nièce faisait réellement, elle s'enferma dans sa chambre.

* * *

Le silence qui avait envahi le moindre espace vacant du logement à l'instant où la porte se refermait bruyamment sur Claudette et Jean-Louis lui fut rapidement intolérable. Encore plus que les invectives et les menaces qui l'avaient précédé, et Clémence éclata en longs sanglots incontrôlables.

Elle s'en voulait tellement de ne pas être intervenue ; de ne pas avoir compris avant ; d'avoir fermé les yeux chaque fois qu'elle avait eu des doutes sur les intentions réelles de Jean-Louis ; de s'être dit que ça ne la regardait pas ; d'avoir été jalouse du beau visage de Claudette.

Une femme qui avait des clients, c'était une femme de petite vertu, comme le disait poliment sa mère.

Une femme qui faisait des clients, c'était une putain, comme le disaient avec mépris ses anciennes compagnes à l'Arsenal.

Clémence resta accoudée à la table aussi longtemps que durèrent les regrets et les larmes.

Puis, elle se leva péniblement en soupirant et elle fit bouillir de l'eau pour infuser son thé.

Quand plus rien n'allait à son goût, quand elle avait des décisions d'importance à prendre, quand elle était triste ou en colère, quand elle était épuisée par une journée particulièrement difficile, il n'y avait qu'une tasse de thé pour la remettre en piste.

Elle la sirota longtemps, cette boisson réconfortante, tout en grignotant un biscuit du bout des dents, incapable de trouver une quelconque solution. Pourtant, il devait bien y en avoir une, n'est-ce pas ?

Elle ne pouvait laisser sa nièce dans les griffes de ce...

Clémence n'arrivait pas à imaginer le mot pour décrire cet homme qui, soyons honnêtes, avait purement et simplement enlevé Claudette. Comment appeler autrement ce départ non voulu et précipité ?

Comment présenter différemment ce déménagement, parce que c'était bien ce que Jean-Louis avait dit, non ? Claudette devait déménager. Elle n'avait pas eu le choix d'accepter ou de refuser, sous ses menaces à peine voilées et ses coups.

Clémence tenta d'imaginer comment Claudette devait se sentir en ce moment, et elle eut un long frisson d'épouvante.

Que faisait-elle ? Où était-elle ? Et surtout, avec qui était-elle ?

L'image qui s'imposa aussitôt à l'esprit de Clémence, indécente et grivoise, lui fit secouer vigoureusement la tête.

Si au moins elle connaissait l'endroit où se trouvait sa nièce, elle aurait pu contacter la police.

Mais la police s'occupait-elle d'un cas comme celui-là ?

Clémence esquissa une moue d'indécision. Elle ignorait totalement si la police pouvait intervenir aussi rapidement dans une telle situation.

Tout ce qu'elle avait cru comprendre, c'était que Jean-Louis obligeait Claudette à se vendre à des hommes qui profitaient d'elle.

Aux yeux de Clémence, un geste plus répugnant que celui-là ne devait même pas exister.

Malgré sa condition de vieille fille, elle avait bien une petite idée de ce que certaines femmes vivaient. Ses compagnes de travail en parlaient parfois avec une liberté qui lui donnait des frissons.

Et quand elle allait au cinéma et qu'il y avait certaines scènes plus évocatrices, plus lascives que d'autres, Clémence prenait cela avec un grain de sel, et une petite, toute petite sensation d'excitation.

Et curieusement, toutes ces femmes affriolantes qui semblaient vivre en permanence dans ces hôtels qu'on appelait des *saloons*, du moins c'était ce que Clémence avait cru comprendre, toutes ces femmes aux robes avec des décolletés si plongeants qu'elle se sentait mal à l'aise pour elles, étaient souriantes.

— Saudit ! Comment est-ce qu'on peut avoir envie de sourire quand on sait à l'avance tout ce qu'on va être obligée de subir dans les minutes suivantes ? Une chance que c'est juste une vue.

Mais se pouvait-il que ce soit agréable de se retrouver toute nue dans les bras d'un homme ?

Peut-être.

Pourquoi pas ?

Le monde n'était pas peuplé uniquement de femmes apeurées, déçues, résignées.

Mais comment le savoir, puisque Clémence n'y connaissait rien ? Elle n'avait même jamais embrassé un homme.

Et à bien y penser, Claudette non plus n'avait jamais affiché un visage de martyre lorsqu'elle revenait à la maison, après avoir prétendument travaillé des heures comme secrétaire.

Malgré tout ce que Clémence pouvait s'imaginer, se pouvait-il que Claudette soit heureuse de la vie qu'elle menait ?

Et que faisait Jean-Louis, dans tout ça ? Qui était-il vraiment dans la vie de Claudette ?

Car face à lui, le doute n'était plus permis : Claudette le détestait. Les regards qu'elle lui avait lancés tout à l'heure ne pouvaient mentir.

Mais pour le reste, que se passait-il, au juste, pour qu'il revienne s'imposer comme il venait de le faire ?

Jamais Clémence n'avait ressenti l'absence de sa mère avec autant de désolation et d'intensité. Si Léopoldine avait été ici, elle aurait su ce qu'il fallait dire ou faire. Ce n'était pas un homme de la trempe d'un Jean-Louis Breton qui lui ferait peur. Surtout pas sous son toit !

Mais Léopoldine n'était pas là et Clémence, comme une idiote, n'avait pas prononcé un seul mot.

C'est à l'instant où elle levait les yeux, découragée et terriblement déçue par son attitude, que son regard buta sur le téléphone noir, tout brillant, visible comme une tache sur le mur blanc.

— Ben oui ! Où c'est que j'ai la tête, moi cou-donc ? On a le téléphone, astheure !

Elle se leva prestement et se précipita vers la chambre qu'elle partageait avec sa mère depuis l'arrivée de Claudette à Québec pour fouiller dans son sac à main.

En effet, à son départ de la maison de Justine, celle-ci lui avait donné un bout de papier avec leur numéro de téléphone.

— Juste au cas où tu serais mal prise avant d'arriver à Québec...

— Ben voyons donc!

— Allez, mets ce bout de papier dans ton sac et ne le perds surtout pas! On ne sait jamais, ça pourrait éventuellement te servir, et moi, je me sentirais plus rassurée. Tu peux toujours m'appeler, Clémence, j'espère que tu le comprends.

— C'est gentil de le dire.

— Non, c'est normal de le dire. Ce n'est pas parce qu'on ne s'est pas beaucoup parlé que tu es moins ma sœur. En cas de besoin, tu auras juste à composer le 0, et tu donneras mon numéro à l'opératrice en disant que tu veux faire un appel à frais virés. En anglais, ça se dit *reverse charge*. Tu vas t'en souvenir?

— Euh oui... Ça devrait. Et pour les chiffres, si je réfléchis pis que je parle tranquillement, je devrais arriver à les prononcer en anglais.

— Tant mieux... Et si jamais je ne répondais pas, tu peux appeler Ophélie. Son numéro est écrit juste en dessous du nôtre. Elle ne m'a rien dit, mais au regard qu'elle a posé sur toi quand tu as quitté la salle à manger l'autre soir, je pense qu'elle ne m'en voudra pas de t'avoir laissé son numéro. Quand bien même ce serait simplement pour lui donner des nouvelles fraîches de Claudette de temps en temps.

Alors, ce fut le numéro d'Ophélie que Clémence donna à l'opératrice, toute tremblante, et priant le Ciel de lui dicter les bons mots.

Parce que selon Clémence, s'il y avait quelqu'un capable d'aider Claudette, c'était bien sa mère.

Chapitre 9

*« Elle est à toi, cette chanson
Toi, l'Auvergnat qui, sans façon
M'as donné quatre bouts de bois
Quand dans ma vie il faisait froid
Toi qui m'as donné du feu quand
Les croquantes et les croquants
Tous les gens bien intentionnés
M'avaient fermé la porte au nez
Ce n'était rien qu'un feu de bois
Mais il m'avait chauffé le corps
Et dans mon âme il brûle encore
À la manière d'un feu de joie
Toi, l'Auvergnat quand tu mourras
Quand le croque-mort t'emportera
Qu'il te conduise, à travers ciel
Au Père éternel »*

~

Chanson pour l'Auvergnat, Georges Brassens

Interprété par Georges Brassens en 1954

Le vendredi 11 octobre 1946,
dans le salon d'Oscar Caldwell, en compagnie
d'Ophélie, qui attend anxieusement
le retour de son amoureux

L'appel reçu de Québec l'avait d'abord inquiétée. Personne n'aime apprendre que son enfant a des problèmes, n'est-ce pas ?

Et voilà que selon toute vraisemblance, sa fille Claudette, celle qu'elle n'avait ni désirée ni réellement vue grandir, semblait aux prises avec un homme malveillant. C'était le genre d'annonce plutôt désagréable à entendre, même pour une mère comme Ophélie, qui n'avait jamais été très affectueuse ni attentive aux besoins émotifs de sa famille. Le quotidien et la crainte de ne pas pouvoir les nourrir adéquatement avaient toujours été au centre de ses préoccupations et ce souci prenait trop souvent, hélas, toute la place.

Toutefois, apprendre qu'un homme était à l'origine des problèmes de sa fille avait modifié certaines perspectives, parce que cela rejoignait Ophélie dans ce qu'elle avait gardé de plus douloureux de son ancienne vie.

Pauvre Claudette, avait-elle pensé, tout en écoutant sa sœur Clémence lui raconter ce qu'elle avait trouvé chez elle à son retour.

Tout comme Ophélie n'avait rencontré aucune difficulté à se figurer ce que Claudette devait endurer, jour après jour. À sa manière, Connor aussi avait été un homme malveillant, à un point tel qu'un bon matin, elle en avait eu assez de lui et de l'existence misérable qu'il lui offrait.

C'est ce que devait vivre Claudette présentement.

Cependant, alors que tout semblait se liguer contre elle, Ophélie avait réussi à ramasser tout ce qu'il lui restait de courage, et elle avait réglé son problème, sans aide.

Elle était partie.

Alors pourquoi Claudette n'en faisait-elle pas autant ?

Dans le cas d'Ophélie, cela s'était fait au détriment de ses enfants, soit, mais il y allait de sa santé mentale, et peut-être de sa survie et de celle de deux nouveau-nés. La mère de famille n'avait jamais approfondi la question, mais son instinct lui avait toujours murmuré qu'en quittant Connor, elle avait fait le bon choix.

Puis un jour, Justine lui avait parlé de cet état dépressif qui touche parfois une femme nouvellement accouchée, et Ophélie y avait trouvé la bonne explication à ce geste insensé pour plusieurs, la justification aussi à ce qu'elle avait fait et tout le réconfort nécessaire pour réussir à tourner la page.

Et voilà que ce midi-là, avec Clémence au bout de la ligne, le passé d'Ophélie était en train de la rattraper.

Claudette avait besoin d'elle. Du moins, c'était ce que Clémence avait prétendu sur un ton alarmiste.

— Tu devrais voir ce Jean-Louis. Une vraie brute! C'est pas mêlant, il semble avoir une totale autorité sur Claudette. Penses-tu que tu pourrais en parler à notre mère? Penses-tu que tu pourrais venir avec elle, toi aussi? Au lieu de Justine, ça pourrait être toi qui viendrais la reconduire à Québec. Il me semble que ce serait une bonne idée, non? Le jour où on va retrouver Claudette, parce que c'est bien certain qu'on va finir par la retrouver, elle va avoir besoin de toi. Pis moi, en attendant que t'arrives, je vais tout faire en mon pouvoir pour dénicher la maison où elle demeure.

— Ben là...

En fin de compte, quand Ophélie avait raccroché, elle n'avait qu'une seule question en tête. Mais comment pourrait-elle l'aider?

Claudette habitait beaucoup trop loin pour qu'Ophélie puisse envisager quoi que ce soit.

— C'était qui, au téléphone? lui avait demandé Oscar, quelques instants plus tard.

— Une erreur de numéro.

La réponse avait été comme un réflexe, traduisant ainsi une certaine forme de vérité.

Ophélie s'était trouvée presque drôle, parce qu'à bien y penser, Claudette ne faisait plus partie de sa vie et qu'en plus, elle l'avait toujours un peu considérée comme une erreur, justement.

Puis, avec un peu de recul, Ophélie devait admettre que parmi ses enfants, Claudette était celle qu'elle connaissait le moins.

Peut-on vraiment aider quelqu'un qu'on ne connaît pas ?

En revanche, peut-être parce qu'elle ne se sentait pas vraiment concernée, Ophélie s'était dit d'emblée que de toute façon, Claudette n'avait qu'à faire comme elle, et trouver son salut dans la fuite.

Voilà pourquoi, au lendemain de l'appel, Ophélie était passée à autre chose, comme si un voile d'indifférence l'avait enveloppée durant la nuit.

Pour la même raison, elle jugea inutile de rectifier la situation en confiant à son ami Oscar qu'en fait, elle avait reçu un appel de Québec. Pourquoi l'aurait-elle fait ? Oscar s'apprêtait à partir pour un périple de prospection en Nouvelle-Angleterre, afin d'augmenter sa clientèle, et il avait mille et une choses en tête. Ophélie avait décidé donc que ce n'était pas le moment opportun pour l'embêter avec un événement qui, de prime abord, ne le regardait pas vraiment.

Comme elle le faisait lors de chaque voyage de son ami, elle avait ainsi préparé les vêtements que ce dernier emporterait avec lui, et elle avait laissé s'évanouir la petite pointe d'inquiétude ressentie la veille, comme on voit avec soulagement un gros nuage noir qui disparaît à l'horizon avant d'avoir éclaté.

Quoi qu'il en soit, s'il y avait une urgence quelconque, et Ophélie doutait grandement qu'on finisse par en arriver là, car après tout, sa fille n'était ni malade ni blessée, Clémence serait capable de la rejoindre facilement et elle aviserait sur la conduite à adopter.

Alors Oscar était parti, lui promettant qu'à sa prochaine tournée, elle serait du voyage.

— Je m'ennuie quand tu n'es pas là.

— Et moi aussi.

Comme d'habitude, Ophélie était restée dehors pour regarder l'auto d'Oscar remonter l'avenue. Elle lui avait fait un dernier signe de la main avant que la voiture disparaisse vers la gauche à l'intersection, puis elle était retournée à l'intérieur. Elle avait prévu profiter de l'absence de son ami pour faire un grand ménage des deux étages de la maison avant que l'automne ne vire à l'hiver. Après un été caniculaire et poussiéreux, toutes les pièces avaient besoin d'un sérieux coup de plumeau, et ça l'occuperait durant le voyage d'Oscar.

Éponge, torchon doux, savon et serpillière l'attendaient donc dans le cagibi de la cuisine, bien rangés sur une tablette. Elle avait déjà tout préparé la veille pour attaquer le ménage de pied ferme, déterminée comme rarement à mener cette tâche à bien.

Mais curieusement, ce matin, le cœur n'y était plus.

— Tant pis. Je m'y mettrai demain, avait-elle déclaré aux murs en refermant la porte du placard.

Et Ophélie avait passé la matinée à tourner en rond, incapable d'entreprendre quoi que ce soit d'utile ou d'intéressant.

Ses pas l'avaient finalement menée jusqu'au salon, où elle s'était affalée sur le divan. Il était déjà midi, mais elle n'avait pas faim.

Si Oscar avait été là, il lui aurait sans doute dit qu'il lui fallait quand même manger. Mais comme il était parti...

Et comme si cette drôle de fatigue ne suffisait pas, le silence l'avait bizarrement incommodée tout au long de l'avant-midi. Pourtant, ce n'était pas la première fois qu'elle demeurait seule à la maison, sachant que, de surcroît, elle le serait durant plusieurs jours. Au contraire, jusqu'à maintenant, elle avait toujours aimé les journées passées en solitaire, sans la moindre contrainte.

Alors pourquoi, cette fois-ci, le fait de se retrouver seule l'angoissait-elle au point de sentir le besoin de rester aux aguets? Pourquoi sursautait-elle au plus petit craquement de la maison?

Comme si un danger la menaçait.

Était-ce le silence, le grand responsable de ce malaise?

Était-ce lui qui avait effectué un travail de sape durant l'avant-midi, ramenant insidieusement un à un les mots échangés pendant l'appel que lui avait passé Clémence?

Il lui semblait que les mots entendus s'étaient transformés en bêche pour creuser une tranchée, une pelletée à la fois. La tranchée où elle pourrait se cacher, justifiant ainsi son inaction.

Ophélie en était là, vidée de toute énergie, cherchant un abri pour dissimuler ce malaise étrange causé par le silence.

Était-il possible que le silence ait un tel pouvoir ?

Elle avait aussitôt estimé que oui. Sans trop savoir pourquoi, elle trouvait rassurant de se dire que le calme ouaté qui l'enveloppait était responsable de ce chatouillement inconfortable qui accompagnait l'évocation d'un simple appel téléphonique lui annonçant que l'une de ses filles passait vraisemblablement un mauvais moment.

— Pas de quoi fouetter un chat, avait-elle grogné, tout en changeant de position sur le divan. Qui n'a jamais de mauvais moments à vivre ? Claudette ne faisait pas exception. Puis, qu'est-ce que ma sœur Clémence connaît au sujet des hommes ? Elle doit faire une montagne avec trois fois rien.

Il n'en demeurait pas moins que petit à petit, le souvenir d'une phrase plus précise menant à celui d'un timbre de voix anxieux, l'exhalation d'un soupir entendu à une demande d'aide formelle de la part de Clémence, Ophélie avait senti l'angoisse lui revenir pleine et entière.

Le malaise qui la taraudait comme une migraine lancinante venait de retrouver son véritable nom.

Ophélie s'inquiétait, et beaucoup, pour sa fille Claudette.

Cet état d'âme avait totalement déstabilisé celle qui avait abandonné toute sa famille sans le moindre regard en arrière.

À ce moment-là, la mère de famille avait eu l'impression troublante d'être rattrapée par tout ce qu'elle avait cherché à fuir ; que le temps s'était suspendu l'instant d'un appel téléphonique, avant de faire volte-face pour marcher, non, pour courir à rebours, et s'arrêter finalement en décembre 1943, quelques semaines après la naissance des jumeaux, Lisette et Adam.

En fermant les yeux, Ophélie avait revu le salon double qui leur servait de chambre à coucher, à Connor et à elle. C'était la première fois qu'elle y repensait depuis sa fuite. Elle s'était souvenue aussi que le soleil était bon en cette journée d'hiver et elle s'était demandé s'il faisait froid. Dans deux jours, ce serait Noël. Un Noël sans sapin ni décorations, comme d'habitude. Mais quelle importance puisqu'Ophélie s'était dit que ce serait tout de même une température parfaite pour mettre son plan à exécution, et qu'avec un peu de chance, elle ne serait plus là pour ce repas de Noël qui devait sortir un peu de l'ordinaire et qui, habituellement, exigeait de multiples heures d'un travail qu'elle détestait. Préparer les repas pour une famille si nombreuse n'était plus un plaisir. Au fil des années, c'était devenu une corvée.

Les enfants aussi étaient une corvée.

Les deux berceaux qui étaient là, tout près de la fenêtre, en étaient la plus belle preuve. Dans quelques instants, ce serait l'heure de faire boire les jumeaux. C'était Delphine qui l'aidait à s'occuper des bébés, puisque Marjolaine et Claudette n'habitaient plus avec la famille.

Puis, le moment présent s'était imposé.

Ophélie avait ouvert les yeux sur le salon d'Oscar, qui venait de partir. Sans avoir à fournir le moindre effort, tel un film qui aurait encombré son esprit, elle avait revu le tiroir de sa commode d'où elle avait sorti les quelques dizaines de dollars mis péniblement de côté au fil des années, espérant qu'un jour elle pourrait s'échapper de cette vie misérable qui était la sienne aux côtés de Connor. Elle avait enfoui sa toute petite fortune dans l'une de ses poches, avec le bout de papier où elle avait inscrit à tout hasard l'adresse de sa sœur Justine. Celle qui vivait là-bas, très loin aux États-Unis, et qu'elle n'avait pas revue depuis plus de vingt ans.

Cela ne l'avait nullement empêchée, quelques semaines plus tard, de traverser les frontières américaines, et Ophélie s'était dit, machinalement, que grâce à Connor, elle se débrouillait quand même assez bien en anglais. Tant mieux. Personne ne songerait à aller la chercher aussi loin.

C'était il y a presque trois ans.

Puis enfin, le présent s'était intimement mêlé au passé, et Ophélie s'était levée du divan pour aller se faire chauffer une soupe. On n'a pas vraiment besoin d'avoir faim pour avaler une soupe.

Ensuite, les journées s'étaient écoulées, durant lesquelles Ophélie n'avait rien fait d'autre que de revisiter sa vie, de son enfance à aujourd'hui. Elle traînait ses savates à travers la maison d'Oscar, en pyjama, se disant que le ménage pouvait attendre. Elle le ferait plus tard avec son amoureux qui, présentement, lui manquait cruellement.

Depuis les dernières années, Oscar Caldwell était sa seule balise, son roc. Sans lui, elle ne sait pas ce qu'elle serait devenue.

Cela faisait maintenant plus de trois semaines que Clémence avait appelé, et Ophélie n'avait rien fait de plus que laisser les heures s'écouler.

Elle n'avait surtout rien fait pour aider Claudette.

Quand Oscar avait téléphoné pour lui dire que tout allait très bien pour lui et qu'il prolongerait son voyage d'une autre semaine, Ophélie s'était contentée de le féliciter sans lui confier ce mal-être qui la portait depuis son départ.

Puis ce matin, à son réveil, même si elle savait qu'Oscar serait de retour en fin de journée, c'était le nom de Claudette qui lui était revenu. Il s'était imposé à elle, aussi clair que si quelqu'un l'avait claironné à ses oreilles, dès qu'elle avait ouvert les yeux.

Pauvre Claudette !

Elle aurait pu au moins appeler Clémence pour prendre de ses nouvelles, mais elle n'en avait pas envie.

À cette pensée, Ophélie s'était sentie coupable.

Et cette sensation durait maintenant depuis des heures.

Était-ce aujourd'hui qu'elle avait rendez-vous avec cette culpabilité qu'elle aurait dû ressentir trois ans auparavant, et qui n'avait été en somme qu'un effluve, qu'un souffle, à peine une hésitation ? L'expiration d'une existence qui l'avait brisée, l'expulsion à tout jamais d'un homme qui avait cassé l'essentiel en elle.

Quant aux enfants...

À l'époque, ils n'avaient pas pesé très lourd dans la balance de sa décision. Quand elle avait quitté le domicile familial, Ophélie avait la conviction profonde de les avoir aimés par convenance, rien de plus.

Aujourd'hui, à travers Claudette, ils étaient revenus en force solliciter sa présence, sa disponibilité.

Ophélie avait-elle vraiment envie de les retrouver ? Depuis trois ans qu'elle cultivait l'oubli pour moins souffrir, elle en était parvenue à un état d'esprit très proche de l'absence, comme s'ils n'avaient jamais existé.

Et avec Oscar, elle avait droit à une vie parfaite, à l'image qu'elle se faisait du bonheur.

Allait-elle sacrifier tout ça ?

Et si jamais elle décidait de retourner au Québec, ne serait-ce que pour quelques jours, saurait-elle vraiment aider Claudette ? Rien n'était moins certain, et un échec en serait un de trop pour elle.

Et si jamais elle rencontrait ses enfants, pourrait-elle donner à ces treize personnes ce dont elles avaient besoin sans y laisser son âme ?

Elle n'en savait rien et elle ne savait pas non plus si elle aimerait découvrir le genre d'émotions que ses enfants feraient naître en elle.

Elle craignait de ne pas être capable de les empêcher de tout gruger, de dévorer tout ce qu'elle pouvait ressentir de tendresse pour eux, parce qu'il devait bien y en avoir un peu, n'est-ce pas, de cette tendresse maternelle, tapie au fond de son cœur ?

Quand Oscar tourna sa clé dans la serrure de la porte d'entrée, Ophélie resta prostrée sur le divan où, encore une fois, elle avait trouvé refuge. Lorsqu'elle leva ses yeux rougis par le manque de sommeil et les tourments qu'elle vivait depuis plusieurs jours, Oscar comprit aussitôt que quelque chose n'allait pas. Imaginant le pire, il se précipita vers elle, et Ophélie se jeta dans ses bras en pleurant. Il laissa la femme qu'il aimait vider le trop-plein de sa détresse, puis, alors que les sanglots déchirants devinrent des hoquets entremêlés de soupirs, il l'obligea à le regarder.

Ce qu'il perçut de désarroi dans le regard d'Ophélie lui serra le cœur.

— Veux-tu bien me dire ce qui se passe pour que tu sois bouleversée à ce point-là ? J'espère que personne n'est mort.

— Non, non, se hâta de le rassurer Ophélie après une longue inspiration. Mais je me demande si c'est mieux... Je... Je ne sais pas quoi faire et ça m'angoisse beaucoup.

— Et si tu me racontais tout? À deux, on comprendrait peut-être davantage la situation et on pourrait prendre ensemble une décision éclairée. Parce que pour l'instant, je n'ai pas la moindre idée de ce qui a bien pu arriver pour te rendre émotive comme ça.

— D'accord... Voici ce que ma sœur Clémence m'a dit l'autre jour. Tu n'étais pas encore parti quand elle m'a téléphoné...

— Téléphoné? Clémence est restée chez Justine et Jack? Pourtant, j'avais cru comprendre, l'autre soir, qu'elle retournait incessamment au Québec.

— Et c'est le cas.

— Ah bon... Il me semblait, aux dernières nouvelles, que ta mère n'avait pas encore le téléphone.

— Eh bien là, c'est fait! Ma fille Claudette a décidé qu'il était grand temps de vivre au présent et elle a fait installer un appareil durant les vacances de ma mère et de ma sœur... Et c'était justement pour me parler de Claudette si Clémence m'appelait.

— Alors, vas-y, je t'écoute!

* * *

Depuis le départ des filles pour leur nouveau logis dans la maison rénovée de Béatrice que tout le monde avait trouvée magnifique, il s'était écoulé plus d'un mois, qu'Henry avait mis à profit pour prendre les bouchées doubles à son travail et tenter de fréquenter Ruth le plus souvent possible. À le voir aller, on comprenait vite qu'il avait retrouvé son quotidien avec un plaisir évident.

Mais toute médaille a son revers, n'est-ce pas ?

Alors, si, d'une part, son patron immédiat avait accueilli avec joie une plus grande disponibilité de l'un des débardeurs les plus forts qu'il ait connus, et ce, tout juste avant la fin de la saison maritime, d'autre part, et au désespoir d'Henry, d'ailleurs, il n'y avait eu que de très légers changements dans le rythme de ses fréquentations amoureuses. Deux soirées au cinéma s'étaient ajoutées aux rares soirées sporadiques passées chez les Goulet, et si Henry voulait voir son amie le dimanche, il devait aller à la messe de huit heures afin de la croiser sur le parvis de l'église durant quelques minutes.

À ses yeux, il ne faisait aucun doute que la mère de Ruth restait au cœur des priorités de la jeune femme, et malgré des demandes répétées, il n'avait malheureusement toujours pas rencontré la vieille dame.

Comme il était en train de l'expliquer à sa sœur et à son beau-frère Ferdinand, il commençait à en avoir assez.

— Pour moi, c'est clair ! avait-il déclaré d'une voix catégorique, tout en regardant Marjolaine droit dans les yeux, pour être bien certain qu'elle l'écouterait jusqu'au bout sans l'interrompre. Ruth et moi, c'est voué à l'échec.

Marjolaine haussa les épaules en soupirant.

Cette conversation, son frère et elle l'avaient tenue à maintes reprises sans que cela change quoi que ce soit à la situation que vivait Henry. D'autant plus qu'il refusait fermement que sa jumelle intervienne pour lui auprès de son amie.

— Voué à l'échec? répéta-t-elle sur un ton indécis... Quand même! Je trouve que tu y vas un peu fort... Et pourquoi dis-tu ça?

— Il me semble que c'est évident, non?

— Non, justement! Moi, au contraire, je pense que vous avez l'air de plutôt bien vous entendre. Chaque fois que vous venez ici, nous passons tous une très belle soirée. Souvent, entre Ruth et toi, c'est à qui aura le dernier mot... Vous nous faites bien rire, Ferdinand et moi. Même Suzanne et son nouvel ami vous trouvent amusants et rient à gorge déployée devant vos farces d'enfants. Et d'après le peu que je connais de lui, l'amoureux de Suzanne n'est pas le garçon le plus jovial en ville!

— Peut-être, effectivement, que c'est l'impression qu'on donne lorsqu'on est ensemble, Ruth et moi, l'image que nous sommes deux joyeux lurons. Par contre, même si on s'amuse bien tous les deux, les occasions de se voir continuent à se faire rares, malgré une plus grande disponibilité de ma part. Si elle était si bien que ça en ma présence, elle ferait plus d'efforts elle aussi pour qu'on puisse se fréquenter le plus souvent possible, non?

Puis, après un bref moment de réflexion, Henry constata:

— Moi, je fais tout ce qui est en mon pouvoir pour être libre, et je ne demanderais que ça, voir Ruth régulièrement...

— Rappelle-toi à l'été ! C'est à peine si tu trouvais le temps de la voir une fois par semaine et elle ne te l'a jamais reproché.

— Je suis entièrement d'accord avec toi. Mais tu dois admettre que ce n'était pas de ma faute. C'est fou ce que les filles nous ont demandé d'énergie, à Darcy et moi.

— Ça faisait bien du petit monde à gérer, c'est vrai. Mais de le dire n'est pas tout et ça nous fait dévier de notre conversation.

— D'accord... Donc, je reviens au fait que Ruth et moi, on ne se voit pas assez... Pas aussi souvent que je le souhaiterais. Mais oui, je m'entends très bien avec elle, je ne dirai jamais le contraire. Toutefois, de là à s'imaginer qu'un mariage prochain serait réaliste et réalisable, il y a tout un monde !

— Allons, Henry, à mon avis, tu t'en fais pour rien. Si tu savais à quel point les yeux de Ruth brillent quand elle parle de toi. C'est évident que cette femme-là est vraiment amoureuse. Ce n'est pas une amourette de passage, comme tu sembles le penser. Cesse donc de broyer du noir. Pour le mariage, ce n'est qu'une question de temps.

— Premièrement, je ne broie pas du noir ! Je ne fais que regarder la réalité en pleine face ! Et deuxièmement, Marjo, dans mon livre à moi, il y a temps et temps ! Je crois justement que j'ai donné assez de mon temps à notre relation, assez de chances à notre situation décousue pour qu'elle puisse se rapiécer et aboutir sur quelque chose de satisfaisant.

— Ouais... C'est vrai que tu es plutôt patient.

— Patient, tu dis! J'en connais pas beaucoup des gars comme moi. Je crois avoir démontré suffisamment de bonne volonté pour qu'il y ait au moins quelques changements dans notre routine.

— Si vous faisiez comme nous?

— C'est-à-dire?

— Vous fiancer!

Henry secoua la tête dans un grand geste de négation avant de répondre, l'air découragé.

— Qu'est-ce que tu crois? J'en ai parlé, ne crains pas. Mais je n'obtiens que des peut-être! Et encore, ils sont hésitants...

— Insiste, talonne-la! Explique-lui que vos fiançailles seraient probablement une raison suffisante pour que tu rencontres enfin sa mère.

— Sa mère? Alors oui, parlons-en, de sa mère! Depuis tout ce temps que je fréquente Ruth, madame Fillion est au centre de nos discussions les plus pénibles, même si je ne l'ai jamais vue. À croire qu'elle n'existe pas et que Ruth me mène en bateau pour je ne sais quelle raison.

Le ton était à la fois enflammé et boudeur. Marjolaine leva les yeux au plafond, l'air découragée à son tour.

— Henry! On dirait que j'entends un enfant! Il faut en revenir un peu, non? Le mariage, ce n'est pas la solution miracle à toutes tes doléances, tu sais !

— *Damn shit*, Marjo, comme si j'étais un imbécile ! Je sais bien que le mariage n'est pas magique. Là, c'est vraiment toi qui ne veux rien comprendre ! Il me semble que ce n'est pas difficile à saisir, ça : je n'ai pas envie de me fiancer, je veux me marier !

— Alors, tiens ton bout.

— Et c'est ce que j'essaie de faire depuis plus d'un an. Mais Ruth n'en démord pas : elle n'abandonnera jamais sa mère pour venir vivre chez moi. Et moi, je ne peux toujours bien pas laisser tomber mes frères pour aller m'installer chez Ruth. Et ça, c'est uniquement si sa mère acceptait que je vive sous son toit. Mais pour en arriver là, il faudrait peut-être que je la rencontre. Comme tu vois, on tourne en rond et ça dure depuis des mois ! Chaque fois que je parle d'avenir avec Ruth, la possibilité d'une rencontre entre sa mère et moi est remise à la semaine des quatre jeudis... Je te le dis, Marjolaine : entre elle et moi, ça n'aboutira jamais à autre chose qu'à des fréquentations interminables, pour ne pas dire éternelles. Depuis que mon quotidien a repris un rythme normal, j'espérais que ça débloquerait, qu'on se verrait plus souvent, qu'on ferait des projets ensemble, mais non ! J'ai droit à une petite soirée de temps en temps en votre compagnie, à quelques mots à la fin de la messe du dimanche, et rarement à une sortie de cinéma. Je n'ose même plus parler de mariage ou de sa mère avec Ruth parce que chaque fois que j'aborde la question, je vois bien que ça la rend malheureuse, et ce n'est pas du tout mon intention. Ou encore, selon son humeur, ça la choque profondément que j'insiste autant, ce qui n'est guère mieux, crois-moi. La dernière fois, elle m'a piqué une colère noire !

— Alors qu'est-ce que tu vas faire ?

— Je pense que je vais rompre !

Aussitôt ces paroles prononcées, un silence inconfortable s'insinua dans la cuisine. Un silence si lourd que même Ferdinand, qui assistait à la conversation, n'osa intervenir. Cependant, il faut dire, pour excuser ce dernier, que souvent, lorsque les deux jumeaux avaient de ces discussions plus musclées, il avait la drôle de sensation de disparaître. Les répliques volaient parfois en tous sens autour de lui comme s'il n'avait pas été là.

Exactement comme en ce moment.

Ferdinand se contenta donc de baisser les yeux sur le journal posé sur la table devant lui, restant tout de même aux aguets. S'il éprouvait une réelle affection pour son beau-frère, il n'en demeurait pas moins qu'il détestait quand sa Marjolaine se sentait triste ou démunie à cause d'Henry.

En revanche, pour l'instant, il savait que Marjolaine était parfaitement calme, malgré le ton qu'elle employait. À la côtoyer dans l'intimité chaque jour, Ferdinand avait appris à interpréter les plus infimes modulations de sa voix, les moindres silences de celle qu'il appelait sa douce lorsqu'ils étaient en tête-à-tête.

— Ben voyons donc, Henry !

De toute évidence, devant une éventualité aussi extrême qu'une séparation, Marjolaine commençait à perdre patience, elle aussi.

— Tu ne trouves pas que c'est un peu radical comme solution ?

— Ça l'est, oui, mais qu'est-ce que je peux faire d'autre ?

— N'importe quoi sauf ça, voyons donc ! On ne quitte pas une femme qu'on aime et dont on se sait aimé en retour. C'est un non-sens !

— Bien d'accord avec toi... dans la majorité des cas. Mais dans le mien... Je me répète, Marjo : qu'est-ce que je peux dire ou faire de plus pour que la situation évolue ? J'ai beau chercher, je ne trouve pas, et j'en ai assez de tourner en rond en attendant je ne sais pas trop quoi.

Que répondre à cela puisqu'Henry avait entièrement raison ?

Marjolaine retint un soupir qui ne donnerait rien de plus que de piquer l'irritation de son frère. Henry Fitzgerald était naturellement d'humeur égale et paisible, mais quand il se sentait acculé au pied du mur, il était capable de colères qui n'avaient rien à envier à celles de leur père. Marjolaine ne voulait donc pas le pousser dans ses derniers retranchements. D'autant plus que la jeune femme avait la sensation, elle aussi, de tourner en rond, puisqu'elle avait tenu le même discours à plusieurs reprises, sachant très bien que malgré les apparences, son amie Ruth était profondément amoureuse de son jumeau. Ainsi, comme elle n'avait rien d'autre à suggérer, elle répéta platement :

— Tu pourrais insister encore plus pour rencontrer sa mère, peut-être ? Il est là, le nœud du problème, non ?

Comme si Henry ne le savait pas ! Une telle réponse inepte le fit aussitôt sortir de ses gonds.

— Voyons donc ! Je viens de le dire : ça ne donne strictement rien, sinon de faire lever le ton entre nous deux. Et quand ça se produit, c'est tout à fait désagréable, crois-moi. Par contre, si Ruth et moi, on se laissait en bons termes, j'ose espérer que notre relation se transformerait en une belle amitié.

— Peut-être, oui. Mais avant d'en arriver là, vous risqueriez de sortir de cette rupture passablement amochés l'un comme l'autre, non ?

— C'est certain. Probablement que ça nous ferait mal à tous les deux, je le sais, mais au moins je retrouverais ma liberté... et Ruth aussi ! Elle pourrait ainsi consacrer tout son temps à sa mère sans devoir se justifier. Elle doit sûrement trouver lourd, par moments, d'organiser son horaire pour me garder quelques heures chaque semaine.

Marjolaine détourna les yeux, mal à l'aise. Ruth lui avait déjà confié qu'elle se sentait souvent prise entre marteau et enclume, car elle ne voulait surtout pas déplaire à qui que ce soit. Selon ce qu'elle en disait, ce n'était jamais de gaieté de cœur qu'elle consacrait autant de temps à sa mère, mais elle considérait qu'elle n'avait pas le choix. En un mot, elle ne voyait pas le jour où cette situation aurait la chance d'évoluer dans une direction qui ménagerait la chèvre et le chou, et qui satisferait tout un chacun.

Henry avait donc raison sur toute la ligne : Ruth ne consentirait au mariage que le jour où sa mère serait décédée. Elle ne l'avait jamais exprimé aussi clairement, bien entendu, mais depuis le temps que Marjolaine connaissait Ruth, elle avait appris à lire entre les lignes avec son amie.

Durant cette courte réflexion, Henry, lui, avait continué de plus belle à faire des projections.

— Si en fin de compte, ma présence lui manque, je connais suffisamment Ruth pour savoir qu'elle me le dira... Et dans le cas contraire, je vais laisser la tristesse s'estomper, et par après, je pourrai commencer à regarder ailleurs. Dans tout Montréal, elle n'est certainement pas la seule jeune femme gentille et drôle qui pourrait bien s'accorder avec moi.

— C'est sûr !

— Bon, enfin, un peu de compréhension ! Ça fait du bien à entendre, tu ne sais pas à quel point !

Cette fois, le ton employé par Henry était sarcastique. Mais cet élan ne dura que le temps d'une tirade et il se termina dans un long soupir.

— Malgré tout ce que je viens de dire, je ne me sens pas très bien à l'idée d'envisager de laisser

Ruth, reprit-il posément en regardant sa sœur avec une intensité que même Ferdinand lui enviait.

En ce moment, l'émotion était à son comble et, en un sens, elle ne concernait que les jumeaux, Ferdinand en était tout à fait conscient. C'était à ce prix qu'il avait pu épouser Marjolaine et il ne désavouerait jamais l'engagement qu'il avait pris devant sa femme. Il n'interviendrait qu'au moment où elle le lui demanderait.

Si jamais elle le faisait.

Ou alors, il attendrait de se retrouver seul avec elle pour lui faire part de son opinion.

— En revanche, poursuivait Henry, je n'aime pas la solitude, et tu le sais... Cependant, j'aime encore moins l'espèce de mur que Ruth dresse devant nous... En mars prochain, on va avoir vingt-trois ans, Marjolaine! Et si toi, tu as déjà donné un sens à ta vie en te mariant avec Ferdinand, moi, je suis encore dans le néant, et j'ai hâte de connaître à quoi mon avenir va ressembler.

— Je peux comprendre, oui.

— Merci! Et dis-toi bien que rester vieux garçon *ad vitam æternam* ne fait pas partie des alternatives envisageables... Si Clotilde avait pu surmonter sa peine, aussi, je crois bien que...

À ces mots, ce fut Marjolaine qui perdit son sang-froid. Elle donna une petite tape sèche sur la table qui fit sursauter son frère et son mari.

— Là, ça suffit, Henry! Quand je t'entends parler comme ça, j'ai l'impression d'être la jumelle d'un garçon capricieux et volage, et j'avoue que je n'aime pas ça du tout. Laisse Clotilde tranquille, veux-tu! Si ma pauvre amie a décidé de pleurer son fiancé jusqu'à la fin de ses jours, c'est elle que ça concerne, pas nous. Même si je ne suis pas nécessairement d'accord avec sa vision des choses, je vais respecter ses choix.

Penaud, Henry lança un regard contrit à Marjolaine, puis subrepticement un autre à Ferdinand, qui était toujours plongé dans la lecture du quotidien.

— J'avoue que c'est un peu bête de continuer de penser à elle comme à une solution de rechange.

— Heureuse de voir que tu as encore un certain bon sens... Clotilde est tout ce que l'on voudra, sauf un simple remplacement.

— Mais je n'y peux rien, c'est plus fort que moi... Elle m'a toujours plu, la belle Clotilde. Toutefois, qu'elle soit dans le décor ou non, ça ne changera pas ma façon de considérer mon avenir immédiat. Et selon moi, il passe par une rupture. Je ne vois rien qui...

— Et si tu te donnais une dernière chance?

La voix lente et grave de Ferdinand interrompit celle plus haute et précipitée d'Henry. Celui-ci se tourna aussitôt vers son beau-frère, qui n'avait pu se retenir, remarquant que la conversation aboutissait dans un cul-de-sac.

— Je serais d'accord avec toi si je voyais la moindre éclaircie devant moi, approuva Henry sur un ton navré. Malheureusement, il n'y en a pas, mon vieux. C'est dommage à dire, mais c'est le constat auquel j'arrive immanquablement chaque fois que je réfléchis à tout ça.

— Et si tu oubliais Ruth pendant un moment ?

Henry fronça les sourcils.

— Je ne comprends pas. Comment veux-tu que je l'oublie ? Pardonne-moi, Ferdinand, mais ce que tu dis n'a aucun sens.

— Bien sûr que ça pourrait avoir du sens ! Imagine un instant que Ruth ne voit pas la situation exactement comme sa mère... Y aurait-il la moindre chance que madame Fillion ne soit même pas au courant des réels sentiments qui existent entre sa fille et toi ? Se pourrait-il que Ruth ait parlé de toi comme si tu n'étais qu'un bon ami uniquement pour ne pas heurter les croyances de sa mère pour laquelle, selon sa fille, les hommes sont juste des brutes imbéciles ? Après tout, d'après ce que j'ai cru comprendre, notre chère Ruth n'aurait même pas abordé sérieusement le sujet avec sa mère... Est-ce que ça se pourrait, ça ?

— Sous toute réserve, je dirais que tu as probablement raison... Non, je pense que tu as sûrement raison.

— Bon, tu vois ! Et maintenant, toi ! Es-tu vraiment sincère quand tu affirmes que tu en as assez ?

— Oh oui ! Quand je parle de rupture, je pèse mes mots, crois-moi. J'en suis rendu là. Mais si j'avais le choix, si un semblant d'avenir se profilait à l'horizon, je ne laisserais certainement pas Ruth.

— Alors, si ta décision est irrévocable, qu'est-ce qui t'empêche d'aller frapper directement chez elle pour essayer d'engager un véritable dialogue avec sa mère ?

— Ben voyons donc ! Jamais je n'aurais le culot de faire ça. Ruth n'arrête pas de me répéter que sa mère ne veut voir personne, qu'elle a choisi délibérément de ne plus sortir de chez elle depuis de nombreuses années, et que jamais un homme ne remettra les pieds sous son toit.

— Je me répète, reprit alors Ferdinand, très calmement, pourquoi tu ne tentes pas le tout pour le tout ? Le pire que tu risques, c'est que madame Fillion ne t'ouvre pas, et que par la suite, insultée de ne pas avoir été prévenue, Ruth refuse de te reparler. Mais comme tu disais il y a pas cinq minutes de ça, que tu songeais à rompre et que c'était très sérieux, je vois pas en quoi ça changerait la situation de te mettre les Fillion mère et fille à dos. Selon moi, il y a aucune raison de ne pas essayer.

Henry ne répondit pas.

À la place, il tourna les yeux vers Marjolaine et, d'un simple froncement des sourcils, il lui fit comprendre qu'il aimerait avoir son avis.

La réplique de Marjolaine fut tout aussi silencieuse.

Elle adressa un sourire à son frère, un autre à son mari, et d'un imperceptible mouvement de la tête, elle fit part de son approbation à son jumeau.

Henry détourna alors la tête pour revenir à Ferdinand.

— Et pourquoi pas ? articula-t-il enfin dans un souffle. Tu as certainement raison de croire que je n'ai plus rien à perdre à essayer.

Chapitre 10

« Bien sûr, nous eûmes des orages
Vingt ans d'amour, c'est l'amour fol
Mille fois tu pris ton bagage
Mille fois je pris mon envol
Et chaque meuble se souvient
Dans cette chambre sans berceau
Des éclats des vieilles tempêtes...
Mais mon amour
Mon doux, mon tendre, mon merveilleux amour
De l'aube claire jusqu'à la fin du jour
Je t'aime encore, tu sais, je t'aime »

~

La chanson des vieux amants,
Jacques Brel / Gérard Jouannest, Jean Corti

Interprétée par Jacques Brel en 1966

*Le dimanche 17 novembre 1946,
dans le salon chez Justine et Jack,
alors que Léopoldine se prépare
à repartir pour le Québec*

L'antique valise en cuir craquelé attendait sagement à côté de la porte. D'où elle était assise, la vieille dame ne pouvait s'empêcher de la reluquer toutes les deux minutes en soupirant. Dans moins d'une heure, elle serait déjà partie, et ce n'était pas le plus grand des enthousiasmes qui la portait.

En réalité, si la vie l'avait voulu autrement, Léopoldine aurait accepté la proposition de sa fille Justine et elle serait demeurée au Connecticut jusqu'après la période des Fêtes.

— Et si vous restiez quelques semaines encore, avait donc suggéré Justine, à la mi-octobre. Jusqu'aux premiers jours de janvier, est-ce que ça vous irait ? J'en ai parlé avec Jack et il est tout à fait d'accord. C'est très beau, ici, durant le temps des Fêtes, vous savez !

Léopoldine était demeurée silencieuse durant un court moment.

— T'es bien certaine que je dérangerais pas ? avait alors demandé la vieille dame.

— Pas du tout !

— Il me semble que ça fait un paquet de semaines de plus, ça là... Mais je dis pas non, ma fille, s'était-elle empressée d'ajouter, voyant une déception briller dans le regard de Justine. J'vais y penser sérieusement parce que je trouve ton invitation ben tentante. Je te donne ma réponse avant la fin de la semaine. Promis !

Quelques jours plus tard, après mûre réflexion, Léopoldine s'apprêtait à acquiescer à la proposition de Justine et de son mari.

Si elle avait tant hésité, c'était que le nom de Clémence embarrassait son esprit. À un point tel qu'elle en avait rêvé !

En fin de compte, elle avait décidé de ne pas la consulter. Connaissant bien sa fille aînée, Léopoldine craignait une bordée de reproches et de remarques plus ou moins agréables à entendre qui remettraient en question la possibilité séduisante d'accepter la gentille invitation, ce qu'elle ne voulait surtout pas.

De toute façon, pourquoi nier la vérité ?

Aux yeux de Léopoldine, la suggestion de Justine rejoignait intimement la concrétisation d'un rêve qu'elle gardait secret. En vérité, plus elle y pensait et plus elle souhaitait de tout son cœur qu'un jour, elle s'installerait en permanence chez les Campbell.

En attendant d'avoir la témérité d'en discuter avec tous les principaux intéressés, de Clémence à Justine en passant par Jack et Claudette, vivre ici pour quelques semaines supplémentaires serait tout à fait agréable.

En clair, la vieille dame était tout bonnement incapable de dire non à la proposition de sa fille!

Malheureusement, une banale visite d'Ophélie et de son mari, un certain dimanche soir, comme ils le faisaient régulièrement, avait radicalement modifié le cours des choses avant même qu'elle puisse accepter quoi que ce soit.

— Je crois que Claudette a besoin de moi, avait annoncé Ophélie au moment de passer à table.

À l'exception d'Oscar, tous avaient immédiatement tourné la tête vers elle. Ophélie, restée fragile depuis le tout premier instant où elle avait quitté les siens, s'était aussitôt mise à rougir.

Autour d'elle, on avait échangé des regards surpris. Visiblement, Léopoldine en premier, tout le monde avait l'air franchement stupéfait.

— Comment tu sais ça que ta fille Claudette aurait besoin de toi? avait donc demandé la matriarche, estimant que c'était à elle de poser la question. Tu lui envoies des lettres ou quoi?

— Non. C'est Clémence qui m'a téléphoné.

— Ah bon... Clémence, tu dis? Curieux. Avec quel téléphone est-ce qu'elle a pu te rejoindre jusque chez vous, puisqu'aux dernières nouvelles, ma fille s'était toujours pas trouvé un emploi à sa convenance, pis que chez nous, on n'a pas de téléphone? Du moins pour astheure.

— C'est là que vous vous trompez! C'est avec celui que Claudette a fait installer durant votre absence que Clémence a pu m'appeler.

À ces mots, ce fut au tour de Léopoldine d'ouvrir tout grand les yeux.

— Ben voyons donc, toi! Claudette aurait fait installer un téléphone dans mon appartement sans m'en parler?

— On dirait bien que oui.

— Eh ben...

Tout en parlant, la vieille dame secouait vigoureusement sa tête grisonnante, puis elle avait esquissé un sourire en coin, pour ensuite prendre le temps de s'asseoir avant de compléter sa réponse.

— Remarque que ça m'étonne pas de ta fille, avait-elle observé, tout en réalignant ses ustensiles machinalement comme elle le faisait lors de chaque repas. Elle me ressemble un peu, la Claudette. Quand elle a de quoi dans la tête, elle l'a pas dans les pieds. Pis si elle a envie de quelque chose, elle prend les moyens pour l'avoir... C'est de bonne guerre qu'elle aye pensé à faire installer un appareil sans m'en parler parce que c'était dû.

— Comme ça, vous n'êtes pas choquée de savoir qu'elle ait pris cette décision-là sans votre permission? Clémence craignait vraiment que vous soyez fâchée.

Sur ce, Léopoldine avait changé son sourire pour une moue, puis elle avait haussé les épaules avec une visible indifférence.

— Ben non, j'suis pas fâchée. Il y a ben juste Clémence pour avoir des idées pareilles. Pis pourquoi ça me dérangerait, je te le demande un peu?

Un téléphone, c'est pratique dans notre monde moderne. J'suis bien placée pour le savoir, rapport que ça sonne souvent ici, pis c'est jamais pour rien! Tu me donneras le numéro pour que j'appelle Clémence. Mais au fait... Comment est-ce qu'elle a pu savoir ton numéro, elle?

— Ça, c'est à cause de moi, avait alors interrompu Justine. Ça m'inquiétait de savoir ma grande sœur toute seule dans l'autobus qui la ramenait chez vous. Ça fait que je lui ai donné mon numéro et celui d'Ophélie, en cas de besoin.

— C'était une bonne idée, avait approuvé Léopoldine. Pis toi, Ophélie, tu me donneras mon numéro de téléphone à Québec pour que j'appelle Clémence.

Tout en parlant, Léopoldine avait levé les yeux vers Ophélie, assise devant elle.

— Ça va me faire drôle en sacrifice d'entendre la voix de Clémence dans un téléphone, mais je voudrais pas qu'elle s'inquiète pour rien. J'vas lui expliquer que je trouve que ça fait chic de dire qu'on a le téléphone. Ça devrait la calmer... Bon! C'est ben beau, le téléphone, mais le fait d'en avoir un me dit pas pourquoi Claudette aurait besoin de sa mère! Veux-tu ben me dire, Ophélie, ce qui se passe de si terrible pour que tu sentes nécessaire de me parler de tout ça, maintenant? Astheure qu'on sait qu'on a le téléphone, nous autres avec, t'aurais pu te contenter de l'appeler, non?

— Je ne pense pas non. Pas d'après Clémence. Si j'ai bien compris, ça serait un certain Jean-Louis qui serait en arrière de tout ça.

À la mention de ce nom, Léopoldine s'était calée contre le dossier de sa chaise, une grimace mauvaise sur les lèvres et des éclairs de colère dans le regard.

— Ah lui ! C'est vrai que c'est un moyen vaurien. À mon avis, il serait grand temps que quelqu'un le remette à sa place... Pour ça, Clémence a ben raison...

— C'est pour ça que j'ai pensé que ça pourrait être moi qui irais à Québec avec vous au lieu de Justine... En fait, Oscar pis moi, on pourrait aller vous reconduire en auto pis une fois là-bas, on verrait tous ensemble ce qu'on peut faire pour tasser le Jean-Louis qui nuit à Claudette.

— Eh ben... Pis ça serait toi qui ferais ça, en retournant au Québec ? Ben coudonc ! J'aurais jamais cru que tu te sentirais capable de remettre un homme comme Jean-Louis à sa place.

— Je... Je pense que oui. Même si je ne le connais pas.

Ophélie avait jeté un coup d'œil vers Oscar, qui l'avait rassurée d'un sourire.

— Si Oscar est là, avec moi, ça devrait aller, avait alors poursuivi Ophélie. J'ai bien tenu tête à Connor, et lui non plus, il n'était pas facile... En fait, je ne sais pas vraiment ce qui se passe ni ce qui m'attend à l'autre bout du chemin, sinon que Claudette a besoin qu'on l'aide. C'est pour ça que Clémence a pensé à m'appeler.

— Ça, par contre, je peux-tu te dire que ça me surprend un peu...

— Pourquoi ?

Le mot avait eu un mal fou à franchir les lèvres d'Ophélie. Elle avait la gorge serrée, tandis que sa mère s'était redressée et qu'elle avait les yeux braqués sur elle.

— J'ai de la misère à concevoir que Clémence aye pas pensé à moi d'abord. De coutume, c'est moi qui règle les problèmes à la maison. Ensuite, j'ai aussi ben de la misère à te suivre, Ophélie. Ben gros ! Il y a trois ans, quand t'as quitté ton chez-toi, j'ai pensé que tes enfants avaient pas vraiment compté dans ta décision. Oh ! Tu m'as toute ben expliqué tes raisons, pis si je me souviens bien, je t'avais dit que je te comprenais jusqu'à un certain point. Pis mon opinion a pas changé. T'as eu la vie dure avec ton mari, pis je peux accepter que t'ayes voulu changer tout ça. Nous autres, les Vaillancourt, on se laisse pas marcher sur les pieds sans réagir. Mais tes enfants, dans tout ça ? Là, je comprends un peu moins. Tu viendras pas me faire accroire que t'étais une mère éplorée le jour où t'as claqué la porte de ton logement, hein ? La preuve en est que ça fait déjà trois ans que t'es partie, pis t'en parles jamais, de tes enfants... Ça, pour moi, c'est dur à avaler, parce que tu sauras qu'après ton départ, ils l'ont pas eue facile. C'est Marjolaine qui m'a tout raconté...

Pis justement, à propos d'elle, il y a eu ton absence à son mariage qui est pas passée inaperçue non plus... Ça a été, comment dire... plutôt remarqué! Tout ça pour en venir au fait que je comprends pas pantoute que tout à coup tu te sentes obligée de revoir un de tes enfants. Sacrifice! Claudette est pas abandonnée à elle-même, Clémence est là!

— Ben...

Ophélie ne s'était pas attendue à un interrogatoire en règle ni à une analyse pointue de sa vie qui la ramènerait jusque dans son passé le moins glorieux.

Intimidée, au bord des larmes, elle avait jeté un regard alarmé en direction de son ami Oscar. Sans hésiter, ce dernier avait volé au secours de sa compagne.

— Si vous permettez, madame Vaillancourt, j'aimerais bien vous préciser certaines choses.

— Précisez, mon cher, précisez, parce que moi, voyez-vous, il y a des affaires que j'arrive toujours pas à comprendre. Comme de voir que ma propre fille aye pu abandonner ses petits.

— En premier lieu, sachez qu'Ophélie n'a jamais eu la sensation d'abandonner ses enfants. Dans les faits, c'est vrai que ça pouvait ressembler à ça, mais ce n'était pas le cas. Bien au contraire! Si elle a quitté la maison, c'était qu'elle voulait les mettre à l'abri de ce qu'elle aurait pu être tentée de faire...

— Qu'est-ce que vous voulez insinuer par là? avait demandé Léopoldine, les sourcils froncés.

Avant de répondre, Oscar avait consulté Ophélie du regard. De toute évidence, elle n'en menait pas large, même si la mère en elle avait toujours su qu'un moment comme celui-là finirait bien par arriver un jour.

En allant chez sa sœur pour souper, Ophélie n'aurait jamais pu imaginer que son annonce allait susciter autant de controverse, mais on y était bel et bien !

Ophélie avait baissé les yeux, le temps d'une longue inspiration, puis elle avait donné le feu vert à son ami par un petit signe de la tête.

Oscar avait donc reporté son regard vers celle qu'il considérait comme sa belle-mère, malgré l'absence d'un mariage en bonne et due forme avec Ophélie.

— Sachez, madame Vaillancourt, que la tentation de mettre un terme à sa vie a été forte.

— Ben voyons donc, vous !

Léopoldine avait regardé sa fille avec attention, comme pour valider ce qu'elle venait d'entendre, tandis qu'Oscar poursuivait.

— Ophélie n'en parle jamais. Par pudeur, je crois bien. Par gêne, également. On ne parle pas de choses aussi graves sans en ressentir un certain embarras. Mais cette envie de tout laisser tomber pour de bon a été intense à quelques reprises. Avez-vous déjà entendu parler du *baby blues* ?

— Du quoi ?

Léopoldine avait la sensation de tomber des nues. Elle avait regardé Oscar, Jack et Justine à tour de rôle.

— Sacrifice ! Voulez-vous ben me dire de quoi on parle, ici ?

— Nous parlons de *baby blues*, maman. C'est une sorte de dépression qui peut survenir après un accouchement, était alors intervenue Justine. Moi aussi, j'ai connu ça.

— Ah oui ?

Pendant quelques secondes, le regard de Léopoldine avait recommencé son inspection des convives autour de la table, et il s'était finalement arrêté sur Justine.

— Comme ça, si je t'ai ben compris, Justine, j'aurais des filles avec les nerfs fragiles ?

— Selon moi, c'est une façon bien maladroite de voir les choses, avait alors répliqué Justine, mais si vous y tenez, oui, on dirait bien qu'Ophélie et moi, on a les nerfs fragiles.

— Pourquoi d'abord Clémence a jamais été malade des nerfs ? Ni Jeanne d'Arc, d'ailleurs ?

— Parce qu'elles n'ont jamais eu d'enfant, maman... Et rien ne dit qu'elles auraient eu le même problème.

— Ah bon... Mais ça explique pas pourquoi Ophélie a pas voulu assister au mariage de sa plus vieille, par exemple. Ça se peut-tu ce que je suis en train de dire là ? Que les nerfs de ta sœur avaient rien à voir avec le fait de pas vouloir aller au mariage de Marjolaine ?

Léopoldine passait du coq à l'âne, l'esprit et le cœur embrouillés de mille et une émotions qu'elle avait l'impression d'éprouver pour une toute première fois. C'est alors que fort curieusement, et avant que quiconque ait pu intervenir, le souvenir du décès de son mari s'était imposé au milieu de ses pensées, et la vieille dame avait eu l'intuition qu'elle pouvait facilement comprendre ce que ses filles avaient pu vivre.

«Vient un moment, parfois, où la vie se fait tellement dure qu'on aurait envie de tout plaquer», avait-elle alors pensé.

Comme elle à la mort de son Hector.

Ce vent de déprime n'avait pas duré, heureusement, mais il avait été d'une intensité si douloureuse que pendant quelques soirs, Léopoldine s'était caché la tête sous l'oreiller pour crier sa souffrance.

Puis, elle avait pensé à ses filles, que son mari avait tant aimées, et elle s'était ressaisie.

À ce souvenir, Léopoldine avait soupiré. La vie est ainsi faite de hauts et de bas, n'est-ce pas ?

— Ah, pis oubliez donc tout ce que je viens de dire, avait-elle lancé à Ophélie en même temps qu'à tous les convives autour de la table. Je pense, oui, que je peux comprendre ce que vous avez connu. Astheure, si tu nous servais un bol de ta soupe aux pois, Justine, ça m'aiderait à me remettre de mes émotions.

Et ce fut ainsi que le lendemain, se sentant en partie responsable des malheurs d'Ophélie, après tout, c'était elle qui l'avait élevée, et par le fait même de ceux de Claudette, Léopoldine avait annoncé à Justine que pour cette année, elle irait fêter Noël à Québec.

— Pis tant qu'à faire, aussi bien profiter de l'auto d'Oscar. De même, ça coûtera pas une « cenne » à ton mari pour me ramener chez nous.

— Vous êtes bien certaine, maman ?

— Ben oui... Fais-toi-z'en pas pour moi, ma fille, c'est juste partie remise. On trouvera bien une manière de faire pour que je puisse revenir l'an prochain, pis là, promis, j'vas me transformer en tache de graisse tellement tenace que tu seras plus en mesure de te débarrasser de moi.

— Si c'est ce que vous voulez.

Devant cette réponse, Léopoldine avait observé un moment de silence.

— C'est pas ce que je veux, Justine, comprends-moi bien. Mais c'est ça que je dois faire. J'espère que t'es capable de voir la nuance...

— C'est vrai. Je m'excuse.

— T'as pas à t'excuser, ma pauvre enfant. T'as le droit d'être déçue, pis pour être ben franche avec toi, tu sauras que je le suis moi avec. Si je m'étais écoutée, je serais restée ici, avec toi pis ton mari. Ouais, c'est ce qui m'aurait le plus tenté. Mais j'ai bien pensé à mon affaire, la nuit dernière, pis j'en suis venue à la conclusion que si c'est vraiment le

Jean-Louis qui fait des misères à Claudette, on sera pas trop de deux, Ophélie pis moi, pour y tenir tête, parce que c'est un « vlimeux » de la pire espèce... Ouais, c'est un vrai serpent, j'ai juste ça à dire de lui...

À la suite de ces paroles qui avaient ravivé sa colère envers un homme qu'elle avait appris à détester dès leur première rencontre, Léopoldine était restée silencieuse un bref moment. Puis, elle avait offert un sourire un peu triste à sa fille.

— En attendant que je parte, dimanche prochain, qu'est-ce que tu dirais qu'on fasse des gâteaux aux fruits ensemble, toi pis moi ? Ça fait des années que j'en ai pas mangé, pis j'aime ben ça. En plus, à défaut d'être ici, ça me ferait penser à toi, durant le temps des Fêtes.

C'est pourquoi, en ce dimanche d'automne ensoleillé, Léopoldine attendait Ophélie et Oscar pour prendre le chemin du retour. Un œil sur sa valise, le cœur en berne et un gâteau aux fruits bien ficelé dans son papier kraft sur les genoux. Elle partait à contrecœur, c'était certain. Mais elle se disait que s'il était normal qu'Ophélie ressente le besoin de voler au secours de Claudette, elle, c'était pour soutenir Ophélie qu'elle partait.

Et elle ajoutait mentalement, honnête jusqu'au bout, comme elle l'avait toujours été, que dans les deux cas, elle pouvait dire enfin !

* * *

Henry avait longuement tergiversé avec lui-même pour enfin admettre que s'il n'allait pas au-devant de madame Fillion, Marthe de son prénom, il venait tout juste de l'apprendre, il en garderait le regret jusqu'à la fin de ses jours.

En revanche, il n'avait pas la moindre idée de ce qui l'attendait, et ça l'angoissait terriblement.

Non seulement risquait-il de blesser une vieille dame qui méritait assurément mieux que d'être poussée dans ses derniers retranchements, mais ce faisant, il s'exposait aussi à perdre l'amitié de Ruth, et c'était maintenant qu'il comprenait à quel point il tenait à sa présence dans sa vie.

En toute connaissance de cause, allait-il transgresser des lois que la jeune femme avait elle-même instaurées, ou sa mère, il ne savait plus trop ?

Malgré tout ce qu'il avait confié à Marjolaine et à Ferdinand, Henry hésitait encore.

En effet, lorsque Ruth parlait de sa mère, elle la décrivait comme étant une personne de nature primesautière, capable des plus jolies drôleries.

— C'est pour cette raison que je ne m'ennuie jamais lorsque je suis seule avec elle à la maison.

Et c'était pour cette même raison qu'Henry avait souscrit d'emblée à la suggestion de Ferdinand.

Toutefois, ajoutait invariablement Ruth, il n'y avait pas plus méfiante, voire farouche, que cette femme échaudée par un mariage malheureux à l'instant où elle devait ouvrir sa porte à des inconnus. Ce qu'elle ne faisait plus depuis le décès de son mari, d'ailleurs.

En cas de besoin, elle se contentait de crier aux colporteurs de s'en aller, sans pour autant ouvrir le battant.

— Et je peux très bien la comprendre. Elle a vécu l'enfer avec mon père, qui était une vraie brute, un terrible tyran. C'était lui qui décidait de tout chez nous. Depuis les repas qu'il voulait manger jusqu'à la tenue que ma mère devait porter, jour après jour.

— Il était autoritaire à ce point ?

— Oui.

— C'est à peine croyable.

— C'est pourtant la stricte vérité. Malheureusement, après des années de ce régime, il en a résulté pour maman que tous les hommes logent à la même enseigne : doux et gentils le temps de vous séduire, ils peuvent se transformer en animaux sauvages à la moindre contrariété... Je te ferai signe quand j'aurai bien préparé le terrain !

Cette promesse non tenue datait maintenant de plusieurs mois.

Présentement, novembre tirait à sa fin, une première neige était tombée, et Henry n'avait toujours pas donné suite à son engagement de rendre visite à Marthe Fillion. Ce fut un rappel amical de Ferdinand qui lui redonna son erre d'aller.

— Le pire que tu risques, mon vieux, c'est que la mère de Ruth fasse semblant de pas t'avoir entendu frapper et qu'elle réponde pas à la porte.

— Et si au contraire, elle m'entend et qu'elle décide d'ouvrir pour me chauffer les oreilles ?

— Ben tu te laisseras crier des bêtises par la tête sans dire un mot. Tu la salueras poliment quand elle aura fini de te chicaner, pis tu partiras. Qu'est-ce que tu veux faire d'autre ?

— Ouais...

— À mon avis, Henry, si tu restes poli, qu'importe ce qui arrivera, ça pourra pas faire autrement que d'amener la mère de Ruth à réfléchir. Elle peut toujours bien pas garder sa fille sous sa tutelle durant encore bien des années !

— Ça, c'est ce que tu penses, et moi, c'est probablement ce qui me fait le plus peur. Voyons donc, Ferdinand ! Ce n'est certainement pas une simple visite qui pourrait inciter madame Fillion à réfléchir.

— Pourquoi pas ?

— Selon moi, ça va quand même prendre plus que d'entendre le son de ma voix pour améliorer les choses ! *Anyway,* c'est dans ma nature d'être poli et gentil avec les gens.

— Et c'est justement ce que la mère de Ruth a besoin de constater par elle-même, parce qu'après tout ce que tu nous as raconté, tu serais à l'opposé de l'homme qui était le père de Ruth et de tout ce que sa mère a vécu avec son mari... Fonce, tabarnouche !

— Facile à dire, ça là !

— Il y va de votre bonheur, à Ruth pis à toi...

— Je le sais, crains pas.

— Quoi qu'il arrive quand tu vas te présenter à la porte de madame Fillion, selon moi, il y a juste du bon qui va découler de ta démarche. Qu'on t'ouvre ou pas, d'ailleurs.

— C'est à souhaiter.

Et c'était exactement ce qu'Henry allait pouvoir découvrir dans les minutes qui suivraient.

Il avait choisi un dimanche où Ruth devait travailler pour être certain d'avoir les coudées franches.

Depuis le matin, un vilain crachin gommait le paysage et faisait fondre les derniers vestiges de la première neige. C'était une journée triste à mourir, comme l'avait souligné Edmund au déjeuner.

— Même moi, ça ne me dit rien en toute d'aller courir d'une place à l'autre pour livrer des télégrammes pis des messages.

Et il avait raison.

Alors Henry se répétait depuis son réveil que ce temps maussade conviendrait à merveille, advenant que madame Fillion refuse catégoriquement de le rencontrer.

— Il me semble qu'il est déjà assez difficile d'aller voir la mère de Ruth, si le mauvais temps s'en mêle, ça rend la chose encore moins tentante.

— Mais rien ne dit qu'il va y avoir un refus, souligna Darcy avec pertinence, au moment où Henry enfilait son manteau.

À l'exception de Marjolaine et de Ferdinand, seul Darcy avait été mis dans la confidence.

— Mais dans le cas contraire, spécifia Henry, là c'est vrai que je pourrai faire une croix sur un projet d'avenir avec Ruth. Si ma visite fait juste agacer madame Fillion, ou lui fait peur, jamais Ruth ne me le pardonnera.

— On ne sait jamais ce que le Ciel nous réserve, Henry, déclara Darcy sur un ton grave. Mais j'ai pour mon dire que le Bon Dieu, qui voit plus loin que nous, sait ce qu'Il fait. À nous d'accepter ce qu'Il a prévu, au lieu de nous lamenter sur notre triste sort quand les événements ne tournent pas à notre avantage.

— *Damn shit*, Darcy! Tu continues de philosopher, maintenant?

Le jeune homme se détourna pour camoufler la rougeur subite qu'il sentait monter à son visage.

— Appelle ça comme tu veux, se hâta-t-il de répondre pour que l'attention de son frère revienne sur un terrain plus neutre et non uniquement sur lui. Il n'en reste pas moins qu'il y a trois ans, on se demandait bien comment on allait faire sans notre mère, et regarde où nous sommes rendus aujourd'hui! Si ce n'est pas le Ciel qui est intervenu en notre faveur, je me demande bien ce que c'est!

— J'admire ta confiance, mon frère. Je vais m'en inspirer pour trouver le courage d'aller frapper chez madame Fillion... En attendant, souhaite-moi surtout bonne chance.

— Je vais prier pour toi. Ça risque d'être plus efficace.

Ce furent ces quelques mots qui accompagnèrent Henry jusqu'à la rue où habitaient les Fillion.

— Je vais prier pour toi!

Depuis quelque temps, Darcy était de plus en plus sérieux et Henry avait remarqué que ses lectures portaient souvent sur la vie des saints. Et depuis le retour à l'école, en septembre dernier, il arrivait régulièrement que son jeune frère assiste à la messe en semaine, avant les heures de classe. Jusqu'à maintenant, Henry avait réussi à se persuader que c'était la seule façon que ce dernier avait trouvée pour se soustraire aux corvées sans essuyer de reproches.

Mais si c'était autre chose ?

Henry s'arrêta un instant, oubliant même madame Fillion et la mission qu'il s'était donnée de s'attirer ses bonnes grâces. Tout en fronçant les sourcils, le jeune homme remonta le col de son paletot pour se protéger de la pluie qui tombait de plus en plus dru, et il se remit à marcher à pas lents.

Et si c'était un appel à la prêtrise, comme en parlait de temps en temps le curé, tout en demandant à ses paroissiens de prier pour faire fleurir de nombreuses vocations sacerdotales et religieuses, car le monde avait bien besoin de prêtres pour annoncer la Bonne Nouvelle ? Darcy arrivait justement à l'âge de poursuivre ses études en ce sens. Du moins, c'était ce qu'Henry avait toujours pensé. Chose certaine, pour entrer au Grand Séminaire, il fallait avoir complété un cours classique, et si Darcy ne s'y consacrait pas bientôt, il serait probablement trop tard.

Mais était-ce vraiment ce que son frère souhaitait ?

Ce fut sur cette dernière question qu'Henry arriva à la rue où habitaient Ruth et sa mère.

Il s'arrêta brusquement une seconde fois, à l'instant où le nom de son amie se substituait à celui de Darcy.

Henry inspira longuement, regarda autour de lui, puis il se remit à avancer tout en se répétant mentalement la phrase qu'il avait soigneusement préparée afin de se présenter à madame Fillion sans susciter la moindre crainte.

Toutefois, au fur et à mesure où il approchait de la maison, cette précaution méticuleuse lui sembla insuffisante.

Incapable de se tirer à l'eau impulsivement comme il aurait tant souhaité le faire, le jeune homme, qui avait marché d'un bon pas jusqu'à la maison, décida de poursuivre jusqu'au bout de la rue, sans même ralentir vraiment.

«Le temps de prendre un peu plus d'assurance», se disait-il.

Cependant, arrivé à l'intersection, Henry se traita de poltron, tandis que le nom et le sourire de Ruth s'imposaient de plus en plus dans ses pensées. Comment avait-il pu croire qu'il se contenterait d'une simple amitié avec elle?

Alors, il revint sur ses pas, mais toujours aussi indécis. N'allait-il pas commettre un impair majeur, de ceux qui pourraient éloigner Ruth à tout jamais?

La perplexité se lisait jusque sur les moindres traits du visage d'Henry lorsqu'il se retrouva devant le quadruplex en briques brunes. Cette fois-ci, il s'arrêta pour scruter l'étage inférieur du bâtiment.

Il savait que son amie et sa mère habitaient au rez-de-chaussée.

Ce qu'il ignorait, cependant, parce que Ruth ne lui en avait jamais parlé, c'était que pour passer le temps, Marthe Fillion vivait la plus grande partie de ses journées à la fenêtre pour partager à sa manière un chapitre des activités d'une ville qui jadis avait été la sienne à part entière.

Elle avait installé son fauteuil préféré tout près de la fenêtre du salon et elle écartait discrètement un pan de la tenture pour ne rien perdre du spectacle que lui offrait sa rue, principalement le dimanche matin, alors que tous ses voisins se dirigeaient vers l'église pour la messe dominicale. Jusqu'à aujourd'hui, en plus de quinze ans, aucun passant n'avait remarqué la présence inquisitrice de Marthe. Avide de nouveautés et de chaleur humaine, elle observait tout ce qui se passait autour de chez elle depuis son salon.

C'est ainsi que, sans quitter son logement, la dame avait vu la mode changer au fil des années, l'ourlet des robes raccourcir puis rallonger ; elle avait vu naître des enfants et mourir des grands-parents ; et elle avait su sans se tromper qui, de tous ces jeunes gens partis à la guerre, était revenu sain et sauf. Fervente croyante, elle enviait tous les dimanches ceux qui avaient la chance de pouvoir assister librement à l'office.

Voilà pourquoi, lorsqu'elle aperçut ce grand jeune homme à la crinière orangée passer devant chez elle, elle se douta de quelque chose.

Se pourrait-il que ce soit lui, ce gentil jeune homme dont sa fille lui parlait de temps en temps ?

— Il a les plus beaux cheveux roux du monde !

Quand Henry revint sur ses pas et s'arrêta tout juste à quelques pieds d'elle, Marthe Fillion en eut la certitude.

C'était donc lui...

La femme esquissa son sourire tordu, sombre trace d'une mâchoire cassée par un violent coup de poing qui s'était mal ressoudée.

Ruth avait raison, ce jeune homme avait l'air vraiment aimable.

Mais pouvait-on s'y fier ?

Son mari aussi était gentil lorsqu'elle avait commencé à le fréquenter. C'était par la suite que les choses s'étaient gâtées.

Marthe soupira.

Elle se revit au même âge que sa fille, diminuée par une infirmité qui l'avait vue naître avec une jambe plus courte que l'autre. Enfant, elle en avait beaucoup souffert, car elle était souvent un sujet de moquerie. Mais comme l'avait si bien dit sa mère, elle était intelligente et drôle, et elle avait un visage de madone, alors elle ferait tout de même son chemin dans la vie. Ce qui s'était vérifié au fil des années.

Marthe avait donc rencontré le père de Ruth alors qu'elle travaillait à titre de vendeuse chez Ogilvy.

Comme il le dirait lui-même plus tard, c'est sa claudication qui l'avait d'abord attiré.

— J'aime les gens qui font pitié, lui avait-il avoué quelques semaines à peine après leur mariage, à la suite d'une première gifle qui avait envoyé Marthe au plancher, parce que la soupe était trop salée.

Ce fut à partir de ce jour que la vraie nature de son mari s'était révélée dans toute son horreur.

Et ce fut par amour pour leur petite fille que Marthe endura le martyre sans jamais se plaindre, car sa plus grande crainte était que son bourreau se lasse d'elle et s'en prenne à leur enfant.

La mort atroce de cet homme brutal dans les eaux glacées du fleuve, comme on la lui avait racontée, n'avait été qu'une piètre satisfaction pour Marthe, qui n'avait plus que le bleu magnifique de ses yeux en gage de beauté.

Incapable de soutenir plus longtemps le regard des curieux qui se posaient sur elle, déterminée à ne plus jamais côtoyer un homme, c'était de façon tout à fait délibérée qu'elle s'était cloîtrée chez elle.

Si elle avait manqué de compagnie durant les dernières années, cette perte était moins éprouvante et le résultat moins dévastateur que la peur qu'elle avait connue pendant quinze interminables années.

Et voilà qu'à son tour, sa fille était amoureuse. Ruth avait beau dénier la chose, parlant plutôt d'amitié, elle ne pouvait leurrer sa mère indéfiniment, et présentement, celle-ci n'arrivait pas à détacher son regard de ce jeune homme qui, si elle ne réagissait pas rapidement, repartirait comme il était venu, incognito, et personne n'en saurait jamais rien. Surtout pas Ruth. De cela, Marthe était convaincue.

Alors ?

Au même instant, il y eut un coup frappé contre la porte.

C'est à ce moment que la panique lui revint, comme jadis, venue du plus profond de son âme et de tous ses plus douloureux souvenirs, avec une fulgurance qui lui fit monter les larmes aux yeux.

Marthe laissa retomber la tenture de velours cramoisi, cherchant machinalement autour d'elle où se cacher, comme elle le faisait autrefois quand elle pressentait que son mari avait eu une mauvaise journée juste au son de ses pas, et qu'une insignifiance pouvait le mettre en colère. Combien de fois avait-elle prié pour n'être plus qu'une souris, qu'un grain de sable, qu'une poussière afin de disparaître dans les fentes du plancher et qu'on oublie sa présence pour l'éternité ?

Chaque fois qu'elle avait eu peur, elle avait voulu mourir pour ne plus jamais souffrir.

Mais chaque fois que la colère grondait sous leur toit, Marthe pensait aussi à sa fille. Alors, elle se redressait sur ses jambes inégales pour faire face à son mari. S'il lui en voulait suffisamment pour voir rouge et que par la suite, cela lui donnait envie de se servir de ses poings, il s'en prendrait à elle, et il laisserait Ruth tranquille.

Marthe y avait perdu sa santé et sa beauté, mais son bébé avait été épargné. À ses yeux, rien d'autre n'avait d'importance.

Quand le curé venait la visiter, une fois par année, pour qu'elle puisse faire ses Pâques, il voyait en elle une très vieille dame. Pourtant, elle n'avait pas soixante ans.

Et maintenant, il y avait cet homme, à sa porte.

Un inconnu pour elle. Une menace.

Et il détaillait la maison où elle habitait, de haut en bas, comme s'il la cherchait, elle, parce qu'il devait savoir qu'elle ne sortait jamais, tandis que Marthe, au même moment, essayait de comprendre la peur que faisait naître en elle cet étranger.

Pourtant, cet homme ne lui avait rien fait. Au contraire, Ruth disait de lui qu'il était doux et généreux, malgré sa carrure de boxeur.

Elle lui avait même raconté qu'à la suite de la fugue de leur mère, trois ans auparavant, Henry avait pris en charge l'éducation de ses jeunes frères alors que sa sœur jumelle Marjolaine voyait aux filles. À eux deux, ils avaient déménagé tous les enfants de Sherbrooke à Montréal.

Dans la famille de ce Henry dont Marthe avait oublié le nom de famille, ils étaient treize enfants.

Et Ruth aimait cet homme. Il n'y avait aucun doute là-dessus : sa fille était bel et bien amoureuse, quoi qu'elle en dise.

Et si lui était à sa porte, sans en avoir parlé à Ruth, puisque celle-ci ne lui en avait rien dit, c'était probablement qu'il l'aimait en retour.

Un second coup frappé contre la porte la fit sursauter.

— Madame Fillion ? Je m'appelle Henry. Henry Fitzgerald. Je suis un ami de Ruth et j'aimerais bien vous parler.

Malgré la douceur de la voix, Marthe avait peur de lui. Un grand vent de panique faisait débattre son cœur et lui conseillait d'aller se réfugier dans sa chambre.

Mais sa fille aimait cet homme, et Ruth n'était pas une écervelée.

Allait-elle empêcher sa fille d'aimer et d'être heureuse ?

Son mari allait-il continuer de gérer sa vie depuis l'au-delà ? Car c'était bien ce qui se passait, non ? La peur d'un mort entachait son existence, encore plus que son visage défiguré, et c'était l'être qu'elle aimait le plus au monde qui en subissait le contrecoup.

Le geste posé fut la copie conforme du réflexe qui avait marqué toutes ses années de mariage.

Pour protéger sa fille, pour lui donner la chance d'être heureuse, pleinement, Marthe se redressa comme elle l'avait toujours fait, et, obligeant sa peur à reculer, elle se rendit jusqu'au vestibule en boitant.

Puis, pour une première fois en quinze ans, et malgré la terreur qui lui tordait les entrailles, elle ouvrit sa porte à un inconnu.

Chapitre 11

« Dans l'train pour Sainte-Adèle
Y avait un homme qui voulait débarquer
Mais allez donc débarquer
Quand l'train file cinquante milles à l'heure
Et qu'en plus vous êtes le conducteur, hohou
Dans l'train pour Sainte-Adèle
Y avait rien qu'un passager
C'était encore le conducteur
Imaginez pour voyager
Si c'est pas la vraie petite douleur
Oh, le train du Nord »

~

Le train du Nord, Félix Leclerc 1951

Le jeudi 24 novembre 1946,
tôt le matin, dans un terminus d'autobus
dans la basse-ville de Québec

Claudette était partie de la maison de la rue Notre-Dame-des-Anges tout de suite après le déjeuner, au moment où madame Irène était retournée dans sa chambre pour s'habiller et que Jean-Louis n'était pas encore arrivé.

Depuis quelques jours, un baluchon de fortune attendait le moment propice au fond de son garde-robe. Claudette ne pouvait rester plus longtemps ici, car elle était persuadée que c'était la mort qu'elle risquait, rien de moins.

Comme une certaine Sophie, qui, du jour au lendemain, avait quitté la maison de madame Irène sans le moindre préavis, et dont on n'avait plus jamais entendu parler.

Jean-Louis avait eu beau prétendre qu'elle était retournée dans sa campagne, Claudette avait des doutes. Si cela avait été vrai, Sophie elle-même l'aurait annoncé en grande pompe, car c'était dans sa nature de jacasser comme une pie et de tout exagérer.

Comme il semblait ce matin que la surveillance autour de Claudette s'était quelque peu assouplie, celle-ci avait décidé d'en profiter pour lever les voiles.

Et advienne que pourra!

Pourquoi la vigilance s'était-elle relâchée? Claudette l'ignorait totalement et elle ne s'était pas réellement posé la question. En revanche, comme elle estimait n'avoir plus rien à perdre, elle avait profité de la situation. Annonçant à la ronde qu'elle voulait dormir encore un peu, et n'ayant droit à aucune remarque désobligeante, la jeune femme s'était enfermée dans sa chambre en épiant tous les bruits.

Au quatrième claquement de porte, elle sut que la cuisine était libre.

La veille au soir, après que le dernier client avait enfin été parti, elle avait vérifié pour une énième fois le contenu de la taie d'oreiller où elle avait jeté quelques vêtements et des articles de toilette, puisque Jean-Louis avait confisqué sa valise. Dans sa fuite, Claudette n'apporterait que le strict nécessaire. De toute manière et quoi qu'il arrive, elle n'aurait plus besoin pour le moment de toutes ces robes un peu trop chics qui, en fin de compte, n'étaient pas si belles que cela et surtout pas très confortables.

Donc, sans se poser de questions, Claudette attrapa le fourre-tout préparé depuis quelques jours déjà, et, marchant sur la pointe des pieds, elle quitta la maison en catimini.

Pour l'instant, une seule chose comptait, et c'était partir loin de Québec parce que depuis le dimanche où elle avait été obligée de suivre Jean-Louis, sa vie avait été un véritable enfer. Non seulement les clients se suivaient à un rythme à peine soutenable, car, répétait-on à l'envi, Claudette avait une dette à payer, mais si elle voulait sortir prendre l'air, il fallait que l'une ou l'autre de ses compagnes l'escorte.

Sauf Estelle, bien entendu, qu'elle n'avait plus jamais croisée. À croire que celle qu'elle avait follement aimée et en qui elle avait placé une confiance absolue faisait partie de ce sordide complot.

Quitter la maison de madame Irène fut tellement facile que Claudette y vit aussitôt une autre conspiration. On avait tout deviné et on voulait la coincer pour lui faire suffisamment peur pour qu'elle accepte tout ce qu'on lui demanderait de faire.

Dans un instant, quelqu'un s'apercevrait de son absence et lui courrait après pour la ramener dans sa prison vite fait, et lui enlever toute envie de recommencer.

Elle marcha donc jusqu'au terminus à pas rapides, jetant de fréquents regards par-dessus son épaule. Mais personne ne la suivit.

Elle acheta un billet aller simple pour Montréal, tout en continuant de lancer des coups d'œil furtifs autour d'elle.

Toujours personne!

Alors, la jeune femme se réfugia tout au fond de la pièce pour avoir une vue d'ensemble sur la grande salle d'attente.

C'est en s'asseyant que Claudette eut une pensée pour sa mère.

Presque trois ans auparavant, Ophélie quittait la maison et sa famille sans laisser d'adresse.

Avait-elle vécu pareille panique, elle aussi, le jour où elle avait choisi de fuir leur demeure ?

Claudette espéra sincèrement que non, parce que l'angoisse qu'elle ressentait présentement était à peine soutenable.

Enfin, on appela les passagers en partance pour Montréal.

Jamais bouffée d'air frais ne fut plus douce à prendre quand la jeune femme posa le pied sur le quai d'embarquement, et jamais quelqu'un ne fut aussi rapide à monter à bord d'un autobus.

Comme si la jeune femme avait le diable à ses trousses !

Elle n'avait aucune attente particulière, en se sauvant ainsi à Montréal. Elle craignait trop d'être déçue. Après tout, elle avait facilement coupé les ponts avec les membres de sa famille, et à l'exception du jour où Marjolaine s'était mariée, elle ne les avait jamais revus.

Alors, aujourd'hui, elle se contenterait de peu. Se sentir à l'abri du danger serait déjà beaucoup.

Et espérer que Marjolaine pourrait peut-être la conseiller la comblerait de bonheur.

* * *

Le même jour, un peu plus tard en après-midi, Léopoldine, Ophélie et Oscar arrivaient enfin à Québec.

Le voyage avait été agréable, même s'il avait été plus long que prévu.

En effet, malgré une certaine urgence, Oscar avait tout de même tenu à passer par Boston pour que Léopoldine ait la chance de visiter sommairement la ville.

— Il me semble qu'on n'en est pas à deux jours près, non ?

— Ouais... Pourquoi pas ?

La vieille dame ne l'avait pas regretté. Boston était vraiment une belle ville, et si jamais l'occasion se présentait, elle aimerait bien y revenir plus longtemps.

Fourbue mais ravie, elle reconnut cependant qu'en fin de compte, elle était bien contente d'être de retour chez elle.

Sans hésiter, Léopoldine entra donc dans son logement en appelant Clémence d'une voix forte, comme à son accoutumée.

— Clémence ? C'est moi ! J'suis arrivée, avec Ophélie pis son mari... T'es où, coudonc ?

— Dans la cuisine. Je vous attendais avec un peu d'impatience, je l'avoue. Je prépare un gâteau au chocolat pour le souper. Ça m'occupe les mains pis l'esprit parce que...

Clémence s'arrêta brusquement. À cause de Jean-Louis, qui avait débarqué à l'appartement pour lui demander si elle n'avait pas vu sa nièce, par hasard, Clémence s'inquiétait sans bon sens. Il avait même fouillé la maison sommairement avant de repartir en coup de vent. Entendre le son de la voix rocailleuse de sa mère fut un véritable baume sur son anxiété.

Toutefois, elle jugea que ce n'était pas le moment de leur annoncer sans la moindre précaution que Claudette avait disparu.

— Vous pouvez pas vous imaginer à quel point j'suis contente d'entendre votre voix, maman! lança-t-elle cependant avec un soulagement sincère.

— Et moi, c'est la tienne que je suis heureuse d'entendre. Pis? Comment va ma fille?

Ophélie avait pris la relève de sa mère. Debout dans l'encadrement de la porte, elle fixait un regard anxieux sur Clémence.

— As-tu pu lui parler?

— Depuis le début de la semaine, non. Rien de nouveau.

Comment annonce-t-on à une mère que sa fille a disparu? Puis, par un revers inattendu de la pensée, Clémence eut l'impression qu'elle avait déjà vécu cette scène, ici même, dans la cuisine.

Léopoldine venait d'apprendre qu'Ophélie s'était volatilisée, et elle ne comprenait pas ce qui avait bien pu se passer.

Clémence avala sa salive, découragée, ne sachant par quel bout commencer ses révélations.

— Non, j'ai pas parlé récemment à Claudette, mais j'ai peut-être des nouvelles, par exemple, fit-elle prudemment. Prenez le temps de vous asseoir. Je mets mon gâteau au four, pis après, on va boire un bon café avec des petits biscuits secs pendant que j'vas toute vous raconter ça.

En fait, il n'y avait pas grand-chose à expliquer, à l'exception du fait qu'elle avait reçu en début d'avant-midi une visite de Jean-Louis qui cherchait Claudette.

— Pis il avait vraiment pas l'air content.

— Jean-Louis ? Ce n'est pas le nom de cet homme dont tu m'as parlé l'autre jour au téléphone ?

— En plein lui... J'suis restée surprise parce que depuis le fameux dimanche où ta fille est partie avec lui, c'est Claudette elle-même qui me contactait ici une fois par semaine pour me dire que tout allait bien.

— Ma fille va bien ? Voyons donc ! Ce n'est pas ce que j'ai entendu au téléphone... Veux-tu bien me dire ce qui se passe au juste ?

Intriguée, Ophélie jeta un regard perçant à son amoureux avant de revenir à sa sœur.

— Pourquoi d'abord tu ne m'as pas rappelée pour me dire de ne pas trop m'en faire...

— Parce que je la connais, la Claudette, pis elle avait pas le ton de quelqu'un qui saute de joie, si tu veux mon avis, coupa Clémence. C'est vraiment pas mon genre de déranger les gens sans raison... Pis c'est justement pour pas vous inquiéter personne que je voulais pas vous raconter au téléphone comment ça s'est passé le jour où Jean-Louis, enragé comme ça se peut pas, est venu chercher Claudette pour qu'elle aille vivre ailleurs.

— Vivre ailleurs ? s'insurgea Léopoldine, se glissant dans la conversation sans aucune délicatesse. Comme si Claudette était pas bien chez nous ! J'vas lui en faire, moi, à Jean-Louis, de se mêler de ce qui le regarde pas. Comme si une secrétaire devait habiter sur les lieux de son travail.

— C'est de ça, surtout, que je voulais vous parler...
Clémence était rouge d'embarras.

— Claudette est pas la secrétaire de Jean-Louis, comme on l'avait pensé... Je... Saudit que c'est dur à dire, des affaires de même ! Ça me vire toute à l'envers, pis je sais pas trop par où commencer !

— Sacrifice, Clémence, aboutis ! Lâche-nous le « toute à l'envers » parce que c'est vraiment pas le temps de niaiser. Sinon, c'est moi qui vas faire une crise d'apoplexie à force de me tourmenter. Elle travaille-tu pour Jean-Louis, Claudette, ou ben elle travaille pas pour lui ?

— Elle travaille pour lui, mais pas comme secrétaire...

— Ben d'abord, qu'est-ce qu'elle fait comme travail pis où c'est qu'elle est rendue, si tout le monde la cherche ?

— En fait...

C'est à cet instant précis que le téléphone se mit à sonner.

Jamais, de toute sa vie, Clémence n'oublierait la scène.

Elle ne rencontrait aucune difficulté à s'imaginer, assise au bout de la table, rouge cramoisi, essayant tant bien que mal d'expliquer qu'en fait, si la pauvre Claudette s'occupait bien des clients de Jean-Louis, ce n'était pas du tout dans le sens qu'on le croyait, lorsque la sonnerie s'était fait entendre.

Léopoldine sursauta en portant une main à son cœur.

— Sacrifice d'affaire, va falloir que je m'habitue !

Et Clémence, sauvée par l'appel, se précipita vers l'appareil, sans terminer sa phrase.

— Excusez-moi, je reviens !

L'instant d'après, elle se tournait vivement vers sa mère et Ophélie, tout en tenant le combiné contre son oreille.

— Ah ! C'est toi, Dieu soit loué... Quoi ? Ben sûr qu'on était inquiets. Qu'est-ce que tu crois ?

Tout en parlant, Clémence affichait maintenant un sourire éclatant pour rassurer ceux qui surveillaient la moindre de ses paroles. Elle hochait joyeusement la tête, tandis que ses vis-à-vis essayaient de deviner ce qui pouvait bien se dire à l'autre bout de la ligne.

— Qui ça ? Ben ta grand-mère pis moi... Oui, elle est arrivée... Pis ta mère aussi est là, avec son... Oui, oui, ta mère ! Elle est venue des États exprès pour toi... Ben voyons donc, ma belle, faut pas brailler pour ça... T'es donc ben émotive, tout d'un coup... C'est ça, respire à fond... Ouais, lui avec, il s'inquiète, mais peut-être pas pour les mêmes raisons... Il est venu en personne, tu sauras. Pis de bonne heure à matin, à part de ça... C'est à cause de lui si je me suis fait du sang de punaise durant une bonne partie de la journée... Non, j'ai juste dit la vérité, Claudette, j'ai répondu que je savais pas où t'étais, parce qu'à ce moment-là, c'était vrai. De toute façon, même si j'avais été au courant de quelque chose, c'est ça que j'y aurais répondu, il mérite pas d'autre chose. Quoi ? Ben sûr, ma belle. En attendant qu'on aye l'occasion de se revoir, prends soin de toi. C'est ça, oui, à bientôt ! Je te passe ta mère !

Puis, tendant le combiné à Ophélie, Clémence ajouta :

— Tiens, c'est pour toi. Apparence que Claudette est rendue à Montréal chez Marjolaine... Je pense, Ophélie, qu'elle aimerait ben gros te parler.

* * *

Quelques heures plus tôt, l'arrivée de Claudette chez les Goulet avait suscité tout un émoi parce que la jeune femme qui avait frappé à la porte n'avait rien à voir avec l'élégante personne rencontrée lors du mariage de Marjolaine et Ferdinand. Les cheveux hirsutes, sans le moindre maquillage, et une poche de coton à la main, Claudette avait fondu en larmes de soulagement dès qu'elle avait reconnu Kelly, qui continuait de voir aux jumeaux durant la semaine, à cette exception près que dorénavant, elle alternait entre sa maison et celle de Béatrice pour s'en occuper.

Avec sa générosité coutumière, Kelly avait ouvert et la porte et ses bras pour accueillir la jeune sœur de Marjolaine dont elle s'était tout de même souvenue au premier regard.

— Mais rentre voyons! Ne reste pas plantée là à te geler les pieds. Il fait un froid de canard, ce matin.

Quelques instants plus tard, une tasse de thé brûlant à portée de la main, Claudette dévorait tout ce que Kelly et Béatrice plaçaient devant elle.

Parce que oui, la vieille dame qui écoutait la radio au salon s'était empressée de venir voir ce qui engendrait tout ce bruit dans sa cuisine.

Discrètes de nature l'une comme l'autre, Kelly et Béatrice avaient échangé un regard circonspect. De toute évidence, elles se posaient la même question : mais que s'était-il passé pour que Claudette atterrisse ainsi dans leur cuisine, un jeudi matin, les cheveux en bataille et la goutte au nez, sans avoir prévenu qui que ce soit de son arrivée ?

Et quel changement avec la jeune femme élégante qu'elles avaient connue, il y avait de cela à peine un an !

Au même instant, les pensées de Claudette virevoltaient exactement autour du même sujet, incapables de s'arrêter !

Qu'allait-elle pouvoir leur dire pour justifier sa présence à Montréal, un jeudi matin d'automne suffisamment froid pour donner envie de rester bien au chaud, chacun chez soi ?

Et quelle allure !

En temps normal, Claudette n'aurait jamais accepté de sortir de chez elle aussi mal accoutrée.

Mais ce matin…

Son apparence avait été le cadet de ses soucis, et le confort avait totalement éclipsé son impératif besoin d'élégance. Il fallait qu'elle parte, et vite !

Il n'en demeurait pas moins qu'à ce moment-là, bien mise ou pas, Claudette était surprise de constater à quel point elle était affamée.

Les émotions probablement.

L'ensemble des émotions qui l'avaient foudroyée depuis ces derniers mois, lui enlevant une à une toutes les illusions qu'elle avait pu entretenir naïvement face à la vie.

Ce fut l'arrivée des jumeaux, déboulant en trombe dans la cuisine, qui mit un terme au repas de Claudette et à sa réflexion.

Lisette et Adam avaient beaucoup changé en un an. De bébés joufflus et un peu turbulents, ils étaient devenus deux bambins souriants, mais toujours aussi grouillants, à première vue.

Adam était un petit rouquin qui commençait à avoir les pommettes couvertes de taches de son, et Lisette, une jolie brunette aux yeux noisette, à l'identique de tous les enfants de la famille. La plupart du temps, les gens esquissaient un sourire attendri devant eux, mais pas Claudette. Elle les trouvait mignons, certes, mais ils ne faisaient naître aucune émotion particulière en elle.

Puis la jeune femme pensa à sa fugue et à la raison qui l'avait poussée à s'enfuir, et elle détourna le regard, un spasme lui soulevant l'estomac.

Pendant ce court moment, les deux petits observaient la visiteuse avec un même regard curieux, puis, avant que Kelly n'ait le temps de leur présenter Claudette, après tout, elle était leur grande sœur au même titre que Marjolaine et toutes les autres filles de la famille, ils détalaient tous les deux en même temps.

Béatrice éclata de rire.

— Deux vrais petits vire-vent! Mais tellement gentils. Tout le monde devrait connaître la chance d'avoir d'aussi bons enfants.

— Vous avez bien raison, Béatrice. Ils sont adorables.

Sur ce, Kelly regarda chaleureusement Claudette tout en montrant l'assiette vide.

— Bien mangé?

— Très bien... Vos confitures sont tellement bonnes!

— Ce sont les confitures de Béatrice, pas les miennes.

— Et celles de Marjolaine, compléta la vieille dame... Cet automne, on a fait les conserves ensemble, et ça a été un réel plaisir, alors qu'anciennement, je considérais ce temps des réserves pour l'hiver comme une corvée... Et vous, Claudette, comment allez-vous?

— Heu... Je vais pas trop pire.

— Et vous êtes venue voir votre sœur, comme ça, pour le plaisir?

— Si on veut.

— Ah bon...

Visiblement, la curiosité chatouillait Béatrice. Malgré les propos de Claudette et le ton léger qu'elle avait employé, madame Goulet avait des doutes. Selon cette vieille dame à l'esprit alerte, on n'arrivait pas de Québec en semaine pour une simple visite de courtoisie, comme ça, en passant!

Toutefois, puisque Claudette ne semblait pas disposée à donner la moindre explication à sa présence sous son toit, elle respecta son silence et orienta la conversation dans une autre direction.

— Si je ne m'abuse, vous habitez chez votre grand-mère, n'est-ce pas?

Peu encline à discuter des détails entourant son quotidien des dernières semaines, pour ne pas dire des deux dernières années, Claudette acquiesça sans la moindre hésitation.

— Oui, je vis chez ma grand-mère depuis trois ans, maintenant. C'est fou comme le temps passe vite!

— Attendez d'avoir mon âge, jeune fille, et vous verrez que le temps ne court plus, il galope à toute allure.

— C'est drôle! Grand-mère me dit parfois la même chose.

— Chère Léopoldine! Dans sa dernière lettre, elle n'avait que de bons mots pour me raconter son voyage. Est-elle revenue de son séjour aux États-Unis ?

Réfléchissant à toute vitesse, Claudette songea que si sa grand-mère avait été de retour, Clémence le lui aurait sans doute annoncé lorsqu'elle lui avait téléphoné, le dimanche précédent.

— Non, déclara-t-elle sur un ton qu'elle voulait catégorique pour ne pas susciter d'autres questions. Ma tante, elle, est revenue, par exemple, et si je me fie à l'an dernier, ma grand-mère devrait plus tellement tarder.

— Dans ce cas-là, j'espère avoir l'occasion de la revoir bientôt. Nous nous entendons bien, elle et moi... Bon ! Vous allez devoir m'excuser, mais j'aimerais aller vérifier ce que mijotent nos deux chenapans. Leur silence ne me dit rien de bon.

Kelly attendit que Béatrice se soit éloignée pour venir s'asseoir à la table avec Claudette.

Que la jeune femme soit arrivée ainsi à l'improviste avait de quoi surprendre, mais qu'en plus elle trimballe ses effets dans un sac qui ressemblait nettement plus à une taie d'oreiller qu'à un véritable baluchon ou une valise digne de ce nom sentait la fugue à plein nez !

— Et si tu me racontais ce qui s'est passé ?

La question de Kelly était directe sans être agressante. Son regard clair et franc offrait à Claudette toute l'attention du monde. Peu de gens l'avaient observée ainsi au cours des années.

Les coudes appuyés sur la table et le menton posé sur ses mains en coupe, Kelly regardait Claudette sans la dévisager. Tout dans son attitude montrait l'écoute et l'attention, la tendresse et le respect.

Comme un barrage cède sous le grand débit de l'eau, Claudette sentit ses réserves habituelles l'abandonner, se fissurer et craquer de partout.

Alors, elle se mit à parler. D'abord lentement, comme si elle cherchait les mots et les bons souvenirs à raconter. Puis, elle monologua plus vite, avec plus d'assurance, et finalement, elle déversa tout ce qu'elle avait sur le cœur depuis des années, et ses paroles parfois dures crachaient ses désillusions et ressemblaient à une avalanche qui dévale la montagne.

Depuis ses parents qui ne s'étaient jamais cachés pour dire qu'elle n'avait pas été désirée, jusqu'aux jumeaux Marjolaine et Henry qui l'excluaient de leurs jeux.

De l'école qu'elle avait détestée parce que, malgré ses efforts, elle n'obtenait jamais d'aussi bonnes notes que sa grande sœur et qu'on le lui faisait remarquer lors de chaque remise de bulletin, jusqu'au matin où elle était partie pour Québec, le cœur rempli d'espoir.

Elle parla également de ce regard que Jean-Louis avait posé sur elle et du fait que pour une toute première fois, elle s'était sentie jolie.

Elle raconta les restaurants, les cabarets, et les cadeaux qui l'avaient portée à espérer qu'il y aurait un mariage à l'été.

— Malheureusement, c'était juste de la frime, son affaire ! Une manière d'agir pour bien «m'enfirouaper» !

Puis, il y avait eu la dégringolade.

— Elle s'appelle madame Irène... Au début, j'ai cru qu'elle m'aimait bien... Tout comme Estelle, d'ailleurs.

Claudette décrivit alors l'immense demeure qui l'avait éblouie, et toutes ces chambres à l'étage.

— Jean-Louis disait que madame Irène tenait une maison de chambres pour les jeunes femmes de la campagne qui venaient travailler en ville... Il aurait jamais pu mieux dire que ça... Pour travailler, on a toutes beaucoup travaillé !

Alors, sans pudeur, elle avoua qu'il y avait eu des hommes qu'elle avait connus intimement sans les aimer. Des hommes qui payaient ses faveurs parce qu'elle avait une dette à rembourser à Jean-Louis et un loyer à acquitter à madame Irène pour les heures où elle occupait sa chambre.

— J'ai été tellement idiote ! Et dire que grand-mère, elle, avait soupçonné la tromperie depuis longtemps. Elle répétait souvent que Jean-Louis était un charlatan de la pire espèce. Elle avait tellement raison. J'aurais donc dû l'écouter, aussi !

Puis, Claudette raconta l'enfer qu'elle avait vécu, ces dernières semaines, parce qu'elle avait osé rencontrer des clients en cachette, et que Jean-Louis l'avait appris.

— J'étais habituée de voir un homme en colère. Mon père s'emportait pour des niaiseries, des fois, mais c'était rien à côté de Jean-Louis... Même ma tante Clémence a eu peur, et pourtant, il s'en prenait pas à elle. Il en est même venu aux coups avec moi, ça fait que j'ai pas eu le choix, pis j'ai été obligée de déménager chez madame Irène. Pour que Jean-Louis m'aye à l'œil, comme il disait. Pis là...

Claudette se tut brusquement. Une rougeur intense maquillait son visage, tandis qu'une ondée de larmes s'était mise à rouler sur ses joues sans qu'elle cherche à les essuyer. Elle dut prendre une longue inspiration avant d'être capable de poursuivre.

— Il y a surtout...

Claudette pencha la tête pour éviter le regard de Kelly.

— Il y a surtout que je suis enceinte.

Ces dernières paroles avaient été prononcées dans un souffle.

— Ça, j'suis sûre que Jean-Louis va me le faire payer au centuple à la seconde où il va l'apprendre, ajouta Claudette en reniflant, dès qu'elle eut retrouvé une certaine contenance. Comme pour Sophie, qui a disparu un bon matin pis qu'on a jamais revue... Je le savais, moi, qu'elle attendait du nouveau. J'ai vu ma mère assez souvent enceinte pour comprendre que la poitrine nous enfle pas comme ça sans raison... C'est pour ça que je suis ici. Pour me sauver de Jean-Louis et de madame Irène. Je trouvais que chez ma grand-mère, c'était pas assez loin. Pensez-vous, Kelly, que j'vas pouvoir rester ici pendant un bout de temps ?

— Ce sera à Marjolaine et Ferdinand de répondre à ça, mais comme je les connais, je ne serais pas surprise que ce soit oui...

— Je sais bien que c'est gros, ce que je demande là, mais je vois pas où je pourrais me cacher ailleurs qu'ici... Pis en attendant que Marjo revienne de son travail, pensez-vous que je pourrais appeler à Québec ? Je voudrais donc pas que ma tante Clémence s'inquiète pour moi, des fois qu'elle aurait eu vent de ma disparition.

— Pas de trouble, ma belle ! Le téléphone est sur une petite table dans le corridor, juste là, en sortant de la cuisine.

* * *

Delphine fut la première à revenir du couvent, en compagnie de la petite Adèle, qui l'attendait tous les jours à côté de la porte de son école, parce que Marjolaine considérait qu'elle était encore beaucoup trop jeune pour rentrer toute seule à la maison.

— Surtout qu'il y a une rue passante à traverser !

Quant à Patricia et Simone, elles faisaient la route ensemble, après avoir joué avec leurs amies dans la cour parce qu'il y avait des balançoires et un grand carré dallé pour sauter à la corde sans faire lever un nuage de poussière et qu'en hiver, il y avait une petite butte où l'on pouvait glisser.

Delphine dessina un large sourire dès qu'elle aperçut sa sœur.

— Wow, Claudette! Tu parles d'une belle surprise! lança-t-elle avec entrain tout en aidant Adèle à enlever son manteau.

Pour aussitôt se reprendre en fronçant les sourcils.

— Il est pas arrivé de malheur à Québec, j'espère?

— Toujours aussi sérieuse... Mais non, il y a aucun malheur, et même que ce serait une belle... Non, je te le dis pas tout de suite. Je vais attendre que Marjolaine soit là.

— Eh ben... Ça doit être important...

Puis sur une pirouette, Delphine se tourna vers Kelly.

— Donnez-moi deux minutes pour me changer et je prends la relève... Les jumeaux sont pas là?

— Ils sont en haut avec madame Béatrice. Ils regardent le gros catalogue du magasin Eaton qu'on vient de recevoir. Ils ont les yeux grands comme des soucoupes devant les pages de jouets et de poupées!

Kelly n'avait pas terminé sa phrase qu'Adèle filait à l'étage.

— Je les comprends, approuva Delphine en accrochant les vêtements. J'aurais aimé ça, moi aussi, avoir un catalogue de Noël quand j'étais petite... Même si on avait pas de vrais cadeaux, les images m'auraient fait rêver! Mais je suis là qui jase... Si c'est comme ça, vous pouvez partir, Kelly.

Avec Claudette dans la cuisine et madame Béatrice en haut, tout va bien.

Delphine se dirigeait déjà vers le corridor.

— Je reviens dans deux minutes, Claudette! Pendant que je vais préparer le souper, je veux que tu me racontes tout ce qui se passe de bon à Québec... C'est pas des farces, ça fait plus qu'un an qu'on s'est pas vues. Grand-mère et ma tante Clémence sont-elles revenues de voyage?

Sans attendre la réponse, Delphine disparut dans le corridor en chantonnant une ritournelle de Noël. Visiblement, elle était heureuse de revoir sa sœur.

Claudette, qui avait été angoissée tout au long du trajet en autobus en se demandant le genre d'accueil qui lui serait réservé, sentit les larmes lui monter aux yeux une seconde fois.

On lui avait tendu les bras comme jamais elle n'aurait pu l'espérer.

On semblait heureux de la voir comme jamais on ne l'avait démontré auparavant.

Et surtout, Kelly ne lui avait fait aucun reproche sur la vie qu'elle avait menée et sur le fait qu'elle était enceinte.

Ne restait plus qu'à affronter Marjolaine qui, tout au long de leur enfance, n'avait jamais été très tendre avec elle. Les jumeaux, comme on appelait les deux aînés de la famille, avaient leur univers, leur jardin secret, et la porte en était interdite à tous les autres. Même une petite sœur était une intruse à leurs yeux.

Alors, Claudette craignait cette rencontre et la réception que Marjolaine réserverait à sa confession.

Exigerait-elle de consulter Henry ou son mari, avant de lui fournir une quelconque réponse ?

Probablement.

À cette pensée, Claudette eut la désagréable sensation de toujours devoir s'en remettre à un homme pour pouvoir avancer dans la vie.

Puis, elle repensa à l'appel qu'elle avait fait à Québec, et un fragile sourire apparut sur ses lèvres.

Quelle que soit l'attitude de Marjolaine, Claudette possédait un atout pour l'amadouer. Elle annoncerait à toute sa famille que leur mère serait là dès le lendemain.

Une telle nouvelle aurait sûrement le pouvoir d'annuler tous les reproches éventuels.

Chapitre 12

« Ô nuit de paix, Sainte Nuit
Dans le ciel, l'astre luit
Dans les champs tout repose en paix
Mais soudain dans l'air pur et frais
Le brillant cœur des anges
Aux bergers apparaît
Ô nuit de foi, Sainte Nuit
Les bergers sont instruits
Confiants dans la voix des cieux
Ils s'en vont adorer leur Dieu
Et Jésus en échange
Leur sourit radieux »

~

Sainte Nuit, Domaine public / traduit de l'allemand par Armand Bail

*Le samedi 14 décembre 1946,
dans la cuisine des Goulet, en compagnie
de Marjolaine et Ferdinand*

Depuis la veille, il tombait une neige lourde et collante sur la ville. Le potager avait été complètement enseveli sous une épaisse couette immaculée. Dès le déjeuner terminé, les filles étaient sorties pour s'amuser dans la cour en poussant des cris de joie. Même Delphine s'était jointe à leurs jeux.

— On va faire un énorme bonhomme de neige !

Patricia était excitée comme une toute petite fille, et Simone aussi.

— Je m'occupe de la boule pour le corps parce que je suis la plus grande et la plus forte.

— Je vais t'aider, proposa Delphine, qui n'avait jamais été considérée comme l'une des petites de la maison, à cause du rôle qu'elle avait tenu au départ de leur mère. Si on le veut énorme, notre bonhomme, on sera pas trop de deux pour rouler la boule.

— Moi aussi, je veux aider pour le bonhomme !

De plus en plus souvent, Lisette, du haut de ses trois ans, insistait pour se joindre à celles qu'elle appelait « les grandes », tandis que son frère était plutôt celui qui suivait. Alors, si sa sœur voulait jouer dehors, il irait lui aussi jouer dehors sans trop poser de questions ni formuler d'exigences. Pour l'instant, la demande de la petite, faite sur un ton autoritaire, arracha un sourire aux adultes.

— Bien sûr! Qu'est-ce que tu dirais de mettre ses yeux?

— Oh oui!

— Et est-ce qu'on va pouvoir prendre une carotte pour son nez?

— Pourquoi pas? Tu peux la choisir toi-même, Adèle, avant même de sortir dehors.

— Youpi!

— Et moi, je vais aller dans la ruelle pour essayer de trouver des cailloux pour les yeux et la bouche.

— Bonne chance, Patricia! Avec toute la neige qui est tombée depuis hier matin, on ne voit plus grand-chose du paysage d'été.

— Si jamais tu n'arrives pas à trouver de cailloux, tu viendras me voir, suggéra alors Béatrice. J'ai un gros bocal rempli de boutons de toutes les grosseurs et de toutes les couleurs. Tu choisiras ceux que tu préfères.

À partir de ce moment, il y eut un grand brouhaha dans la cuisine. Dans le bac en bois de l'entrée, on dénicha des mitaines sèches pour tout le monde. On récupéra aussi des foulards et des bas de laine pour mettre à l'intérieur des bottes, par-dessus les souliers. Puis, on s'était bousculé pour sortir et maintenant, on entendait les cris de joie qui parvenaient de la cour.

Assis à la table, Marjolaine et Ferdinand profitaient donc d'un moment en tête-à-tête pour siroter un second café, tandis que Béatrice s'était retirée dans sa chambre pour s'habiller et que Claudette dormait encore. Bien au-delà du fait qu'elle soit enceinte, Claudette donnait l'impression d'avoir des jours et des jours de sommeil à rattraper.

— Ça se comprend. Avec la vie particulière qu'elle a menée, elle devait vivre surtout la nuit. Je n'en reviens pas encore que personne ne se soit douté de quoi que ce soit, quand elle est venue à notre mariage. La robe extravagante et coûteuse qu'elle portait aurait dû nous mettre la puce à l'oreille !

— C'est vrai... Mais à notre défense, Marjolaine, ce jour-là, on avait autre chose en tête que la robe de ta sœur.

Les deux époux échangèrent un sourire amoureux.

— Tu as bien raison... Mais si on pense au présent, laisse-moi te dire que je n'en reviens pas encore... La vie de Claudette devait être tellement difficile.

— Pourtant, c'est pas ce qu'elle nous a fait voir.

— Qu'est-ce que tu veux dire par là ?

— Que j'ai vraiment l'impression que le fameux Jean-Louis qui l'a menée en bateau et le fait de...

Mal à l'aise, Ferdinand se tut brusquement et il lorgna furtivement autour de lui. Puis, il jeta un coup d'œil vers la porte qui donnait sur le perron. S'il fallait qu'une des petites entende les mots qu'il avait l'intention de prononcer, il s'en voudrait énormément et pour longtemps.

— Je pense que le fameux Jean-Louis et le fait d'être enceinte sont des choses qui l'incommodent beaucoup plus que d'avoir couché avec des inconnus... Tabarnouche! Juste à dire ces quelques mots, j'en ai des frissons. Mais il en demeure pas moins que lorsque ta sœur en a parlé, l'autre jour, il y avait une sorte de nonchalance dans sa voix qui m'a laissé perplexe. Je... Je comprends pas comment on peut en arriver là.

Le ton de Ferdinand avait baissé d'un cran au moment de prononcer les dernières phrases.

Marjolaine hésita à peine avant d'approuver sur le même ton, tout en hochant la tête.

— Moi non plus, je ne comprends pas... Comment peut-on avoir envie de coucher avec des étrangers? Ça me dépasse... et...

À son tour, Marjolaine regarda autour d'elle.

— Et je t'avoue que ça me dégoûte. Claudette ne sait même pas qui peut bien être le père de son bébé. Pour moi, ça n'a aucune espèce de bon sens! La vie est parfois bien surprenante, tu ne trouves pas?

Et sans laisser la chance à son mari de répondre, elle enchaîna d'une voix plus forte:

— Mais comme je l'ai toujours su, chaque médaille a son revers et présentement, malgré tout ce qu'on pourra en penser, la situation de ma petite sœur nous a permis à tous de revoir notre mère. C'est quand même quelque chose d'heureux, non ?

— Oui, c'est vrai... J'ai jamais vu autant de sourires et de larmes en même temps ! Même Henry avait les yeux tout brillants.

— Ça, par contre, ça ne m'a pas surprise. Il ne le montre peut-être pas, mais c'est un sensible, mon frère... As-tu remarqué ?

— Remarqué quoi ?

— Ma mère ! Elle avait l'air tellement soulagée lorsque les enfants se sont tous précipités vers elle.

— Et très triste aussi quand elle a vu qu'Adèle la reconnaissait pas.

— C'était un peu normal. Pauvre chouette, elle n'avait que trois ans quand *mom* a quitté la maison. Quant aux jumeaux, je ne suis même pas certaine qu'ils ont compris quelque chose à la situation...

— Le contraire aurait été surprenant. Penses-tu qu'un tel rapprochement avec votre mère va permettre plus de rassemblements en famille ?

— Aucune idée.

— Alors peut-être avec votre grand-mère ? Elle habite quand même moins loin.

— C'est vrai. J'aimerais bien la voir plus souvent... Si on s'arrête pour y réfléchir un peu, Léopoldine Vaillancourt est une grand-maman qu'aucun enfant ne connaissait, il y a de ça à peine quelques années... L'autre soir, avant de m'endormir, je me suis demandé à quoi aurait pu ressembler notre vie à tous si les liens avaient été maintenus entre notre mère et sa famille.

— Ça, on le saura jamais.

— C'est vrai... Dommage... Alors, j'espère que l'avenir contrastera avec ce passé et qu'on va se voir plus régulièrement.

Après un instant de réflexion et un long soupir un peu triste, la jeune femme constata :

— Quelle drôle de famille que la nôtre !

Sur ce, elle échangea un second sourire rempli de tendresse avec son mari.

Encore aujourd'hui, Marjolaine ne pouvait s'empêcher de croire qu'elle avait eu une chance inouïe de croiser la route d'un homme comme Ferdinand et surtout celle de l'épouser. La seule ombre qui planait sur eux était de ne pas arriver à concevoir un bébé.

— Cessez de ne penser qu'à ça, avait conseillé le médecin que Marjolaine avait consulté.

— Mais je ne pense pas qu'à ça ! s'était offusquée la jeune femme. Avec toutes mes petites sœurs à la maison, les travaux de rénovation qui m'ont occupée tout l'été et mon emploi de téléphoniste chez Bell, je n'ai pas vraiment le choix de penser à mille et une choses en même temps.

— Il faut croire que ça ne suffit pas.

— Pourquoi vous dites ça ?

— Parce que ça fait trois fois en quelques mois que vous venez me voir ! Mais je vous l'ai confirmé et je vous le répète : je ne peux rien faire de plus que d'essayer de vous convaincre qu'à première vue, rien ne vous empêche d'espérer tomber enceinte. Donnez une chance à la nature de travailler à son rythme et tout va bien aller! Ce n'est peut-être qu'une simple question de surmenage. Vous venez de le dire : vous devez être partout à la fois !

— J'espère tellement que vous avez raison !

Et voilà que celle qui n'avait jamais voulu d'enfant était enceinte contre son gré et que celle qui rêvait d'en avoir un se languissait du jour où ce petit bébé serait en route.

Maintenant que tout le branle-bas de l'été était derrière eux, Marjolaine avait recommencé à y penser chaque jour, à cet enfant qui se laissait tant désirer. Jamais elle n'avait prié avec autant de ferveur, promettant de réciter des kyrielles de chapelets et de faire chanter des messes si le Ciel exauçait ses prières. Pour faire volte-face chaque mois et se mettre à en vouloir à Dieu avec une passion tout aussi dévorante.

— Sais-tu à quoi je pense ?

Marjolaine sursauta. Encore une fois, elle s'était perdue dans une réflexion qui tournait autour de la maternité. Le médecin n'avait pas complètement tort quand il affirmait qu'elle devrait passer à autre chose.

— Non, Ferdinand. Je n'ai pas la moindre idée de ce que tu vas me dire.

— Si on organisait un réveillon ?

— Pour Noël ?

— Exactement. Les O'Brien ont leur réveillon du Nouvel An et nous, on pourrait avoir celui de Noël ! Qu'est-ce que tu en penses ?

— C'est une idée...

Marjolaine détailla la cuisine, immense avec sa grande table de réfectoire. La maison était devenue une belle grande résidence, l'espace ne manquait pas, les bras pour préparer un repas non plus, et les filles seraient heureuses.

— Pourquoi pas ? Savez-vous, monsieur mon mari, que vous avez parfois d'excellentes idées ?

— Je sais !

Heureux de voir que Marjolaine adhérait à sa proposition, Ferdinand redressa les épaules.

— Et si on invitait ta mère à se joindre à nous ?

— Tu penses ? Venir du Connecticut en hiver, il me semble que ça fait un peu loin, non ?

— Ce sera à eux de décider. Son ami et elle n'auront qu'à prendre le train, si la route les effraie.

— Par contre, si elle accepte, c'est certain qu'il va falloir convier ma grand-mère et ma tante Clémence aussi.

— Je crois que ça ferait plaisir à ma mère de revoir ta grand-mère.

— Justement, en parlant de ta mère... D'abord et avant tout, c'est avec elle qu'on doit discuter de ce projet. Elle n'est plus très jeune et ce qui nous apparaît comme l'occasion d'organiser un beau moment de réjouissances pour tous les nôtres sera peut-être une montagne pour elle.

— C'est vrai.

— En revanche, si elle est d'accord, on mettra tout ça en branle et on dressera la liste des invités.

Sur ce, Marjolaine se leva de table. Ferdinand avait lancé une proposition séduisante. Préparer un réveillon, ce serait une autre belle façon de se changer les idées.

Parce qu'à force de penser à cet enfant qui n'était toujours pas là, la jeune femme avait l'impression qu'elle allait devenir folle.

Elle allait passer la période des Fêtes en essayant d'en profiter au maximum, puis elle reparlerait d'avenir avec Ferdinand qui, même s'il ne disait rien sur le sujet, devait être malheureux tout comme elle.

* * *

Depuis une semaine, la maison bourdonnait comme une ruche d'abeilles butineuses, car naturellement, Béatrice avait été ravie d'acquiescer à la suggestion de son fils.

— Une grande réception chez nous? Mais quelle joie! Nous allons inviter Léopoldine, n'est-ce pas?

Une Léopoldine qui s'était empressée d'accepter l'invitation, cautionnée en ce sens par Clémence, qui ne demandait pas mieux que de revoir Claudette, dont elle s'ennuyait beaucoup.

— C'est ben beau le téléphone, avait-elle fait remarquer à sa mère, mais c'est pas comme d'être en personne avec ceux à qui on pense souvent.

— Bien dit ma fille! avait approuvé la vieille dame. Astheure, tu comprends pourquoi je tiens tant à retourner au Connecticut.

— Ouais...

— Fais pas ta face de malcommode! C'est toujours ben pas de ma faute si j'aime ça, moi, être avec Justine... On a des atomes crochus, elle pis moi... Penses-tu que ça serait impoli de demander à Marjolaine d'inviter sa tante Justine à son réveillon?

— Aucune idée. Moi pis la bienséance, ça fait deux, pis vous le savez. J'ai tout oublié ce que les sœurs de la petite école nous ont enseigné. Saudit! Ça fait quasiment cinquante ans de ça, pis on peut pas dire qu'on a reçu du monde tellement souvent... Pensez-vous que ma robe pour le mariage va être trop chic pour un réveillon?

— À mon tour de dire que je le sais pas, mais va falloir que ça fasse parce qu'on a pas les moyens de s'acheter des toilettes neuves à tout bout de champ... Sacrifice que j'ai hâte à Noël! Je me sens comme une vraie petite fille!

La seule qui ne participait pas aux préparatifs avec enthousiasme était Claudette, et pour cause!

Après avoir éprouvé une angoisse viscérale de voir apparaître la face enragée de Jean-Louis dans la fenêtre de la porte d'entrée, puis après avoir connu les matins de nausées qui avaient succédé à l'envie irrépressible de dormir tout le temps, Claudette en était venue à se livrer à une profonde réflexion sur son avenir.

En effet, une fois le bébé au monde, qu'allait-elle devenir ? Comment allait-elle gagner sa vie ? Et où pourrait-elle s'installer suffisamment loin de Jean-Louis et de madame Irène pour qu'ils ne puissent jamais la retrouver ? Claudette n'en avait pas la moindre idée.

En revanche, la possibilité de les voir ressurgir dans sa vie était une vraie inquiétude, une source de panique qui la faisait parfois sursauter lorsqu'on frappait à la porte.

Alors qu'à peine quelques semaines auparavant, Montréal lui avait semblé la ville idéale pour se soustraire à ceux qui causaient ses cauchemars, aujourd'hui, elle n'en était plus aussi certaine. Si sa grand-mère pouvait venir fêter Noël avec eux, Jean-Louis était sûrement capable de la retrouver à Montréal, même si elle y était bien cachée.

— En plus, il roule dans un char de l'année, pas en autobus ! C'est encore plus facile pour lui.

Toutefois, la conviction inébranlable qui émanait de toutes ces heures de questionnements était qu'elle ne voulait surtout pas s'embarrasser pour le reste de ses jours d'un enfant qu'elle n'avait pas du tout désiré.

— Pis même si j'avais été en amour par-dessus la tête avec le père, j'suis pas sûre pantoute que j'aurais eu envie d'un bébé.

Que dire maintenant d'un petit dont elle ignorait l'identité du père ?

Claudette n'avait qu'à penser à la vie menée par sa propre mère pour se dissuader de vouloir une famille un jour.

En réalité, elle ne concevait qu'une seule solution à sa situation immédiate, et c'était de demander de l'aide à l'hôpital de la Miséricorde, avant que son état soit assez visible pour susciter des questions. Parce que présentement, il n'y avait que sa mère, Marjolaine, Kelly et Ferdinand qui étaient au courant de sa condition.

Et Claudette jugeait que c'était amplement suffisant.

En revanche, comme «cela» ne se voyait pas du tout, la jeune femme avait choisi de passer la période des Fêtes dans sa famille.

Puis, elle s'éclipserait pour ne reparaître que le jour où ce malheureux épisode de sa vie serait derrière elle. Elle s'inventerait un voyage d'agrément, ou un travail au loin, pour justifier son absence de quelques mois.

Et afin d'entourer cette naissance du plus de discrétion possible, le mot «adoption» était devenu pour elle une véritable bouée de sauvetage. Ensuite, quand elle aurait retrouvé une certaine liberté, elle pourrait enfin caresser des projets d'avenir.

* * *

En moins de quelques jours, le réveillon s'était transformé en célébration, et l'idée en était venue à

Ferdinand lorsqu'Henry lui avait annoncé, tout heureux, qu'il allait se fiancer.

— Tu ne m'auras jamais si bien conseillé, Ferdinand, que la fois où tu m'as convaincu d'aller frapper à la porte des Fillion, avait reconnu Henry, quelques semaines après sa visite à Marthe Fillion. Non seulement la mère de Ruth est une femme vraiment gentille, mais elle a accepté sans la moindre hésitation de m'accorder la main de sa fille. On se fiance à Noël et on se marie l'été prochain.

— Je me doutais bien que t'avais rien à perdre ! Et si toi tu te fiances à Noël, nous, on a l'intention d'organiser un réveillon et ta mère va même être des nôtres !

— Ah oui ?

— C'est comme je te dis ! Oscar et ma belle-mère ont accepté notre invitation, et malgré la distance, ils ont promis d'être là.

— C'est vraiment une bonne nouvelle ! Un réveillon...

Il y avait du rêve dans la voix d'Henry. Enfant, il avait tellement souhaité pouvoir festoyer comme tous ses amis à l'école.

— Un réveillon comme celui chez Neil et Kelly ? avait-il alors demandé avec une pointe d'excitation dans le ton. Avec plein de monde et de la musique ?

— À peu près, oui. Sauf qu'on invitera pas les voisins et que la musique sera celle du tourne-disque. On s'est dit que la famille se suffirait à elle-même, et que la danse, c'est surtout pour le jour de l'An.

Alors, si ça te tente, on pourrait en profiter pour souligner vos fiançailles, à Ruth et toi.

— Je lui en parle et à sa mère aussi, et je te reviens là-dessus...

Depuis sa rencontre avec madame Fillion, Henry ne portait plus à terre. Son humeur était revenue au beau fixe, au grand soulagement de Marjolaine, qui reconnaissait enfin son frère.

— Et où comptez-vous habiter ? lui avait-elle demandé après l'avoir félicité pour l'heureuse nouvelle, une nouvelle qu'elle connaissait déjà puisque Ruth l'avait mise dans la confidence, l'exhortant à garder le secret. Dans ton appartement ou dans celui de madame Fillion ? Et que feras-tu des garçons ?

— On n'est pas rendus là, Marjo. Une étape à la fois. On commence par nos fiançailles, et on verra à la suite par après. Quoi qu'il en soit, pas question pour moi de laisser tomber mes frères. Là-dessus, Ruth est d'accord avec moi, et sa mère aussi... On va trouver une solution. Et pour les fiançailles, on dirait bien que ça va se faire en deux parties. Une première avec madame Fillion, comme on l'avait déjà prévu, et si vous êtes capables de garder le secret, on fera l'annonce officielle durant le réveillon.

— Et pourquoi madame Fillion ne se joindrait pas à nous ?

Une ombre était alors passée sur le visage d'Henry, et sa voix s'était faite grave, presque solennelle.

— Je te connais assez pour savoir que ton intention est la meilleure qui soit, mais cela ne sera pas possible. Quand j'ai frappé à sa porte et qu'elle m'a ouvert, j'ai vite compris ce que Ruth cherchait à me dire lorsqu'elle parlait de sa mère. Jamais je ne pourrai insister si celle-ci ne veut pas sortir de chez elle. Je crois que cette femme a suffisamment souffert du regard des autres pour mériter mon respect. Et ne m'en demandez pas plus. Ce sera à Ruth d'en discuter si jamais elle souhaitait le faire un jour.

Puis, se tournant vers Ferdinand, Henry avait changé sa voix du tout au tout pour solliciter son aide.

— J'aimerais bien que tu viennes avec moi pour choisir une bague. Rien d'extravagant, Ruth est une femme discrète.

— Pas de trouble. J'ai congé samedi prochain.

Ce fut ainsi que d'une invitation à une autre, d'un menu à un autre, Béatrice et Marjolaine réussirent à planifier un réveillon qui, sans être trop copieux, saurait plaire à tous et rassasier tout un chacun.

— D'autant plus qu'on va être nombreux.

À ces mots, Marjolaine se tourna vers Béatrice qui, assise au bout de la table, resplendissait à l'idée de revoir Léopoldine.

— Nombreux, vous dites ? On va sûrement dépasser les vingt-cinq personnes ! lança la jeune femme. Je n'ai jamais organisé de repas chaud pour autant de convives !

— Et moi non plus... Toutefois, à mon avis, ce n'est pas obligatoire de servir un véritable festin au beau milieu de la nuit. Qu'est-ce que tu penserais si on optait plutôt pour un buffet?

— Tout à fait d'accord avec vous.

— Et quand j'ai parlé de notre projet à Kelly, elle a promis de cuisiner les desserts pour nous. Elle va doubler ses recettes et comme ça, elle en aura pour sa fête du jour de l'An aussi.

* * *

Si Ophélie avait accepté l'invitation, ce n'était pas uniquement pour se joindre à ses enfants afin de fêter Noël, mais bien pour créer une occasion de parler en tête-à-tête avec Claudette.

— Il y a certaines choses qui ne se disent pas au téléphone, avait-elle précisé à Oscar, avec qui elle venait de discuter de la situation de sa fille. Je veux la regarder dans les yeux quand je lui ferai notre proposition. Je dois être bien certaine que personne ne va l'influencer et que ce sera sa décision à elle.

Quand Marjolaine lui avait demandé si elle désirait un billet pour la messe de minuit, spécifiant du même coup que Claudette garderait les jumeaux durant l'office qui était trop long pour deux si jeunes enfants, Ophélie avait donc décliné son offre.

— Et j'en profiterai pour aller voir Claudette pendant que tout le monde sera à la messe de minuit, avait-elle précisé à Oscar. C'est pour la bonne cause, et le Bon Dieu ne nous en voudra pas pour ça.

La soirée du 24 décembre était digne d'un conte de Noël.

Une neige fine tombait sur la ville. La brise était douce et toutes les lumières de l'église brillaient de mille feux, attirant les regards. Par la grande porte entrouverte, on entendait l'organiste qui répétait les cantiques.

Chez les Fillion, l'atmosphère était à la fête devant un repas soigné et Ruth jetait de fréquents coups d'œil sur cette bague ornée d'un solitaire qu'Henry lui avait offerte en présence de Marthe, qui avait laissé couler des larmes de bonheur. Son instinct lui dictait que ce bel Irlandais saurait rendre sa fille heureuse. Après la messe de minuit à laquelle les tourtereaux assisteraient plus tard en soirée, Henry s'était entendu avec le vicaire de la paroisse pour qu'il les bénisse, comme Marjolaine et Ferdinand avaient fait avant eux.

Chez les O'Brien, la cuisine de Kelly embaumait les derniers biscuits mis au four par Shanna, tandis que tous les garçons de la famille, Neil en tête, s'activaient autour de la patinoire, dont l'inauguration aurait lieu dans le courant de la semaine.

Selon une tradition familiale, la seule qui ait existé chez les Fitzgerald de la rue Frontenac à Sherbrooke, quand venait la nuit de Noël, Marjolaine avait envoyé toutes les filles au lit vers sept heures trente.

— Et que je n'en voie pas une se lever avant onze heures. Sinon, pas de réveillon pour les bougons qui n'auraient pas assez dormi ! Et ça vaut pour toi aussi, Delphine !

— Ne crains pas ! J'ai suffisamment étudié et cuisiné durant la dernière semaine pour être complètement exténuée. Je vais m'endormir comme un nourrisson dès que ma tête va toucher l'oreiller.

Quand Patricia, secondée par Simone, avait commencé à protester parce qu'elles n'étaient plus des bébés, c'était Béatrice qui avait pris la relève de Marjolaine pour les convaincre d'aller au lit.

— Ce n'est pas une question d'âge, les filles.

— Ah non ?

— Mais non. C'est uniquement pour que vous soyez assez en forme pour veiller toute la nuit ! Moi aussi, je vais faire la sieste.

À huit heures, tout le monde dormait.

Un peu plus haut, sur la rue Sherbrooke, même si Léopoldine était légèrement déçue que Justine et son mari aient préféré rester avec leurs enfants, ce qu'elle comprenait cependant très bien, elle était assez avisée pour profiter au maximum de la chambre d'hôtel que Ferdinand avait tenu à leur offrir pour la nuit.

— Te rends-tu compte, Clémence ? Toi pis moi dans une chambre d'hôtel ! J'en reviens pas encore...

Depuis leur arrivée à Montréal, Léopoldine était intarissable. Même Clémence ne la reconnaissait pas !

— C'est la première fois de toute ma vie que j'vas dormir dans un hôtel chic comme les bourgeoises chez qui je faisais le ménage quand vous étiez plus jeunes, commenta la vieille dame, en jetant un œil circonspect autour d'elle.

Mais rien à reprocher, pas le moindre grain de poussière, tout était impeccable.

— Elles m'en ont-tu assez parlé de leurs voyages pis de leurs vacances, poursuivit Léopoldine sur ce ton surprenant que Clémence affectionnait au-delà des mots pour l'exprimer! Pis là, c'est à mon tour. Comme quoi la vie nous réserve des beaux cadeaux, n'est-ce pas? Avant de partir pour la messe de minuit, fais-moi penser d'acheter une carte postale dans le *lobby* pour garder un beau souvenir de notre nuit à l'hôtel Berkeley... D'habitude, j'aime pas les mots anglais parce que c'est difficile à prononcer, mais là, je trouve que ça fait chic. Je me demande ben dans quelle chambre Ophélie pis son Oscar vont dormir. Le sais-tu, toi?

En effet, conseillé par Ferdinand, Oscar avait loué une chambre au même hôtel. Le lendemain, au matin de Noël, Ophélie et lui déjeuneraient en compagnie de Léopoldine et Clémence. Une table était déjà réservée pour quatre personnes. Ensuite, Oscar irait conduire sa belle-mère et sa belle-sœur à la gare pour qu'elles puissent prendre le train afin d'arriver à Québec avant la fin de la journée. Comme Ophélie l'avait dit à sa mère au téléphone, ce serait leur cadeau de Noël.

Mais avant...

Ophélie avait attendu que les douze coups de minuit sonnent au clocher de l'église la plus proche avant de quitter l'hôtel. Depuis le souper, elle avait tourné en rond dans leur chambre, incapable de calmer l'appréhension qu'elle ressentait comme une boule dans l'estomac.

— Je veux être bien certaine que Claudette va être toute seule. Je veux qu'elle prenne sa décision sans aucune influence... et non seulement pour me faire plaisir. Comme moi je l'ai fait à la naissance des petits jumeaux. Les circonstances sont différentes, c'est sûr, mais en même temps, je comprends tellement bien ce qu'elle doit être en train de vivre.

Quand Ophélie avait retrouvé sa fille, à la fin du mois de novembre, ce qu'elle avait lu dans ses yeux ressemblait trop à cette crainte viscérale qu'elle avait ressentie, elle aussi, pour qu'elle puisse rester indifférente à son désarroi. De toute évidence, Claudette ne voulait surtout pas être retracée. Le pourquoi de la chose n'avait aucune importance pour Ophélie, mais les mots employés, les regards jetés à répétition autour d'elle disaient la peur et l'envie de s'en aller loin, très loin.

C'est de cela qu'Ophélie avait longuement discuté avec Oscar, tout au long de la route les ramenant à Hartford. Elle lui avait tout dit, tout raconté ce que sa fille lui avait confié, malgré la promesse de se taire.

« Tant pis, s'était alors dit Ophélie en arrivant chez elle. Claudette a besoin de soutien et sans Oscar, je ne peux rien faire. »

Et c'était ce soir, dans quelques instants, qu'elle pourrait peut-être aider Claudette.

Quand ils furent rendus devant la maison des Goulet, Oscar s'arrêta, puis il glissa sa main gantée sous le menton d'Ophélie pour que celle-ci lève les yeux vers lui.

— Maintenant, tu continues toute seule. C'est de sa mère que Claudette a besoin. Moi, je ne suis qu'un accessoire dans toute cette histoire.

— Mais un accessoire essentiel... Si tu savais à quel point j'ai le trac.

— Tu n'as aucune raison d'avoir peur.

— Tu crois vraiment? Je n'ai pas été une bonne mère pour ma fille, tu sais, murmura Ophélie en dégageant son visage pour se tourner vers la maison. Je lui reprochais intérieurement d'être née aussi vite après les jumeaux, comme si elle y était pour quelque chose, et je ne me suis pas gênée pour le lui répéter quand elle était trop agitée. J'ai été abominable avec elle.

— On dirait bien que la vie t'offre la chance de te rattraper. Ne la laisse pas passer.

— Mais pourquoi Claudette voudrait-elle m'écouter?

— Parce qu'elle se sent seule et que la moindre main tendue peut ressembler à un véritable miracle.

— Ouais... Je vais essayer. Je n'ai jamais voulu de mal à mes enfants. Jamais. Mais j'ai toujours cru que je n'étais pas la mère dont ils auraient eu besoin, que je n'étais pas à la hauteur... Avec trois enfants, je me sentais déjà dépassée. Imagine maintenant comment je me sentais avec treize!

— Je sais. Tu me l'as souvent raconté. Mais je t'ai toujours répondu que ça ne faisait pas de toi une mauvaise personne pour autant.

— Ça, c'est toi qui le dis... Moi, je ne sais plus. J'ai peur, Oscar. Pourquoi serais-je une meilleure mère aujourd'hui?

— Arrête de te poser des questions et fonce. N'est-ce pas pour cette raison qu'on a accepté l'invitation de Marjolaine?

— C'est vrai. Pour que j'aie la chance de parler à Claudette en personne et de fêter avec tous mes enfants.

— Exactement... Allez! La messe ne durera pas une éternité, et c'est maintenant que tu dois discuter avec ta fille. Sinon, après, il sera trop tard.

Quand Ophélie frappa à la porte de la cuisine, elle crut entendre un petit cri à l'intérieur. Alors, sans attendre, elle baissa le loquet et ouvrit le battant.

Assise sur la chaise berçante de Béatrice, Claudette était emmitouflée dans une couverture à carreaux. Par réflexe, elle l'avait remontée jusque sous son menton, comme si elle voulait se protéger. Peut-être du froid qui se glissait dans la pièce par la porte entrouverte?

Oui, peut-être.

Pourtant, Ophélie n'y croyait pas. Il y avait trop de détresse dans le regard qui se levait vers elle.

Elle fit donc un pas dans la cuisine, secoua ses chaussures couvertes de neige mouillée sur le paillasson, puis elle ôta ses mitaines et dénoua son foulard.

Ophélie savait très bien qu'il lui fallait parler avant que les autres reviennent, mais le courage lui manquait et les mots ne lui venaient pas.

C'est alors que, désespérée, elle tenta de se souvenir de ce qu'elle-même aurait aimé entendre quand elle avait fui la maison, à l'époque où elle vivait cachée à Coaticook, le temps de ramasser un peu d'argent pour se rendre tellement loin du Québec que personne ne la retrouverait.

Mais cette pensée ne faisait naître qu'une sensation qui était restée enfouie au creux de sa mémoire.

Comment partage-t-on une impression?

Celle d'être seule au monde, abandonnée, et que cela durerait jusqu'à la fin de ses jours? C'était lourd, si lourd à porter, et pourtant, Ophélie se souvenait très bien qu'elle se sentait légère de cette liberté qu'elle s'était donnée, pour éviter de commettre l'irréparable. Puis, chaque fois qu'elle avait cru toucher le fond du baril, le nom de sa sœur Justine la ramenait toujours à la surface. Même si celle-ci ne l'attendait pas, Ophélie avait osé croire qu'elle l'accueillerait à bras ouverts et que la vie, sa vie, finirait par recouvrer une certaine raison d'être.

Et en ce moment, un des passages obligés de son existence avait pour nom Claudette.

Avec Justine et Oscar, la guérison s'était faite petit à petit, malgré la peur qui perdurait encore un peu aujourd'hui. Au moins, Ophélie se savait entourée de gens qui l'aimaient, et elle avait retrouvé sa famille.

Tout au long de cette réflexion qui n'avait duré que le temps d'un long soupir et s'était résumée à une bouffée de tendresse inattendue, Ophélie avait fait les pas qui la séparaient de sa fille sans la quitter des yeux.

Chez les Fitzgerald, tout comme chez les Vaillancourt, d'ailleurs, on n'avait jamais été portés sur les effusions, sur les démonstrations tapageuses d'émotions, sauf pour les impatiences et les colères. Alors, Ophélie s'arrêta à deux pas de Claudette sans oser s'approcher suffisamment pour la toucher.

Et là, à cause de cette infinie tristesse que la mère voyait dans les yeux noisette de sa fille, les mots se mirent à s'enfiler les uns après les autres, comme si elle traversait un pont entre sa propre vie d'avant et celle d'aujourd'hui.

— Je... Je n'ai pas toujours su dire les choses. Personne ne m'avait appris à le faire. Cependant, je sais reconnaître la peur et la détresse dans un regard parce que je les ai connues. Et c'est ce que j'ai vu dans tes yeux. Je ne veux pas que l'une de mes filles soit aussi malheureuse que je l'ai été. Qu'est-ce que tu dirais de venir vivre chez nous, Claudette ?

— Au Connecticut ?

— Oui, à Hartford, là où j'habite.

— Et votre ami, lui ?

— Oscar ? C'est un homme chaleureux et généreux... Il fait dire que tu serais la bienvenue. Après tout, tu n'es pas vraiment une étrangère. Tu es ma fille, et tu as de la famille là-bas. En plus de ta tante et de ton oncle, tu as aussi des cousins, une cousine...

— Je sais, ma tante Clémence et grand-mère m'en ont parlé. Mais comment voulez-vous que ces gens que je connais même pas m'acceptent ? Je suis...

— Tu es enceinte, je sais. Mais quelle importance ? Tu choisiras comment expliquer ta situation. On inventera une histoire de mari décédé, si c'est ce que tu décides. J'en ai parlé avec Oscar et il est d'accord avec moi... Et si jamais tu voulais garder le bébé, il n'y...

— Non ! Non, je veux pas le garder.

Ophélie sentit alors la panique qui avait dicté cette réponse, une réponse qu'elle pouvait tellement bien comprendre. Elle leva aussitôt la main en signe d'apaisement.

— Jamais, tu m'entends, jamais je ne t'obligerai à faire quelque chose contre ta volonté. Si c'est comme ça, et que tu n'en veux pas, nous trouverons une bonne famille pour s'en occuper, crois-moi.

— Ah bon...

Claudette poussa alors un long soupir.

— Et dis-toi bien que si le Connecticut est resté hors de portée pour ton père, poursuivit Ophélie, qui savait qu'elle touchait là un point sensible, il peut l'être pour quelqu'un d'autre également. Si c'est ça ta plus grande crainte, tu peux tout de suite recommencer à respirer librement.

Un éclat de soulagement teinté d'incrédulité traversa le regard de Claudette.

— Vous croyez vraiment ce que vous dites?

— J'en suis certaine. Ce qui peut nous paraître une montagne insurmontable n'est parfois qu'une petite colline pour les autres. Pour celui qui te fait trembler, ce Jean-Louis, tu n'es peut-être plus qu'un mauvais souvenir qu'il espère oublier rapidement. Comme nous le sommes probablement pour ton père.

— C'est vrai que *dad* ne nous a jamais donné signe de vie depuis que nous sommes tous partis de la maison...

— Alors, c'est oui?

L'hésitation de Claudette fut à peine perceptible.

— C'est oui... J'ai rien à perdre.

— Effectivement... Et on a probablement bien des choses à gagner, toi et moi. Maintenant, je vais aller chercher Oscar.

Mais avant de refermer son manteau pour retourner à l'extérieur, et poussée par un instinct qu'elle n'avait pas ressenti souvent dans sa vie, Ophélie effleura les cheveux de Claudette, et du bout des doigts, elle essuya les larmes qui s'étaient mises à couler sur les joues de sa fille. Alors celle-ci pensa, à cet instant précis, que c'était la première caresse de sa mère dont elle pourrait se souvenir.

Pendant ce temps, à l'église de la paroisse, Marjolaine et Ferdinand suivaient le sermon du curé, main dans la main et doigts entremêlés, tandis que le prêtre parlait de naissance et de renouveau. Et sans le savoir, sans en avoir le moindrement parlé entre eux, tous les deux avaient dans le cœur une même interrogation, palpitant d'un espoir identique : et si nous adoptions le bébé de Claudette ? Personne n'en saurait rien, et cet enfant aurait la chance de grandir dans une famille qui serait la sienne.

Épilogue

Au début du mois de mai 1947, dans le logement de la rue Frontenac à Sherbrooke

Cela faisait trois ans et cinq mois que Connor préparait sa sortie de scène. Dans un premier temps, il n'en avait pas réellement pris conscience, toutes sortes d'émotions désagréables ayant eu facilement le dessus sur son bon sens habituel, mais petit à petit, le plan s'était précisé.

Ainsi, incrédulité, inquiétude, désarroi et incompréhension avaient ravagé son cœur et ses pensées les premiers mois suivant le départ d'Ophélie, pavant la voie à une colère implacable.

Sa femme n'avait pas le droit de le faire souffrir de la sorte ni d'abandonner leurs treize enfants.

Comment allaient-ils pouvoir survivre sans elle?

Ressentiment, amertume et rancune avaient donc à leur tour tracé le chemin de sa revanche.

Après tout, il restait le père de cette famille. Il prendrait les décisions qui s'imposaient pour le bien de tous, et il s'en sortirait avec les honneurs de la gloire. Ses enfants n'avaient qu'à respecter ses volontés et tout irait bien.

Or, il n'en fut rien.

Les uns après les autres, les enfants l'avaient laissé tomber, estimant que leurs solutions surpassaient la sienne.

Connor avait alors senti la moutarde lui monter au nez.

Il n'était écrit nulle part qu'on allait se moquer de lui impunément.

Il avait alors décrété intérieurement que ses enfants non plus n'avaient pas le droit de détruire ce qu'il avait péniblement bâti, en partant tous pour Montréal. Ils ne méritaient donc plus aucune considération de sa part.

Ce fut la réception de la lettre d'invitation au mariage de Marjolaine, qui engageait le reste de sa vie avec un étranger sans lui en avoir demandé la permission, qui avait scellé son détachement et inspiré l'orientation que prendrait son avenir.

On se fichait de lui, alors il se ficherait d'eux, lui aussi.

Connor Fitzgerald venait de retrouver sa liberté en toute légitimité, et par le fait même, le droit d'agir comme il l'entendait sans égard à son passé.

Il avait fallu toute une année d'austérité et de privations pour en arriver à ce matin de mai où il allait enfin pouvoir tourner la page sur ce long chapitre de sa vie qui resterait pour lui le pire des affronts qu'il avait pu subir. En ce sens, Thomas rejoignait l'ensemble de la famille, et le jour où cet enfant maudit sortirait de prison, lui, Connor serait parti depuis longtemps. Celui qu'il ne considérait plus comme un fils n'aurait qu'à faire comme lui et se débrouiller tout seul pour se fabriquer une existence à sa mesure.

Enfin, c'était ce matin que Connor mettrait les voiles !

Le bas de laine caché sous son matelas était suffisamment garni pour permettre le déplacement prévu et une attente jugée raisonnable avant de pouvoir s'installer confortablement.

Seul son patron au CP savait en partie ce que Connor tramait pour le reste de son existence.

En effet, comme il était plutôt difficile de cacher sa nouvelle réalité à ceux qui le connaissaient bien, après quelques mois de mine grise et soucieuse, Connor n'avait pas eu le choix d'admettre que sa femme avait bel et bien disparu. Puis, d'un mois à un autre, il avait reconnu que ses enfants aussi avaient tous choisi une voie différente de la sienne.

— C'est plus facile à Montréal de se trouver de bons emplois et de bonnes écoles pour des jeunes comme les miens, avait-il alors allégué à ceux qui posaient des questions.

L'explication avait été jugée raisonnable, et personne n'avait soulevé d'objections. Pas même ses amis de la taverne ou le curé de sa paroisse, qui le connaissaient depuis longtemps.

Puis, après trois ans de silence absolu de la part d'Ophélie, Connor avait finalement confié à son patron qu'il considérait que sa femme devait probablement être décédée, et il avait ajouté d'emblée que son chagrin était devenu insoutenable.

— Je la vois partout où je vais ! Si vous pouviez me trouver un emploi ailleurs qu'à Sherbrooke, tout en tenant compte de mon ancienneté, ça serait grandement apprécié, et au loin, les souvenirs finiraient peut-être par s'estomper.

— À Montréal, peut-être ? Vous seriez ainsi plus proche de vos enfants.

— C'est certain, mais comme ils ne semblent pas avoir besoin de moi, et qu'ils m'ignorent la plupart du temps, je me demande bien si ce serait utile de m'installer dans la métropole. De toute façon, les voir régulièrement ne ferait que raviver ma peine.

Le patron avait promis d'y voir et c'était ce matin, dans moins de deux heures, que Connor prenait le train gratuitement pour Ottawa, où il était attendu la semaine suivante,

Cela lui donnait exactement huit jours pour trouver un logement meublé.

Et tout au plus un mois pour rencontrer une femme agréable qui accepterait de venir réchauffer ses draps, en attendant d'être la mère de quelques petits Fitzgerald qu'il guiderait d'une main si ferme que jamais l'un d'entre eux n'oserait ébaucher l'idée de s'en aller.

On avait voulu le priver de sa famille, il en fonderait une autre.

Voilà tout.

Connor attrapa les courroies en cuir de son sac de marin en jute épaisse, le même qu'il portait sur son dos quelque vingt-quatre ans plus tôt quand il avait quitté la ville de Québec avec Ophélie à son bras.

Sans émotion apparente, l'homme grisonnant, mais toujours aussi séduisant, jeta un dernier coup d'œil sur cette cuisine sombre qui avait jadis bourdonné de voix et d'activité, puis il sortit en refermant soigneusement la porte derrière lui.

Ensuite, sans oublier de glisser la clé sous le paillasson, comme il l'avait promis à son propriétaire, sans un regret ni un seul regard par-dessus son épaule, Connor Fitzgerald prit le chemin de la gare en sifflotant.

Comme à vingt ans, il avait la sensation d'avoir toute la vie devant lui, et la même excitation lui nouait l'estomac.

Ainsi, dans moins d'un mois, si Dieu le voulait, et Connor ne voyait pas du tout ce qui pourrait lui mériter un refus du Très-Haut, sa vie aurait enfin repris un rythme normal, et tous les soirs, après l'ouvrage, une gentille femme l'attendrait pour lui servir à souper.

FIN

Ce livre a été entièrement imaginé, créé et fabriqué au Québec

Saint-Jean Éditeur
est une maison d'édition québécoise
fondée en 1981